요동별곡

요동별곡

신용우 장편소설

역사는 변하지 않는 진리
― 역사를 왜곡하는 자는 하늘의 뜻을 거스르는 죄인이다

최근 북한의 김정은 후계 이야기가 나오면서 중국은 동북공정의 실체와 야욕을 본격적으로 드러내고 있다. 필자가 항상 우려해 왔던 일이다. 동북공정으로 고구려와 대진국 발해 역사를 자기네 역사의 한 조각으로 만들어놓고 난 후 북한 체제가 붕괴되면 그 틈을 노려 대동강까지 밀고 들어오겠다는 속셈이다. 이미 북부공정이나 서북공정, 서남공정 등을 통해서 증명된 바 있다. 하지만 중국은 아주 중요한 한 가지를 잊고 있다. 이 작품에 그 근원을 포함해서 모든 것을 밝혀 놓았다.

'코리아(Korea)' 는 이미 고구려 때 서역과 교역을 하면서 생긴 국제적인 명칭이다. '차이나(China)' 역시 진나라가 서역과 교역을 하면서 생긴 중국의 이름이다. 그렇다면 당연히 고구려 역사는 우리의 역사이며 우리 영토는 고구려가 지배했던 그곳까지다. 중국의 영토는 진나라가 지배한 그곳, 바로 북경 조금 위에 있는 만리장성까지다. 결국 만리장성을 국경으로 우리와 중국의 국경이 나뉘는 것인데 중국은 요동을 영토화하려고 고구려를 자기네 역사라고 주장한다. 이는 그들이 우리의 후손이라고 자인하는 것이다.

고구려 역사가 중국 역사가 되려면 중국의 국호가 '코리아' 가

되는 게 당연하다. 땅 좀 차지하려고 선조를 팔아먹는 격이다. 그렇게 막무가내로 나오다가 코리아라는 국호까지 내놓으라고 달려드는 것은 아닌지 모르겠다.

그렇다면 일본은 어떤가? 중국보다 더하면 더했지 못하지 않다. 백제가 자기 나라 왕실의 선조임을 자인해 놓고도 아직 꿈속을 헤맨다. 우리가 기껏 선진 문물을 전해주었더니 이제는 우리 문화가 자신들의 것이었다고 우기기까지 한다.

그뿐만이 아니다. 지금도 걸핏하면 독도가 자기네 영토라고 하면서 못된 야욕의 발톱을 드러낸다. 독도 주변의 무한한 자원을 빼앗기 위해 자신들을 팔고 있다. 이 모든 것들이 청나라 후손인 극우파 '청맥회'와 일본 극우주의자 '안산회'가 연합해서 아시아를 자기들 마음대로 주물러보려는 야욕에서 나온 행동이다. 그 야욕을 파헤친 이야기가 바로 이 소설이다.

지난 해 일간지에 연재가 끝나 책으로 내려고 수정 보완하는 중에, 최근 중국이 김정일의 아들 김정남을 내세워 체제 붕괴 후 북한을 접수하려 한다는 뉴스를 대하니 우리 국민 모두가 중국의 야욕을 알고 대처할 수 있게 해야 한다는 의무감마저 든다.

시간이 흐르는 모습의 큰 단위를 우리는 세월이라 하고, 세월이 흐를수록 자연의 모습은 풍랑에 맞아 변하기도 하고 또 사람도, 사람의 마음도 변하여 거짓 증언을 할 수도 있다. 그리고 발명품 역시 이것이야 말로 앞으로는 더 이상 나올 수 없는 획기적인 것으로 세기에 하나 나올까 말까 한 것이라고 떠들다가도 금방 그 기능이나 실용성을 능가하는 물건이 나오면 퇴물이 되어 잊혀 지거나 새로운 발명품에게 그 자리를 내준다. 학설도 마찬가지다. 어떤 학자의 끈질긴 연구로 새로운 사실이 증명되거나 발견된 듯싶다가도 그 학설을 뒤집을 명확한 근거와 뒷받침 되는 이론이 있으면 그 학설은 사라진다.

그러나 세월이 아무리 흐르고 인간의 마음이 아무리 변한다 하더라도, 또 아무리 새로운 것이 발견되고 발명된다 하더라도, 변하지 않는 것 중 하나가 바로 역사다.

역사는 제대로 해석하고 그것을 현실에 비추어 인류가 올바로 나갈 길과 방법을 연구하고, 인류의 평화와 행복에 조금이라도 기여하고자 할 때 그 가치가 있는 것이다.

따라서 우리나라처럼 36년이라는 긴 세월을 외세의 극악무도한 침략 중에 지낸 경우에는 변하지 않는 역사의 진실을 반드시 찾아서 우리가 가야 할 길을 정하는 지표로 삼아야 한다.

지금 우리 주변을 감싸고 있는 나라들은 올바로 쓰여야 할 역사를 가지고 제 멋대로 해석하고 자기 유리한 대로 판단하고 있다. 그것에 바르게 대처하지 못하는 것은 선조들은 물론 후손들에게 까지 씻지 못할 죄를 범하는 것이다. 아직 늦지 않았다. 역사가 왜곡된 것을 몰랐다면 몰라도 이미 안 이상 이제라도 진실을 밝힐 의무가 우리에게 주어졌다.

그러나 그런 의무감은 결코 중국이나 일본을 배타적으로 바라보자는 것이 아니다. 역사와 현실을 직시하고 그 진실을 바탕으로 인류가 함께 행복해질 수 있는 미래를 설계하자는 것이다. 부디 이 한 편의 소설이 올바른 역사찾기에 조금이나마 도움이 되기를 바랄 뿐이다.

이 책이 완성되는 동안 함께 고생하고 조언해 주신 모든 분들과 항상 깨우침의 지혜를 주시는 하느님께 감사드린다.

환국(桓國) 9208년 앞자락에서

신웅우

CONTENTS

몽골 초원은 끝이 없었다.

정치수는 끝없이 펼쳐져 있는 초원의 한 자락을 차지하고 앉아 한껏 푸르름에 취해 있었다. 지금 자신이 앉아 있는 이곳 역시 선조들이 말달리던 땅이라는 생각이 들자 불어오는 바람마저 상큼하게 느껴졌다. 서울이라면 벌써 더운 바람이 불어올 6월의 문턱이었다. 이곳 저녁 바람은 광활한 초원의 기운을 잔뜩 머금어 싸늘한 기운이 느껴졌지만 정치수에게는 마치 어머니의 품처럼 포근했다. 정치수는 문득, 5년 전 바로 이 자리에 앉아 귀국을 결심하며 자신이 가야 할 길을 정하던 때가 생각났다. 그러자 갑자기 서울이 그리워졌다. 아내와 아들이 마치 눈앞에 서 있는 것 같았고, 지금까지 자신이 살아 있다는 것이 믿기지 않았다.

그때 저 멀리 몽골인 몇이 말을 타고 달려오는 것이 보였다. 정치수는 한걸음에 달려가 와락 안아주고 싶은 충동을 느꼈다. 저들이 바로 우리와 같은 코리족이었던 것이다. 정치수는 2년 전 '안산회가 원하는 사업을 위해서'라는 핑계로 만난 한 학자의 이야기를 떠올렸다.

원래 요하를 중심으로 동쪽에 사는 사람들은 자신들을 코리

(Kohri)족이라고 불렀습니다. 이것을 중국인들이 음차를 빌어 고려(高麗)라 한 것입니다. 요하 서쪽에 사는 중국 본토의 민족들이 요동에 사는 코리족의 나라를 '코리'라고 부르면서 한자로 쓴 것이지요. 그리고 고구려는 코리족 중에서 으뜸 되는 코리족이라는 의미입니다. 고(高)코리(kohri)인 것이죠. 이것을 중국인들이 한자로 표현하느라고 고구려(高句麗)로 명명한 것이지요.

그 시절에 요하 동쪽의 코리족들이 사는 나라들 사이에서는 고구려라는 이름이 중요했습니다. 코리족들의 나라 중에서 가장 으뜸이 되는 나라라는 의미니까요. 하지만 요하 서쪽인 중국에서는 고구려라는 국호는 의미가 없고 단지 코리족의 나라라는 고려만 의미가 있었습니다. 그들에게는 요하를 경계로 동쪽에 사는 사람들은 모두 하나의 민족으로 보였을 뿐입니다. 그래서 그들은 요하 동쪽을 통틀어 머나먼 동쪽이라는 의미로 요동(遼東)이라 불렀습니다. 실제로 중국에서는, 특히 장수왕 이후의 고구려를 고려라고 불렀습니다. 『수당가화』를 비롯한 여러 중국의 역사서에서 고구려를 고려라고 표기했지요.

요동 지방에 사는 우리 민족이 전 세계에 코리아로 알려진 것은 바로 이 음차를 사용한 고려, 즉 코리가 코리아로 알려진 것입니다. 그리고 그 시기는 서역은 물론 중앙아시아와 멀리 아랍까지 교역을 하던 고구려 시대라는 것이 여러 가지 자료들을 통해 입증되고 있습니다.

우리나라가 서방을 비롯한 외국에 코리아로 알려진 때가 고려시대라는 것은 그릇된 식민사관의 잔재로 논할 가치조차 없습니다. 또 지금 우리가 요동을 만주라고 부르고 있는 것역시 잘못된 것입니다. 청나라를 세운 여진족들이 자신들을 만주족이라고 부르면서 요동이 마치 자신들의 근원인 양 만주라고 고쳐 부른 것에 지나지 않기 때문입니다.

이런 모든 역사적인 사실들을 고찰해 보면 고구려의 국경은 중국인들도 인정하는 대로 요하까지죠. 그렇다면 중국과의 국경인 요하 동쪽은 코리족의 땅입니다. 결국 요동은 코리아의 땅이죠. 중국은 지금 그 땅을 내주지 않으려고 고구려 역사를 자신들의 역사로 만들기에 혈안이 되어 동북공정을 벌이고 있는 것입니다. 하지만 중국이 아무리 역사를 왜곡하고 싶어도 할 수 없는 명확한 근거가 하나 있습니다. 코리족의 나라를 자기들 스스로 고려, 즉 코리아라고 불렀는데 요하 동쪽이 코리족의 나라 코리아의 땅이라면 그것은 당연히 대한민국의 땅 아닙니까?

대한민국의 국호가 코리아(Korea)이고 중국의 국호가 차이나(China)라면 진나라 역사가 중국의 역사이듯이 고구려 역사가 우리 역사고, 그 영토였던 요하까지가 우리 영토라는 것이 중요한 겁니다. 굳이 중국이 고구려를 자기네 역사로 끼워 넣으려면 국호를 코리아로 바꿔야죠.

어렸을 때 같으면 무심코 흘려들었을 이야기였다. 하지만 그 즈음의 정치수로서는 결코 스쳐 넘길 수 없었다. 또한 그 자신도 이미 들어서 알고 있는 이야기였다. 그래서 이곳에 오기 전까지 가끔 그를 만났고, 자료를 구해 함께 연구하며 그 말이 정설이라는 것을 뒷받침할 근거를 마무리하고 있는 중이었다.

김영환이 죽은 것은 10년 전이었다. 그 후 정치수는 자신을 치료해 준 길림성 려인당의 한의사 유태진으로부터 의학과 무술을 배웠다. 그때 정치수는 유태진이 구해준 책들과 주원모가 가끔 들러 전해주는 책들을 틈틈이 읽으며 김영환이 살아생전에 했던 말들이 결코 헛된 주장이 아니라는 것을 알았다. 그리고 누군가 꼭 밝혀야 할 일이라면 이제부터 남은 생을 모두 바쳐서라도 그 첫발자국이라도 떼어야겠다고 굳게 결심했다.

정치수가 총격을 당한 지 5년이 지난 2002년. 세계가 월드컵 축제를 만끽하는 틈을 타서 중국은 동북공정을 표면으로 띄웠다. 그때 정치수는 죽는 한이 있어도 한국으로 돌아가야겠다는 결심을 했다. 마침내 귀국한 그는 반드시 이뤄야 할 일들을 위해 5년이라는 긴 세월을 쪽발이들과 함께 온갖 역겨움을 참으며 지냈다. 그 5년의 세월이 헛되지 않아 이제 그 기회가 목전에 다가왔고, 정치수는 곧 벌일 일을 성공적으로 수행하기 위한 각오를 다지려고 이곳을 다시 찾은 것이었다. 해가 지면서 제법 찬 기운이 불어왔다. 정치수는 벌떡 자리에서 일어섰다. 어쩌면 마지막이 될지도 모르는 여행이었다. 5년간 길림에 머무르며 몇 번이나

올랐던 백두산이지만, 내일은 몽골을 떠나 다시 백두산에 올라 며칠 머물며 이 여행을 마무리 지으리라 마음먹었다.

정치수는 숙소를 향해 걸음을 옮겼다. 그의 머릿속은 10년 전으로 돌아가고 있었다. 지나온 10년이 잃어버린 세월이 될 수도 있겠지만 한편 그 시간이 참사람으로 살기 위한 준비의 세월이었다는 생각이 들었다. 오히려 이 나라에 사는 보통 사람들처럼 살았던 50년이 무의미한 세월이었다는 표현이 옳은 것 같았다.

북녘 반쪽을 잃은 것보다
더 오래전에 잃어버린 땅
고구려 아들들이 절풍 쓰고 말달리고
그 아들 대조영이 통치하던 땅
잃어버리고도, 잃어버린 사실조차 잊어버린 땅
고구려가 우리 역사의 한쪽임이 분명하다면
반드시 내 땅이어야 하는 땅
왜놈들 간담 서늘히 하며 청산리대첩 거두고
조국 광복 준비하고자 수많은 젊은 피를 흩뿌리던 땅
요동 땅.
그 땅 찾으러 가자.

정치수는 김영환이 살아생전 수없이 되뇌던 그의 자작 시구를 소리 높여 읊었다.

독수리 발톱 뽑아버리고, 붉은 곰 앞발에 족쇄 채우고,
긴꼬리원숭이 재롱 피우며
동해 외로운 독도가 자기네 것이라 우기는가 하면
팬더곰 우스꽝스런 얼굴 해대며
고구려가 자기네 역사라 우겨대면서
판다와 원숭이가 교미 끝내고
이상한 새끼 하나 만들어 한반도 안방까지 들이밀기 전에
우리 서둘러 가자.
혼자는 외로우니 손잡고 가자
네 마음속에 나를 넣고 내 마음속에 너를 넣어
우리 함께 땅 찾으러 가자.
북경까지 달라고 떼쓸 것도 아니고
다만 그때, 고구려와 대진국 발해가 가졌던
그곳까지만 달라 할 테니,
순순히 내 놓으라고
헌법 제3조 고친 후에
내 땅 찾으러 가자.
가자.
휴전선 걷어붙이고 우리 함께 땅 찾으러 가자.
또 다른 내 땅 잃어버리기 전에
잃어버린 그 땅부터 우리 함께 찾으러 가자.

주요 등장인물

정치수_일본과 중국이 밀약을 해서 우리나라를 사분오열시키려는 음모를 파헤치는 이 글의 주인공. 일본인과 한국인 사이의 혼혈아로 자신의 출생을 모르고 살아오다가 양 아버지가 죽는 날 자신의 출생을 알게 되고 조국과 혈연 사이에서 갈등하다가 조국을 택한다. 친구 김영환의 죽음을 통해 일본 '안산회'와 중국 '청맥회'의 밀약을 알아내게 되고 스스로 독도 사수와 요동 수복을 위한 첫 불을 지핀다.

김영환_항상 요동은 우리 땅이라고 외치던 삼오통상의 핵심 멤버이며 저돌적인 돌파력으로 미래를 개척해 나가려는 선구자. 정치수의 가장 친한 친구로 학창시절부터 직장까지 함께하던 그가 베트남 출장에서 의문의 죽음을 당하고 정치수가 의문을 밝히려다가 일본의 야욕을 알게 된다.

다나하시 신야_정치수의 생부로 일본 극우조직 '안산회'의 사실상 수장이다. 한국기업을 키워 요동 진출을 돕고 자금을 앞세워 그 기업을 좌지우지함으로써 일본의 요동 장악을 꾀한다. 그리고 그 세력을 중국 청맥회와 바꾸는 밀약을 맺음으로써 독도를 일본의 영토화하는데 중국의 묵시적 동조를 얻어내려는 야욕을 가진 자.

다나하시 도시오_다나하시 신야의 일본 아들이자 정치수의 배 다른 동생. 안산회의 2인자로 다나하시 신야의 직책을 계승하지만 정치수의 응징으로 다나하시 신야와 함께 죽음을 선물받는다.

유태진_요동 조선족 자치구의 한의사로 탈북자 등 동족 환자들을 돌보면서 '려인당'이라는 한의원 안에 비밀 결사 조직을 운영한다. 언젠가는 남북통일은 물론 요동까지 통일되는 그 날을 위해서 열심히 조직을 키워나간다.

이건용_정치수가 몸 담고 있는 삼오그룹 회장. 정치수가 김영환의 뜻을 이어 요동수복의 꿈을 지피려하자 적극 지원하면서 역사의 새로운 파수꾼이 되고자 하는 지식인.

심상돈_정치수와 김영환의 후배로 월남참전 용사이자 무기개발 과학자. 정치수가 독도 사수와 요동 수복을 위한 거사를 결정하자 신무기를 만들어 제공한다.

유순명_한국인이지만 일본 안산회의 앞잡이가 되어 삼오그룹의 1인자를 꿈꾼다. 하지만 정치수에 의해 헛된 야망이 꺾이고 삼오전자 사장의 직에서도 중도 하차한다.

제1부
음모, 죽음 그리고 깨우침

#01 | 청맥회(靑脈會)와 안산회(安山會)

정치수는 이튿날 아침 일찍 일어나 백두산으로 향했다. 정치수가 백두산에 들르기로 한 것은 단순히 백두산에 오른다는 그 자체 말고도 한 가지 이유가 더 있었다. 용정에 들르고 싶었다. 용정에는 길림의 려인당과 뜻을 같이하는 오영택 선생이 살고 있었다. 유태진 선생이 직접 소개해 주기도 했지만 학술적으로도 통하는 부분이 있어 서로 가깝게 지내고 있었다.

정치수는 용정에 가면 무언가 가슴에 살아 꿈틀거리는 것이 느껴졌다. 막연히 그리울 때 찾아가면 가만히 있어도 힘이 솟아났다. 그것은 단지 일제 치하에서 우리 민족이 용정을 본거지로 독립투쟁을 했었다는 이유 때문만은 아니었다. 고주몽의 말발굽 소리가 저 먼 원조 아리수 바이칼호를 출발해서 해란강변까지 단숨에 자신을 향해 달려오고 있는 듯한 기분을 느낄 수 있는 곳이 바로 용정이었다.

용정에 도착한 정치수는 오영택의 집으로 향했다. 마침 오영택은 집에 있었다. 그는 정치수를 보자 반갑게 악수를 청했다.

"그렇지 않아도 며칠 전 길림에 갔다가 정 선생께서 여행을 떠나셨다는 이야기를 들었습니다. 유태진 선생께서 정 선생이 반드시 용정에 들릴 것이니 헛걸음하시지 않게 서둘러 가보라기에 이제나저제나 오시기를 기다리고 있었습니다."

"감사합니다. 공연히 저 때문에 길림에서 일도 제대로 못 보고 오신 건 아닌지 모르겠네요. 길림에는 무슨 일로 가셨습니까?"

"아, 아닙니다. 제가 길림성 지안(集安)에 갔다가 인사 겸해서 려인당에 들른 것입니다. 전에 지안의 고구려 왕릉에서 발해 양식의 기와조각이 나왔다는 이야기를 들었는데 마침 이번에 학술대회가 열리는 것을 계기로 시간을 냈지요."

오영택은 잠시 정치수를 쳐다보다 말을 이었다.

"참, 요즈음 조국에서는 발해라는 명칭을 잘 쓰지 않으려고 한다면서요? 당나라가 자신들의 힘으로는 대조영이 세운 나라를 지배할 수 없다는 것을 깨닫고, 발해라는 국호와 대조영을 발해 국왕으로 삼는다는 칙서를 내린 데서 비롯된 명칭이기 때문이겠지요. 그런 역사적인 사실을 아는 저 역시 자주성을 찾기 위해서는 대진국이라는 칭호를 써야 한다는 것을 알고 있습니다. 하지만 발해라는 이름이 입에 올라서 그러니 양해해 주시기 바랍니다."

"네. 잘 알고 있습니다."

"제 딴에는 발해를 많이 연구했다는 자부심이 있었는데 고구려의 대표적 왕릉인 천추묘(千秋墓)와 서대묘(西大墓) 돌무더기 속에서 출토된 발해 특유의 '손끝무늬기와'를 보고 정말 놀랐습니다. 아니 단순히 놀란 정도가 아닙니다. 발해가 고구려 역사를 이어받았다는 그동안의 추측이 확신으로 변하는 순간이어서 제

가슴은 차라리 벅찼다는 표현이 어울릴 것입니다. 한쪽 가장자리에 만든 이가 다섯 손가락 끝 자국을 분명히 낸 '손끝무늬기와'는 지금까지 발해 유적에서만 발견되었습니다. 고구려 고분에서 발견된 이 기와는 발해가 고구려 고분을 관리하는 등 고구려를 계승한 국가임을 드러내는 획기적인 증거물입니다. 이 기와 조각이 발견된 천추묘와 서대묘는 고국양왕(재위 384~391년 · 광개토대왕의 아버지)능과 미천왕(재위 300~331년)능으로 추정되는, 직경 85m, 55m에 이르는 대형 왕릉입니다.

이번 학술 세미나에서 어느 일본인 학자가 '발해와 고구려사에 상당히 조예가 깊은 대한민국 교수 한 분이 발해 기와 조각이 고구려 왕릉에서 나왔다는 것은 발해 시대에 이곳을 관리하기 위한 건물을 세웠거나 무덤 꼭대기에 세운 건물인 향당(享堂)을 보수했음을 의미한다며 고구려 왕릉을 계속 중요하게 관리했다는 사실에서 발해의 고구려 계승의식이 매우 컸음을 알 수 있다고 말했다.'는 사실을 발표했습니다. 발해는 옛 고구려 수도인 국내성(國內城)이 있었던 지안시 일대에 서경(西京) 압록부(鴨綠府)를 두어 다스릴 정도로 고구려의 왕릉이나 기타 유산들을 돌보았던 것입니다.

이 두 왕릉이 지안의 다른 고구려 유적들과 함께 유네스코세계문화유산에 등재됐는데, 중요한 것은 그것이 우리의 문화유산으로 등재된 것이 아니라 중국이 자기네 유물로 등재시킨 것입니다. 물론 지안이 중국 땅으로 되어 있는 현 상황에서 당연한 일이 아니냐고 할 수 있겠지요. 하지만 그것은 그렇지 않습니다. 분명 고구려 역사는 우리 한민족의 역사이니까요. 게다가 이번 학술대회에 한국의 학자들은 단 한 사람도 초대받지 못했어요. 정작 주인인 한국의 학자들은 모습을 나타낼 수 없었던 것이죠. 한국 학자의 의견을 일본인의 입을 통해 들었을 뿐이죠. 그리고 이 기와의 존재는 발굴 조사를 맡았던 중국 길림성 문물고고연구소와 지안시 박물관이 펴낸 발굴보고서 '집안 고구려왕릉'에도 실려 있지만 그들은 '발해'에 대해선 일절 언급하지 않았습니다."

"그건 왜죠?"

오영택의 말을 잠자코 듣고만 있던 정치수가 물었다.

"글쎄요……. 이건 제 추측입니다만 중국은 고구려 역사를 자기네 것으로 돌리기 위해 20여 년이라는 긴 세월을 준비해 왔습니다. 하지만 손끝무늬기와가 고구려 유적에서 발견되었음을 발표할 당시까지만 해도 발해와 고구려의 연계에 관한 연구가 덜 이루어졌던 것 같습니다. 아니, 그보다는 그들이 발해의 멸망 원인을 제대로 찾지 못하다가 얼마 전에야 겨우 찾아낸 것 같습니다. 중국이 동북공정을 발표하면서 손끝무늬기와가 출토된 두 왕릉을 유네스코에 세계문화유산으로 등재시킨 것은 2004년 6월의 일이지요. 그런데 같은 해 7월 일본에서 발해의 멸망 원인이 백두산 화산 폭발이 직접적인 원인으로 추정된다는 발표를 했단 말입니다.

제 학문이 부족한 탓인지는 모르지만, 이제까지 발해의 멸망

원인을 찾아볼 수 있는 기록은 요사(遼史)의 아율우지전 하나뿐이었습니다. 아율우지전에 적혀 있는 내용은 '거란 태조가 발해민들이 서로 마음이 갈린 틈을 타 아무런 저항도 받지 않고 싸움없이 이겼다.' 는 것입니다. 요사의 기록을 못 믿어서라기보다 그 웅대하고 찬란한 문화를 지닌 발해가 요나라에 그렇게 쉽게 항복을 하다니요? 참으로 믿기 어려운 일 아닙니까? 이곳에 있는 우리 학자들과 북조선의 학자들, 그리고 일본은 물론 중국의 학자들도 분명 무언가 다른 원인이나 사건이 있었을 거라고 생각하고 관심을 가지고 연구를 했습니다. 물론 우리 한국 학자들은 중국을 자유롭게 드나든 것이 그리 오래전의 일은 아닙니다. 더군다나 정부 지원도 변변치 못해 뜻은 있어도 크게 활동은 못한 것이 사실이지요. 어찌되었든 이것 좀 보세요. 2004년 7월 12일 일간신문에 실린 기사입니다."

　오영택이 내민 것은 유력한 일간지 기사를 스크랩해 놓은 것이었다. 정치수는 눈으로 기사를 읽어 내려갔다.

　　백두산에서 9세기와 10세기에 대규모 화산 폭발이 일어났으며 이중 9세기의 분화는 발해의 멸망(698~926년)과 관련이 있을 것이라는 주장이 제기됐다.
　　지난 11일 일본 요미우리신문에 따르면 일본 도호쿠대 동북아연구센터는 한국 및 중국 연구진과 함께 2000년부터 백두산의 중국 쪽 지질 등을 연구한 결과 산 정상에서 동북쪽

으로 15km 가량 떨어진 늪에서 10세기(938년 폭발로 추정)
에 생긴 것으로 보이는 1m의 화산재 퇴적층을 찾아냈다.
또 그 아래에 두께 2cm의 토양과 두께 25m의 화산재 퇴적
층을 찾아내 연대기를 조사한 결과 9세기에 일어난 화산 활
동과 관련된 것으로 나타났다고 밝혔다.
이번에 밝혀진 10세기의 화산 폭발은 화산재가 일본 홋카이
도에서도 발견될 정도로 위력적인 것으로 로마제국의 도시
봄베이를 뒤덮은 베수비오 산 분화의 수십 배로 추정된다고
연구팀은 밝혔다.
연구팀의 다니구치 히로미쓰 도호쿠대 교수는 '이번에 발
견된 10세기의 폭발은 시기적으로 발해의 멸망과 무관한 것
으로 보고 있으나 9세기의 폭발은 발해의 멸망에 영향을 끼
쳤을 가능성이 있다.' 고 밝혔다.

"기사에 따르면 1m 두께의 화산재 퇴적층을 남긴 10세기 백두
산 화산의 폭발 위력이 우리가 너무나도 잘 알고 있는 봄베이를
멸망시킨 베수비오 산 분화의 수십 배에 달하는 위력을 가지고
있다는 것입니다. 25m의 화산재 퇴적층을 남긴 9세기의 화산 폭
발의 위력은 어떠했을까, 가히 짐작이 가는 대목이죠. 그 위력은
10세기 화산의 수십 배에 달했을 것이고, 10세기 화산 폭발의 화
산재가 홋카이도까지 갔다면 9세기의 화산재는 지금은 만주라
불리는 우리 요동 땅 상당 부분에 영향을 끼쳤을 것입니다.

그러니 중경은 물론이요, 인구 100만의 거대한 도시로 발해의 수도였던 상경과 두만강 유역에 자리 잡은 동경까지 그 피해가 상당했을 것입니다. 발해 백성 중 많은 사람이 죽었을 것이요, 설령 살았다 하더라도 더 이상 어떤 중앙정부 집권적인 경제 활동이나 전투 능력을 상실했을 것입니다.

실제 고려사에도 발해가 멸망하기 1년 전인 925년에 발해의 장수 500여 명이 고려에 투항한 것으로 나와 있지 않습니까? 그들이 공연히 집단으로 투항한 것은 아닐 것입니다. 무언가 내부적으로 문제가 있었던 것이 틀림없습니다. 하지만 그때 고려는 남쪽을 아직 통일하지 못한 때라 미처 북쪽에 신경 쓸 시간이 없었을 것입니다. 따라서 뜻있는 장수들만 거란이나 고려냐를 놓고 고민하다가 고려를 택한 것이요, 나머지는 거란에 접수된 것이라는 생각입니다. 만일 그때 고려가 남쪽의 신라와 백제를 놓아두고 북으로 눈을 돌렸다면 역사는 또 바뀌었을 겁니다.

요사에 적힌 그 글이 사실일 수도 있습니다. 중앙 정부와 지방 정부가 화산의 피해로 인해 그 기능을 상실한, 통제 불능 상태에서 어떻게 버틸 수 있었겠습니까? 게다가 거란족은 중국인들이 자기네 음차를 빌려 '흉노'라고 마음대로 지칭한, 몽골말로 사람이라는 뜻의 '훙누' 족 중 하나입니다. 거의 우리나 몽골족과 같은 민족이라 해도 크게 어긋날 일이 없으니 지친 발해 백성들이 싸울 까닭이 없었을 것입니다. 결국 요사에 기록된 대로 거란 태조가 화산 폭발로 싸울 기운조차 없는 백성들을 공격하려 하자 그대로 투항했을 것입니다.

저는 이렇게 추론하고 이런 생각을 했습니다. '아무리 억울해도 역사는 역사다. 우리가 요사에 기록된 역사를 부인하는 것은 마치 중국이 고구려 역사를 자기네 역사라고 우기는 것과 하나도 다를 바가 없는 것이다.' 라고요. 여기서 중요한 것은 요사가 기록한 것처럼 거란 태조가 대단하거나 두려워서가 아니라 백두산 화산 폭발로 인해 멸망해 가는 과정에서 거란 태조가 공격을 하자 발해민 스스로 투항했다는 것입니다. 분명히 지금도 발해가 지배하던 그 땅, 화산재 퇴적층 아래 어딘가에 봄베이 유적 이상의 거대 문명이 있을 겁니다. 하루빨리 고구려와 발해가 지배했던 땅, 지금 중국이 만주라 부르면서 자기네 영토라고 생떼를 쓰는 우리 요동 땅을 찾아야 합니다. 중국이 자기네 역사라고 억지 주장을 펴면서 조작해 가는 땅속의 그 역사를 발굴하여 고구려사와 발해사야말로 우리 한민족의 역사요, 그들이 지배했던 땅은 분명 우리 역사의 한 조각임이 분명하다는 것을 세계만방에 알리는 것이 후손된 도리 아니겠습니까?"

오영택은 마치 조상들에게 큰 죄라도 지은 표정이었다.

"중국은 이미 발해의 역사를 연구했을 것이고, 그것을 동북공정에 추가하고 싶었을 겁니다. 하지만 확실한 멸망 원인을 알아야 그 주변 상황과 엮어 자기네 역사에 편입시킬 수 있는데, 그것이 정립되지 않았던 것이죠. 그러다 2004년에 그런 연구 결과가 발표될 거라는 정보를 입수하고는 유네스코에 문화유산으로 등재하고 동북공정을 전 세계에 공개했을 뿐만 아니라 한편으로는 역사 끼워 맞추기를 시작한 것이죠. 그리고 3년이 지나 이번에 학술세미나를 연 것이라는 게 제 생각입니다."

"역사 끼워 맞추기라……."

오영택의 말을 듣고 정치수가 혼잣말처럼 되뇌었다. 그러자 오영택이 다시 말했다.

"역사를 있는 그대로 발표한다면 무엇이 어렵겠습니까? 공개적으로 모든 유물을 발굴하고 그 유물들에 대한 연구를 공유하면서 전 세계의 관심 있는 학자들이 모두 모여 함께 고증하고 토론해서 결론을 도출한다면 어려울 것이 하나도 없습니다. 역사를 왜곡 편집하기 위해 밀실에서 자기들끼리 역사의 흐름을 바꿔야 하니까 공개도 하지 않고 쉬쉬하면서 자료를 뒤섞고 또 새로 만들어내고 하는 것이지요.

한민족 역사임이 분명한 고구려와 발해 역사를 중국 역사로 만들기 위해 자기들 스스로 '훙누'의 음차를 빌려 '흉노'라고 부르던 한민족과 몽골족, 그리고 말갈의 역사까지를 포함해서 요하 동쪽에 살던 민족들의 역사를 모두 섞어놓아야 했으니 얼마나 힘들었겠습니까? 동북공정이 실제로는 20년 프로젝트였다는 것은 우리 모두 아는 사실 아닙니까? 게다가 이번 일의 발표 시점이나 역사 끼워 맞추기를 시작한 시점 등을 보면, 아마 이것 역시 일본과 중국의 조직이 깊게 연관되어 있는 듯합니다.

일본에서 발해의 멸망이 화산 폭발로 인한 것 아니냐는 의문이 끊임없이 제기되다가 정식으로 발표되기 한 달 전에 중국이 움직였다는 것은 우연이 아닌 것 같습니다. 또 정작 발해 역사의 주인인 한국 학자들은 한 사람도 초대하지 않고 주로 중국과 일본 학자들로 구성된 학술대회를 개최한 것을 볼 때 무언가 석연 치 않은 구석이 있습니다. 게다가 이번 학술대회에 동북공정의 주역들이 나타난 것은 당연한 일이겠지만, 일본 쪽 참석자들도 하나같이 학술계의 우익이라 불리는 자들이었습니다. 그들은 일본 제국주의 시대를 아직도 잊지 못하고 그리워하는 자들이죠. 일본의 극우 단체와 손을 잡고 일본이 언젠가는 제2차 세계대전을 일으킨 그 막강했던 시절로 돌아가 아시아는 물론 전 세계의 주역이 될 것이라고 스스로 공언하면서 자신들의 학술 연구 방향도 그쪽에 초점을 맞추는 자들입니다. 결국 이번 학술대회는 중국의 동북공정파와 일본의 우익 학자들이 연 학술대회라는 표현이 옳습니다.

그들은 국제학술대회라는 명목을 유지하고, 이번에 토론되고 채택된 학설을 국제적인 것으로 만들기 위해 수작을 부렸습니다. 대만이나 미국, 심지어는 유럽에서조차 연구는 별로 하지 않고 국제학술대회 경력도 쌓을 겸, 돈 몇 푼 받고는 미리 써준 원고를 자기들이 쓴 원고인 양 낭독하는 들러리 세미나꾼들을 초대해서 치렀거든요. 그런가 하면 북조선에서 친 중국파로 알려진 학자들을 초대했습니다. 이것은 당사국인 조선 학자들도 이의를 제기하지 않은 학설이니 이야말로 정설이라는 구실을 달자는 것입니다. 이렇게 학술대회를 치른 것을 보면 저들은 동북공정 2편이라고 할 수 있는 고구려 발해사의 통합과 그 통합 역사를 중국 역사화 하는 윤곽을 이미 다 잡아놓은 듯합니다. 고구려 역사를 자기네 역사로 편입해 놓고 있으니 이제 발해 역사까지 편입시키는 게 수순이겠죠. 종국에는 지금의 북조선이 차지하고 있는 땅 대부분이 중국 역사에 속하는 땅이라고 우길 판입니다. 고구려와 발해가 지배하던 땅이 바로 북조선 대동강까지니까요. 그리고 난 후 북조선이 경제적인 어려움이나 정치적인 이유로 체제가 붕괴되려는 시점에 앞잡이 하나 내세워서 밀고 들어가 티베트나 내몽골에서 써먹은 방법대로 북조선을 자치구로 선포하려는 것입니다. 결국 북조선 땅을 차지하려는 것이 그들의 기본적인 야욕입니다."

정치수는 어처구니가 없었다. 아무리 맷돌이 튼튼하고 좋은 한 쌍을 이루고 있다고 한들 그 맷돌을 돌릴 수 있는 손잡이인 어처구니가 없으면 그저 돌덩어리에 지나지 않는다. 마찬가지로 이 나라가 아무리 자랑스러운 역사를 가지고 있다고 한들 후손들이 제 구실을 못해 선조들의 피와 땀이 서린 영토와 함께 역사마저 잃어버리면 우리는 아무것도 아닌 존재가 되고 말 것이다. 정치수는 문득 자신이 대한민국 코리아의 백성이라고 자부한다면 선조들이 바보라고 비웃을 것 같다는 생각이 들었다.

두 사람은 한동안 말없이 초점 없는 시선을 서로에게 주며 앉아 있었다. 답답한 침묵을 깨고 먼저 입을 연 것은 정치수였다.

"일본 조직은 틀림없이 안산회일 것이고, 동북공정은 아는 사람은 다 아는 이야기이니 청맥회 짓일 것이고…… 결국 그 두 조직이 또 일을 꾸미는 겁니까?"

정치수는 낮은 목소리로, 내 생각은 이런데 혹시 틀렸냐는 듯이, 아니 차라리 틀린 추측이었다면 좋겠다는 듯이 물었다.

"제 생각도 그렇습니다. 그놈들이 곧 무슨 일을 꾸미기는 꾸밀 것 같습니다. 지난해에 독도 해역을 탐사한다고 할 때 이미 청맥회와 안산회 간에 어떤 이야기가 있었던 것이 확실해 보입니다. 청맥회는 이곳 만주 땅을, 그리고 안산회는 독도를 어찌해 보겠다는 것 아니겠습니까?"

그러자 정치수는 10년 전 이곳에서 변을 당하고 려인당으로 옮겨졌을 때 유태진으로부터 들은 이야기가 생각났다.

'청맥회'라는 중국 내의 비밀결사조직을 보면 이루 말할 수 없는 화려한 구성원을 가지고 있다. 이들은 스스로 청나라의 후손임을 자부하고 있다. 지금은 비록 중국이라는 거대한 조직에 빌붙어 있지만, 중국 역사의 흐름으로 미루어볼 때 언젠가는 반드시 독립국이 될 것이다. 아니 설령 독립국은 아니더라도 지금보다 훨씬 자치적인 체제가 될 것이다. 그날을 위해서는 고구려가 중국 역사의 일부였다고 해야 훗날을 도모할 수 있다는 생각을 가진 자들로 구성되어 있다. 그 세력은 중국 공산당의 상류층에서 대부호에까지 이르고 있어 막강한 권력과 돈을 휘두르는 조직이다.

이런 청맥회와 추구하는 것은 다르지만 비슷한 사고방식을 가진 일본 내의 조직이 바로 안산회다. 오사카에 본거지를 둔 안산회는 도요토미 히데요시가 일본을 통일했던 아츠이모모야마(安山) 시대에서 따온 이름이다. 그들의 우상은 바로 임진왜란을 일으킨 도요토미 히데요시인 것이다.

안산회 핵심 구성원은 반드시 대륙 진출을 해야 한다고 우기며 2차세계대전을 일으켰던 군국주의의 잔재들이다. 지금 그들은 반드시 독도를 일본 영토로 만들어야 한다는 꿈을 꾸고 있다. 일본 경제와 정치를 손에 쥐고 휘두를 정도로 막강한 그들은 수상이 주변국의 거센 항의에도 신사를 방문하지 않고는 못 배길 정도로 강력한 입김을 불어넣고 있다.

이 두 단체가 서로 밀약을 맺어 만주의 고구려 역사를 중국 역사로 하고, 독도를 일본 땅으로 하기로 하고 조용히 움직이고 있다. 그런데 조국 대한민국의 지식인, 정치가들은 무엇을 하고 있는가? 그들이 무엇을 위해 존재하는지 그 까닭을 모르겠다.

유태진의 이야기가 떠오르자 정치수의 머릿속에 10년 전 김영환의 죽음, 아니 그보다 3년 앞선 아버지의 죽음부터 지금 이 자리에 오기까지의 일들이 마치 어제 일처럼 스쳐가기 시작했다.

#02_아버지의 죽음

　10년 전. 출근하는 정치수를 배웅하며 아내가 말했다.

　"당신, 오늘 일찍 들어오실 거죠? 아버님 제사예요."

　정치수는 아무리 세상을 정신없이 살았다고는 하지만 불과 3년 전에 돌아가신 아버님 제사도 잊어버린 자신이 부끄럽기조차 했다. 지하 주차장에서 차에 시동을 거는 순간부터 정치수의 머릿속에서는 아버지가 돌아가시던 날의 일들이 떠나지 않았다.

　그날은 바로 이 나라의 거품경제가 곧 붕괴되고, 머지않아 IMF 구제금융을 받는 나라가 될 것임을 예고라도 하듯 성수대교 중앙의 48m에 달하는 상판이 한강으로 곤두박질친 날이었다. 1994년 10월 21일. 그 바람에 죄 없이, 아니 죄가 있다면 단 하나 대한민국에서 태어났다는 이유만으로 32명의 영혼들이 이 땅을 떠났다. 그리고 17명이 중상을 입은 채 지금 이 순간에도 그때의 악몽을 떠올리며 살아가고 있다.

　물론 제사는 양력이 아닌 음력으로 모셔 오늘이 반드시 그날과 일치하는 것은 아니지만 매일 성수대교를 지나 출퇴근을 하는 정치수로서는 아마 그날 아버지가 돌아가시지 않았으면 자신의 제삿날이 되었을지도 모른다는 생각이 들었다. 그러자 아버지가 돌아가실 때의 모습이 더욱 생생하게 되살아났다.

1994년 10월 20일 저녁. 회사를 창설한 지 불과 10여 년 만에 꽤 잘나가는 중견기업으로 성장한 삼오통상의 이사로 재직 중이던 정치수는 그날따라 일찍 퇴근을 하고 병원으로 향했다. 병실로 들어서니 아버지는 눈을 감고 주무시는 것 같았고 아내는 집으로 돌아가려고 겉옷을 입고 있었다.

"오늘 낮에는 많이 좋아지신 것 같기에 저도 지금 들어가려고 하던 참이었는데……. 집에는 다녀오신 거예요?"

"아니, 바로 왔어. 많이 좋아지셨다니 다행이네. 나는 조금 더 있다가 들어갈 테니 당신 먼저 들어가구려. 중식이도 곧 학교에서 돌아올 시간이잖아."

"그럼 그렇게 하세요. 저 먼저 갈게요."

정치수는 병실을 나서는 아내에게 손을 들어 보이고 창밖을 내다보았다.

앙상한 나뭇가지가 추적이는 가을비를 맞으며 몇 안 되는 잎으로 자신을 가리고 있는 모양이 애처로워 보였다. 마치 10년 전에 어머니를 먼저 보내고 병상에 외롭게 누워 계시는 아버지의 모습을 보는 것 같았다. 순간 마음 깊은 곳에서 뜨거운 기운이 울컥 솟아올랐지만 정치수는 애써 눈물을 참았다.

어린 시절을 일제 치하에서 보내고 스무 살 나이에 조국 광복을 맞은 아버지는 학도병으로 끌려갔다가 부상을 당했다. 그럼에도 불구하고 한국전쟁이 발발하자 군에 자원입대하기로 결심했다. 그러면서 아내와 아들이 굶을까 걱정되어 처자식을 고향으로 데려가 마을 분들에게 끼니만이라도 챙겨달라는 부탁을 하고 입대하셨다고 했다. 정치수는 어머니께 들은 이야기를 떠올리자 앙상한 나뭇가지처럼 병상에 누워 계신 아버지에 대한 안타까움 때문인지 아니면 돌아가신 어머니에 대한 그리움 때문인지 자신도 모르게 참았던 눈물을 흘리고 말았다. 그때였다. 주무시고 계시다고 생각했던 아버지께서 입을 여셨다.

"치수야. 이리 가까이 오려무나."

정치수는 깜짝 놀라 눈물을 훔치고 황급히 돌아섰다.

"주무시지 않았어요? 주무시는 것 같아서 애 어미는 인사도 드리지 않고 갔어요."

"안다. 에미가 집에 가지 않을 것 같아서 일부러 자는 척했다."

아버지는 비록 기운은 빠졌지만 또렷한 목소리로 말했다.

"울지 마라. 인생이란 다 그런 것이란다. 때가 되면 당연히 가는 거야. 죽음을 서러워하기보다는 죽음을 맞을 준비를 하는 것이 더 중요한 거지."

정치수는 머지않아 죽을 것임을 알면서도 아들에게 저렇듯 평온하게 죽음을 이야기하는 아버지가 존경스러웠다.

"치수야. 내 말 잘 들어라. 그리고 내 말이 끝나는 순간 내용이든 뭐든 모두 잊어버려라. 약속해 줄 수 있겠니?"

아버지의 뜬금없는 말에 정치수는 아무 대답도 할 수 없었다. 아버지는 지금 무슨 말씀을 하려는 것일까? 무엇을 듣고 무엇을 잊으라는 것인가?

40년이 훨씬 넘는 시간을 아버지와 살아왔지만 이렇게 이상한 이야기를 나눈 적은 단 한 번도 없었다. 지금 아버지의 모습은 평소와는 전혀 달랐다.

　"그래, 내가 이상한 이야기를 했구나. 들어본 뒤에 잊을지, 안 잊을지 정하는 것은 너 자신인데 말이다. 그러나 지금부터 내가 하는 이야기를 다 듣고 난 후에 반드시 잊어주었으면 해서 하는 이야기다. 물론 그렇다면 이야기를 안 하면 될 것 아니냐고 물을 수도 있을 것이다. 하지만 며칠, 아니지 몇 년을 두고 생각해 보았지만 이 이야기를 너에게 해주지 않고는 눈을 감을 수 없을 뿐만 아니라 저승에 가서 네 엄마 얼굴 볼 면목이 없을 것 같다."

　아버지의 목소리는 갑자기 훨씬 더 힘이 빠져 이제는 그저 목소리만 존재하는 것 같았다.

　"치수야, 이 이야기는 사실이며, 내가 꼭 남겨야 할 이야기란다. 설령 너 자신은 잊지 않더라도 너 외의 누구에게 이 이야기를 해서는 안 된다. 에미에게도 말이다."

　정치수는 이제 아버지에게 대답을 할 때라고 생각했다. 아내에게도 하지 말라고 할 정도로 중요한 이야기였다. 아버지는 머지않아 가실 길에 마음의 위안을 얻어 편하게 가시고 싶으신 것이리라.

　"예, 아버지. 아무 걱정 마시고 하실 이야기 있으면 다 하세요. 아버지께서 하느님 앞에 서실 때 미처 못 하고 남긴 이야기가 없도록 요."

그 말이 위안이 되었는지 아버지는 고개를 돌려 정치수의 얼굴을 들여다보았다.

"치수야. 나는 네 친아비가 아니다. 난 단지 너를 길러준 애비일 뿐이다. 너를 낳은 친아버지는 따로 있다.

정치수는 아버지가 죽음을 앞두고 이상하게 변하신 것이 아닌가 하는 생각마저 들었다. 그러나 아버지는 그의 생각이 잘못되었다는 듯 비록 기운은 없지만 또렷한 목소리로 말을 이었다.

"나는 조국이 해방되던 해, 일본에서 대학을 다닌 지 6개월 만에 그곳에서 징병되어 필리핀으로 갔다가 부상을 입어 다시 일본으로 돌아갔다. 그러나 곧 우리나라가 해방되어 서울로 돌아왔지. 그때 고향에서 서로 가깝게 지내던 네 엄마를 만났는데, 너를 이미 뱃속에 품고 있었다. 네 엄마는 뱃속의 너 때문에 해방이 되었어도 고향에 못 가고 있었지. 나는 원폭 때 성기능을 잃었을 뿐만 아니라 사랑하는 여인을 일본에 두고 온 터였다. 그래서 나는 기꺼이 너를 내 자식으로 맞아들이기로 했다. 주변 사람들에게는 나와 네 엄마가 일본에 가기 전부터 서로 사랑한 사이였다고 둘러댔다.

네 친아버지는 일본 사람이다. 네 엄마와 네 친아버지는 서로 사랑하는 사이였다. 네 엄마가 널 가진 6개월 뒤, 네 아버지는 일본으로 갔는데 네 엄마가 죽을 때까지 그 사람의 소식을 듣지 못했다. 이것이 네 엄마가 해준 이야기의 전부다. 나도 그 이상은 알지 못한다. 그러니 너도 굳이 더 깊은 사정을 알려고 하지 않았으면 좋겠구나. 나마저 이 이야기를 너에게 숨기고는 눈을 감을 수 없을 것 같아 이야기하는 것이다."

마지막 말을 하는 아버지는 모든 기력을 잃은 것 같았다. 정치수는 기력을 잃어가는 아버지의 상태가 걱정되었다. 하지만 지금 아버지가 바른 이야기를 하시는 것인지, 아니면 기력을 잃어 헛소리를 하는 것인지 좀처럼 판단이 서지 않았다.

'오랜 세월 아버지를 존경하고 아버지의 모습을 닮으려고 살아왔다. 그런데 지금 이 순간 나는 어떤 판단을 내리고 무슨 말을 해야 한다는 말인가?'

"치수야, 네 마음 잘 안다. 하지만 이건 엄연한 사실이다. 네 엄마가 죽어가며 너에게 무언가 남기려고 애를 쓰다 결국 하지 못한 말이 바로 이 말이었어."

그 말을 듣고 정치수는 어머니가 세상을 떠나기 직전에 남긴 유언을 떠올렸다.

"치수야. 너는 아버지를 네 목숨보다 위하고 자식에게 하는 것보다 더 잘해 드려야 한다. 죄 많은 에미는 네 아버지 은혜를 갚기는커녕 짐만 하나 더 지워드리고 떠나는구나. 그러니 네가 에미 몫까지 꼭 채워서 잘 공경해 드려라. 그것이 너와 내가 아버지 은혜에 보답하는 길이란다."

정치수는 짐을 지워주었다느니, 은혜에 보답하는 길이라니 하는 이야기가 좀 이상하기는 했지만 아버지를 잘 공경하라는 의미로 받아들였다. 그런데 막상 아버지의 유언을 다 듣고 나니 비로소 자신이 들은 이야기가 사실이라는 느낌이 들었다.

'그렇다면 나는 누구란 말인가? 비록 내가 그들과의 교역으로 먹고 살지만 이 나라를 36년이나 짓밟았던 쪽발이 아들? 아니면 이름 모를 쪽발이와 어머니의 피가 반반 섞인 무궁화와 사쿠라의 중간? 그것도 아니면 지금 병상에 누워 계신 아버지의 보살핌을 받았으니 저 아버지 자식?' 정치수가 복잡한 생각에 빠져 있는데 아버지가 힘든 목소리로 불렀다.

"치수야, 갑작스러운 이야기에 당혹스럽지? 미안하다. 진작 말해주지 못해서. 좀 더 자세한 이야기를 들려주었으면 좋겠지만 나도 거기까지밖에는 모른다. 치수야, 저기 내 윗옷 호주머니에서 지갑 좀 꺼내주겠니?"

정치수는 혼란스러운 머릿속을 풀어보기라도 하려는 듯 세차게 머리를 가로 저으며 일어나 아버지 주머니에서 지갑을 꺼내 가져다드렸다

"열어보아라. 그 안에 낡은 사진이 한 장 있을 것이다. 일제강점기 때 네 엄마와 대학생복 입은 사내가 찍은 사진. 그 남자가 네 친아버지란다. 네 어머니가 찢어 버리려는 것을 내가 말려 이제껏 보관해온 것이다. 언젠가는 네게 한 번이라도 보여주는 것이 도리일 것 같아서 말이다."

정치수는 정말 황당했다. 머릿속은 형언할 수 없이 어지러웠고, 아무 생각도 하고 싶지 않았다. 하지만 정치수는 사진을 꺼내 두 사람을 자세히 살펴보았다. 분명 여자는 젊은 시절의 어머니

가 틀림없었다. 그리고 생부라는 남자는 당연히 처음 보는 얼굴인데도 어디선가 많이 본 듯했다. 그러나 그 느낌보다는 50년 가까이 살아온 삶이 한꺼번에 허물어질지도 모른다는 생각이 앞섰다. 아니, 그것은 생각이라기보다는 답답함이었다. 자신의 심장이 답답함으로 가득 차서 터질 것 같은 기분이었다. 피가 역류한다고 느끼는 순간 아버지가 조용히 입을 열었다.

"이제 그만 신부님 좀 모셔다 주려무나. 갈 때가 된 것 같다."

정치수는 그 말을 듣자 지금 감상에 젖어 있을 때가 아니라고 생각했다. 아버지의 얼굴은 그가 병실에 들어설 때와는 확연히 달랐다. 목소리도 완전히 기력을 잃었고, 숨소리에 가래 끓는 소리가 섞여 있었다. 치수는 지갑을 아버지 옷에 넣고 사진은 자신의 주머니에 넣었다. 그리고 구내전화로 원목실 신부님을 오시게 한 후 집에 전화해 아내와 아들을 불렀다.

신부님은 가족이 모두 모이자 아버지가 편안한 마음으로 하느님 나라로 갈 수 있도록 고백성사를 주었고, 하느님 앞에 설 때 그분의 지체라는 징표가 되도록 성체를 영해주는 병자성사를 해주었다. 그 후 아버지의 기운은 급격히 떨어졌다. 그러나 금방 눈을 감으시지 않고 정치수와 아내와 임종기도를 바치던 중인 21일 아침 7시경에 운명하셨다. 한 많은 생을 마감하신 아버지의 마지막 모습을 보는 정치수의 마음은 찢어지는 듯했다.

정치수는 눈을 감은 아버지 앞에 한동안 멍하니 앉아 있었다. 그의 마음은 표현할 수 없는 그 무엇들로 가득 차 있었다. 아내는 남편 역시 자기처럼 슬픔에 겨워 멍하니 앉아 있는 거라고 생각했다. 하지만 정치수가 멍하니 앉아 있는 것은 단순한 슬픔 때문만이 아니었다. 슬픔보다 더 격한 감정에 휘말리고 있었다.

'나는 누구인가? 돌아가신 아버지께서는 친자식도 아닌 나를 어떻게 그리도 사랑해 주실 수 있었다는 말인가?'

정치수는 아버지가 남긴, 자신은 친부가 아니라는 말이 믿기지 않았다. 모두 거짓말이라고 소리치고 싶었다. 아버지가 기력이 다하셔서 헛소리를 한 것이라고 믿고 싶었다. 그러나 마음과는 달리 정치수는 자신이 누구인가 하는 생각과 함께 도대체 이 대답을 어디서 얻을 수 있을까, 하는 생각뿐이었다. 오십이 다 되도록 살아온 삶이 한꺼번에 허물어지는 것은 고사하고 자신이 태어나서 존재한다는 사실조차 미웠다. 때문인지 통곡하며 울고 싶은 마음과는 다르게 눈에서는 눈물 한 방울 흐르지 않았다. 정치수는 그러나 이렇게 넋을 놓은 모습으로 앉아 있을 수만은 없다고 생각했다. 서울 바닥에 일가친척이라고는 단 한 명도 없었다. 우선은 아버지의 장례를 치르는 것이 더 급했다.

벌떡 일어서서 병실을 나온 정치수는 장례 절차에 대해 알아보기 위해 원무과를 향해 걸어갔다. 사람들 몇몇이 로비에 앉아 TV를 쳐다보고 있었다. 정치수는 별 생각 없이 TV 화면을 흘끔 쳐다보고 스치듯 지나쳤다. 순간 방송에서 흘러나오는 아나운서의 멘트가 정치수의 귀에 빨려들듯 들어왔다.

"그럼 성수대교 현장에 나가 있는 중계차를 연결하겠습니다."

정치수는 무슨 연속극 대사려니 하고 내처 걸어갔다. 그런데 멀리서 TV를 지켜보던 사람들은 물론 입원실로 향하던 간호사들도 발길을 멈추고 TV에 시선을 고정시키는 것이 아닌가?

흘깃 TV를 쳐다보는 순간 정치수는 깜짝 놀라고 말았다. 성수대교의 상판은 휴지조각처럼 찢겨 떨어져 나가 있었고, 다리 밑으로 떨어진 상판 위에는 여러 대의 차량이 완전히 찌그러진 채뒤섞여 있었다.

정치수는 매일 아침 7시 30분경에 성수대교를 지났다. 따라서 아버지가 내일 돌아가셨다면, 당연히 오늘 그 시간에 성수대교를 건넜을 것이다. 그러면 그 역시 곤두박질쳐진 차 안의 한 사람이 되어 저승길을 가고 있을지도 몰랐다. 어제 아버지의 유언을 들으며 오십 가까이 살아온 자신의 삶이 여기서 무너진다는 생각을 하고 답답해했는데, 자신의 인생이 아니라 목숨이 무너질뻔했던 것이다. 정치수는 로비 바닥에 주저앉아 엉엉 소리 내어 울었다. 이제껏 머릿속에 엉켜 있던 모든 것이 쏟아지는 눈물에 녹아 나오는 것 같았다.

그때 정치수는 보았다. 아버지께서 성수대교의 파편과 함께 떨어져 목숨을 잃은 영혼들과 어깨를 나란히 하고 하늘 길을 걸어가고 계시는 모습을. 아버지는 뒤돌아서서, 마음 편하게 가지라는 표정으로 어서 가서 볼일 보라는 듯, 정치수를 향해 연신 손을 흔들어 보였다.

#03_김영환의 죽음

　회사에 도착한 정치수는 주차장에 차를 대고 곧장 사무실로 올라갔다. 출근길 내내 돌아가신 아버지를 생각해서인지 마음이 무거웠다. 정치수는 그날 아버지가 해주신 이야기를 잊으려고 애를 썼지만 잊히기는커녕 잠시도 그의 머리를 떠나지 않았다. 그 누구와도 상의할 수 없는 일을 지금까지 가슴에만 묻고 살아온 정치수로서는 오늘이 아버지 제삿날이라는 말을 담담하게 받아들이기 힘들었다. 정치수는 자리에 앉아 우울한 마음을 달래기라도 하려는 듯 천천히 커피를 마셨다. 그때 여직원이 다가와 회장 주재 긴급 간부회의가 있다는 말을 전했다. 정치수는 정신을 차리고 회장실로 갔다. 회장실에는 임원들이 모두 와 앉아 있었다. 정치수는 미안한 마음에 엉거주춤 자리에 앉았다.

　"정 이사, 놀라지 말게나. 김영환 이사가…… 죽었네. 우리나라 시간으로 어제 말이야."

　유순명 전무가 잠시 정치수를 바라보다 무겁게 입을 열었다. 순간 정치수는 자신의 귀를 의심했다.

　'불과 닷새 전에 잘 다녀오겠노라고, 갔다 와서 보자고 씩씩하게 베트남으로 출장을 떠난 김 이사가 죽었다니, 갑자기 이게 무슨 소리란 말인가?'

"죽다니요! 김 이사가 왜 죽습니까?"

"어제 베트남에서 피격되었다는군. 우리 현지 직원들이 시신도 확인했고……. 베트남 경찰에서는 강도를 당한 것 같다고 했다더군. 오늘 아침 일찍 유병선 공장장이 내게 직접 연락했네."

정치수는 기가 막혔다.

'3년 전, 비록 음력이라고는 하지만 바로 오늘, 아버지는 나에게 낡은 사진 한 장 건네며 일본인의 아들이라는 말을 남겼다. 그런데 어떻게 같은 날, 둘도 없는 친구이자 동료인 김영환이 머나먼 외국 땅에서 강도를 만나 목숨을 잃었다는 이야기를 들어야하는가?'

김영환은 정치수와 같은 과 동기였다. 그들은 가톨릭학생회 활동을 함께하면서 가까이 지낸 사이였고, 학군단(ROTC)에도 같이 들어갔었다. 김영환이 해병대에 자원해서 월남전에 다녀온 후 중령으로 제대했다는 것이 다를 뿐이었다.

그는 제대 후 정치수가 다니는 삼오통상에 군 경력을 인정받으며 입사했다. 정치수가 이사로 모시던, 현 삼오통상 이건용 회장이 회사를 설립하자 정치수는 유순명 전무와 함께 창립 멤버로 참여했다. 그 후 베트남이 동남아의 주요 생산기지가 될 것이라는 것을 감지하고 그곳에 공장을 설립하고자 할 무렵 김영환이 전역을 했고, 정치수가 이 회장에게 그를 적극 추천했었다.

'그때 내가 영환이를 추천하지 않았더라면 이런 일도 없었을 것 아닌가?'

정치수는 몹시 후회되었다. 아버지가 유언하시던 순간부터 지금까지 3년 동안, 자신이 긴 꿈을 꾸고 있는 것이라면 좋겠다는 생각뿐이었다.

무거운 침묵을 깨고 먼저 입을 연 사람은 유순명 전무였다.

"김 이사를 살해한 범인을 잡는 것은 우리가 할 수 있는 일이 아닙니다. 또 이미 벌어진 일을 애타게 생각만 한다고 해서 무슨 해결책이 나오는 것도 아닙니다. 무엇보다 김 이사가 베트남 출장 중에 죽었다는 사실을 김 이사 집에 알리는 것이 우선입니다. 그런 다음 팀을 조직해 김 이사 시신을 베트남에서 운구해 와야 합니다. 먼 타국 땅에서 비명횡사한 것만 해도 억울하기 그지없는 일인데 시신을 그곳 영안실에 그대로 둘 수는 없습니다."

유순명의 말은 일리가 있었다. 하지만 김영환이 죽었다는 사실을 그의 가족에게 알린다는 것은 결코 쉬운 일이 아니었다. 누가 김영환의 아내에게 당신 남편이 베트남에서 총에 맞아 죽었노라고 이야기할 수 있겠는가?

회장실에 모인 임원들 대부분 고개를 숙인 채 아무 말이 없었다. 그러자 마침내 회장이 입을 열었다.

"내 생각에는, 물론 힘들겠지만 정 이사가 김 이사 부인을 만나 소식을 전해 주는 것이 어떨까 싶어. 어쨌든 정 이사가 김 이사와 가장 가깝게 지내지 않았나? 그리고 베트남에는 나를 중심으로 중역 한두 명과 사원 몇 명이 가는 것으로 합시다. 물론 김 이사 부인과 아들은 당연히 가야겠지. 그 외에 꼭 가야 할 분이 있으면 빨리 결정해서 내일 아침 첫 비행기로 갑시다."

회장의 말을 듣는 순간 정치수는 아내, 최수정의 얼굴을 떠올렸다. 정치수는 김영환의 죽음을 그의 아내에게 알리는 것은 누가 시키지 않아도 자신이 할 일이라고 생각했다. 김영환은 그에게 세상에서 둘도 없는 친구였다. 다만 어떤 방법으로 전해야 좋을지 생각나지 않았는데 회장의 말을 듣고 아내와 함께 김영환의 처를 찾아가는 것이 좋겠다는 생각이 들었다. 그의 아내와 김영환의 처도 가깝게 지내는 사이였다. 정치수는 아내와 함께 가는 것이 김영환의 죽음을 전하는 것도 그렇고, 그의 처를 위해서도 좋을 것 같다고 생각했다.

회의는 그쯤에서 끝났다. 사무실로 돌아온 정치수는 아내에게 전화를 걸었다.

"어쩐 일이세요? 지금 막 나가려던 참인데."

"아버지 제사보다 더 중요한 일이 생겼어. 외출하지 말고 기다려. 알았지?"

정치수는 아내에게 단단히 이르고 사무실을 나왔다. 그는 차를 몰고 집으로 가면서 자신이 해야 할 일들을 정리해 보았다.

'우선 아내에게 김영환의 죽음을 이야기하자. 그리고 오늘은 되도록 제사를 지내지 않는 것이 좋다는 내 의견을 이야기하자. 아버지를 위해 아침에 성당에 갔던 아내가 위령미사를 봉헌했을 것이고, 아버지께서도 오늘 제사를 지내지 못하는 우리 상황을 충분히 이해하시고도 남을 것이다. 대학 때부터 우리 집을 자기

집처럼 드나들며 친자식처럼 행동하지 않았던가? 그런 다음 아내와 영환이 집으로 가서 그의 죽음을 제수씨와 준철이에게 알린 후 베트남에도 함께 가자고 하자. 그러면 제수씨가 조금이나마 위로 받을 수 있을 것이다. 그리고 영환이 시신을 운구해 오면 장례미사를 해야 하는데 미리 영환이 본당 신부님께 말씀드려야겠지?'

그러다 정치수는 기껏해야 그런 생각밖에 하지 못하는 자신이 한심스러워졌다. 영환이를 죽인 범인을 반드시 잡아야 한다거나, 영환이 없이 살아갈 가족을 위해 무슨 일을 어떻게 해야 좋을까, 하는 생각은 나지도 않았다. 영환이의 죽음을 직접 보지 않은 탓도 있겠지만 그보다는 너무 친한 친구의 죽음이어서 가슴에 와 닿지 않았다. 아니, 그보다는 믿고 싶지 않았다.

'영환이가 죽었을 리 없어! 베트남에 가면 곧 만날 것이고 함께 귀국해서 출장을 떠나기 전날처럼 술잔을 기울이며, 회사를 걱정하고 조국을 걱정하다 잃어버린 우리의 역사를 찾아야 한다고 소리 높여 외칠 것이다.'

정치수는 김영환이 베트남 출장을 떠나기 전날 몇몇 동료들과 가졌던 술자리에서 했던 말을 떠올렸다.

"글쎄다. 아직 확실하게는 이야기할 수 없지만 모르면 몰라도 쪽발이들이 미국인들보다야 먼저 베트남을 차지하겠지. 우리가 베트남에 공장을 세우려고 출장 갔을 때, 이미 쪽발이들이 판을 치고 돌아다니는 거, 눈으로 봤잖아. 그렇다고 미국인들이 뒷짐만 지고 있었던 것은 아니지만. 내가 월남전에 참전했을 때 함께 근무했던 록펠러라는 미국 친구, 너도 필리핀에서 같이 만났었잖아. 미국인들은 마치 눈칫밥 얻어먹는 듯 조용한데 술집이면 술집, 호텔이면 호텔 일본 놈들 판이었잖아. 벌써 그때 쪽발이들은 베트남 구석구석을 갈아엎고 씨를 뿌리기 시작한 거지. 이제 그들은 결실을 기다리는 중이야.

그에 비하면 비록 물밑 작업은 했다고 하지만 미국은 이제 시작이라고 해도 과언이 아닐 거야. 지난 번 출장 때 샹들리에호텔에서 우연히 록펠러를 또 만났는데 그 친구 말이 일본 애들이 너무 깊숙이 개입되어 있어서 보통 힘든 것이 아니라고 하더군. 우스운 이야기지만 쪽발이들은 그곳에 피 한방을 안 흘리고 혼 하나 묻지 않은 채 알맹이를 빼가는 것이고, 우리는 혼을 묻었으니 본전이라도 건질 셈이라고나 할까? 미국은 유골문제와 포로문제를 수교의 첫 조건으로 내세워 회담을 진행했는데 우리는 그런 조건은 아예 없었으니 혼 대신 돈을 건지겠다는 셈이지.

물론 우리 국군의 참전 동기와 명분은 여러 가지로 설명 가능하겠지. 정치적으로는 남베트남이 공산화되는 것을 막고, 자유를 수호하려는 공동방위체로서의 신의를 준수하며, 한국전쟁 당시 공산화를 막기 위해 참전한 16개국에 대한 보답이라는 명분을 내세울 수 있을 거야. 실제로 베트남전은 국제적으로 우리나라를 알릴 수 있는 계기가 되었고, 우리 군의 국제적 지위향상에 결정적 역할을 했지. 하지만 무엇보다 돈이 우선 아니었겠어? 당시 우리나라 경제 상태는 지극히 열악해서 기업의 해외진출은 생각지도 못할 때였는데 베트남 파병으로 당시로서는 엄청난 금액인 10억 불을 벌어들였으니까.

1966년 3월 4일 발표된 브라운(Brown)각서에 따라 군사적으로 현대화된 장비 지급, 한국군의 참전 경비 일체 부담, 전투수당 지급, 경제적으로 베트남 건설 사업 참여, 수출 장려 및 기술 원조, 경제개발 차관 제공, 경부고속도로 건설 지원 등을 미국으로부터 약속 받았잖아. 종전 후 철수한 국내 건설업체들은 베트남에서의 경험을 바탕으로 때마침 석유파동으로 급격히 성장하고 있던 중동 지역에 진출해 경제기반을 단단히 다졌잖아. 32만 베트남 참전 용사들이 국가경제발전의 초석이 된 셈이었지. 이 모두가 목숨이라도 팔아 빈곤에서 벗어날 기반, 즉 돈을 마련하겠다는 의미 아니었겠어? 그러니 지금 와서 할 말 없는 거지."

김영환은 이야기를 마치고 단숨에 잔을 비웠다.

"다 마찬가지 아냐? 그거나 요동 땅을 소리 소문 없이 빼앗기고도 말 한 마디 못하면서 푼돈이나 건지려는 꼬락서니나. 우리 기업들 말이야. 기왕 해외 생산기지를 만들 거면서 서로 힘을 합쳐 요동기지를 만들어서 고구려 후손들인 조선족들과 함께 민족혼을 세워야겠다는 생각은 안 하잖아. 지금은 중국 땅이라고 하지만 엄연히 우리 역사의 한 조각인 고구려가 중국의 역사라고 우겨대는 그들에게 이렇다 할 반론 한번 제대로 못 폈잖아. 그 땅을 찾지 못한다 할지라도 적어도 고구려가 우리 역사의 한 조각이라는 사실은 인정받아야 되는 거 아닌가?

왜 나라를 위해 일하다 죽은 이들의 후손이 선친의 명예를 회복하려는 것일까. 연금 때문에? 물론 그럴 수도 있겠지. 하지만 더 중요한 것은 자부심을 갖고 싶은 것 아니겠어? 마찬가지로 요동 땅을 지배했던 고구려의 역사가 대한민국의 역사라는 사실은 당연히 인정받아야 할 일이야. 그래야 우리 모두 고구려의 기상을 자랑스럽게 가슴에 품을 수 있을 테니까. 그동안은 먹고살기 힘들다는 핑계로 미뤄두었지만 더 이상 안 돼. 물론 그런 생각이 나 혼자 부르는 노래인지는 잘 모르겠지만."

그때 정치수는 김영환의 말이 자신에게 남긴 유언이 될 줄은 꿈에도 몰랐다.

정치수가 집에 들어서자 아내가 불안한 표정으로 물었다.

"도대체 무슨 일이에요?"

아버지 제사보다 더 중요한 일이라는 말에 놀란 모양이었다.

"김영환 이사가 어제 베트남에서 죽었어."

정치수는 잠시 망설이다 담담하게 대답했다. 그렇게 하지 않으면 김영환의 죽음을 아내에게 밝힐 수 없을 것 같았기 때문이었다.

"무슨 말씀이세요? 준철이 아빠가 왜요?"

아내는 멍한 얼굴로 믿을 수 없다는 듯 되물었다.

"현지에서 강도가 쏜 총에 맞아 죽었대."

정치수는 아침에 들은 이야기를 해주었다. 그제야 김영환이 세상을 떠났다는 것이 실감 났고, 뭔가에 막혀 있던 눈물이 쏟아지기 시작했다. 얼마나 울었을까……. 정치수가 우는 모습을 보고 함께 눈물을 흘리던 아내가 걱정스럽다는 듯 물었다.

"준철 엄마도 알아요?"

"아직 몰라. 누군가는 말해 주어야 하는데 내가 하는 것이 제일 좋을 것 같아. 그렇다고 혼자 갈 수도 없어서 당신과 같이 가려고 기다리라고 한 거야. 우선 준철이네로 갑시다. 어떻게 해야 할지는 가면서 의논하기로 하고."

그러나 정치수는 김영환의 집으로 가는 동안 아무 말도 하지 않았다. 아내 역시 좀처럼 입을 열지 않았다. 김영환의 집 근처에 이른 정치수는 일부러 조금 먼 곳에 차를 세웠다. 김영환의 아내를 만나는 시간을 조금이라도 늦추고 싶었기 때문이었다. 정치수는 눈으로 확인한 것도 아니면서 가장 친한 친구가 죽었다는 사실을 전해 주어야 한다는 것이 영 마음에 내키지 않았다.

엉거주춤 차에서 내린 정치수가 머뭇거리며 걸음을 옮기지 못하자 아내가 말했다.

"여보, 갑시다. 어차피 우리가 할 일이라면 빨리 하는 편이 낫지 않겠어요? 정 말씀 꺼내기 힘드시면 당신은 가만 계세요. 제가 얘기할 게요."

정치수는 아내의 말이 참으로 고맙게 느껴졌다. 김영환의 아내 오은미는 다행인지 불행인지 집에 있었다. 그녀는 겉으로는 반갑게 정치수 부부를 맞이했지만 뭔가 좋지 않은 느낌을 받은 듯 불안한 기색이 역력했다. 그녀는 차를 내올 생각인지 정치수 부부를 거실 소파에 앉히고 주방 쪽으로 갔다.

"준철 엄마, 차는 됐으니 앉아서 얘기나 해요."

최수정이 만류했지만 오은미는 어색한 분위기를 깨려는 듯 주방으로 향했다. 오은미가 차를 내오자 최수정이 입을 열었다.

"준철 엄마. 사실 어려운 이야기 좀 하려고 같이 왔어요."

그러나 막상 최수정은 더 이상 말을 잇지 못했다.

"중식 엄마. 무슨 이야기인지는 모르겠지만 우리 사이에 못할 말이 뭐가 있다고 그렇게 힘들어 하세요. 부담 갖지 말고 얘기해 봐요."

오은미가 부드럽게 말했다. 표정을 보니 오은미는 정치수 부부가 집안일을 상의하러 온 것이라고 착각한 모양이었다. 최수정은 더 시간을 끌어서는 안 되겠다고 생각하고 입을 열었다.

"실은 오늘 베트남에서 연락이 왔는데요, 준철이 아빠가 사고를……."

순간 오은미의 얼굴이 무섭게 일그러졌다.

"사고요? 사고라니요!"

오은미는 불안한 짐작이 현실로 나타날 것 같은 두려움에 떨면서 최수정을 쳐다보았다. 최수정은 차마 더 이상 말을 할 수 없었다. 오은미가 넋두리하듯 힘없이 다시 물었다.

"무슨 사고죠? 교통사고? 아니면…… 많이 다쳤나요?"

"준철 엄마, 놀라지 말아요. 그냥 다친 정도가 아니라……."

최수정은 오은미가 충격을 받는 한이 있더라도 말을 꺼냈을 때 털어놓는 것이 그를 위하는 길이라고 생각했다. 오은미를 두 번 놀라게 할 수는 없었다. 더군다나 오은미는 남편의 죽음을 예감하고 있는 듯 보였다.

　"다친 게 아니면, 설마…… 돌아가시기라도 했다는 거예요?"

　최수정이 망설이는 동안 오은미가 기어 들어가는 목소리로 물었다. 그녀의 얼굴은 이미 검게 변해 있었다.

　"두 분이 함께 오신 걸 보고 좋지 않은 일이 일어났다는 것은 알았지만 혹시 그이가 돌아가시기라고 한 거예요? 대답 좀 해 주세요, 대답 좀……."

　오은미는 최수정의 어깨를 두 손으로 붙잡고 흔들며 조르듯 다급한 목소리로 물었다. 하지만 최수정은 차마 대답을 할 수 없어 말없이 고개를 떨어뜨렸다.

　"그이가 왜 돌아가셨는데요?"

　오은미는 최수정이 죄인처럼 고개를 숙이는 것을 보고 절규하듯 외쳤다. 그러고는 바닥에 쓰러져 울음소리도 내지 못하고 하염없이 눈물을 쏟았다.

　정치수는 아내와 오은미를 남겨둔 채 밖으로 나와 담배를 꺼내 입에 물었다. 그러나 담배에는 불을 붙이지 못한 채 눈물만 흘렸다. 어머니와 아버지가 돌아가셨을 때는 느끼지 못했던, 서러움 같은 느낌이 한꺼번에 밀려들었다.

#04_귀촉도 우는 마음

정치수는 이튿날 아침 아내 최수정과 이건용 회장, 오은미와 그의 아들 준철, 그리고 주원모, 유순명 등과 함께 첫 비행기로 베트남으로 향했다. 베트남 공항에 내리자 현지 공장장인 유병선이 마중을 나와 있었다. 정치수 일행이 유병선 공장장의 안내를 받아 김영환의 시신이 안치 되어 있는 병원 영안실에 도착한 시간은 저녁 7시쯤이었다.

빈소를 지키던 한국인 기술자들이 벌떡 일어서서 정치수 일행을 맞이했다. 그러나 정치수 일행의 눈에는 그들이 들어오지 않았다. 그들은 빨리 김영환의 시신부터 확인하고 싶었다. 하지만 시신 안치실을 담당하는 공산당 관리를 데리러 갔던 유병선이 좀처럼 돌아오지 않았다. 회장이 답답한 표정으로 오은미의 얼굴을 쳐다보았다.

"티우 씨는 오지 않았나?"

회장이 기술자들에게 물었다.

"티우 씨는 수사가 어떻게 진행되고 있는지 알아보려고 공안에 갔습니다. 곧 오실 겁니다."

자재를 관리하는 엄 대리가 대답했다.

"티우 씨를 기다리는 것이 아니라 공장장이 오지 않으니 하는 소리에요. 누구 갈 사람은 없나?"

"제가 가보겠습니다."

엄 대리가 나섰다. 그때 유병선이 관리인인 듯한 사람과 함께 들어섰다.

"근무 시간이 지났다고 오지 않겠다는 걸 억지로 데려오느라 늦었습니다. 죄송합니다. 10불이면 되는 것을 20불을 쥐어 줘도 배짱을 부리는 바람에 그만……. 사모님, 회장님 이쪽으로 오십시오."

유병선이 안내를 했다. 관리인은 앞장서서 걸어가고 있었다. 사람들이 애타하든 말든 근무 시간을 핑계로 돈만 벌려고 하는 베트남 관리의 행동이 역겨웠지만 정치수는 모른 척했다. 그런 것을 따질 기분도, 기운도 없었다. 정치수는 안치실 냉동고에 누워 있는 시신의 주인공이 김영환이 아니기 만을 바랐다. 하지만 관리인이 시신을 덮고 있는 흰 보를 걷자 모습을 나타낸 것은 바로 김영환이 잠든 모습이었다. 차이가 있다면 얼굴이 부어 있고, 창백하다는 것뿐이었다.

정치수는 현기증을 느꼈다. 아니 단순히 현기증을 느낀 것이 아니라 다리에서 맥이 확 빠지면서 실제로 비틀거리는 자신을 느낄 수 있었다. 옆에 서 있던 아내가 깜짝 놀라 부축하려고 손을 뻗으려다 그가 똑바로 서자 다시 손을 거두었다.

'내가 이런데 오은미는 어떨까? 그리고 준철이는…….'

정치수는 오은미와 준철이를 바라보았다. 준철이는 자리에 주저앉아 얼굴을 무릎에 파묻은 채 흐느껴 울고 있었다. 오은미는 아무 말 없이 마치 잠자는 신랑의 얼굴을 쳐다보듯이 김영환의 주검을 내려다보고 있었다. 정치수는 그 모습이 더 슬프게 느껴져 자신도 모르게 눈물을 흘렸다. 남편의 얼굴을 들여다보던 오은미가 힘 빠진 목소리로 입을 뗐다.

"여보, 이제 그만 일어나세요. 일어나 가시자고요."

그 자리에 있던 모두는 그야말로 눈물바다를 이뤘다. 얼마인가를 그렇게 울던 사람들의 눈물과 울음소리가 잦아들었다. 오은미도 더 이상 울 기력도 없는지 이미 울음을 그친 채, 주검이 되어 누워 있는 김영환의 얼굴을 하염없이 쓰다듬고 있었다. 오은미를 말린 것은 최수정이었다.

"준철 엄마 마음이야 오죽하겠어요? 하지만 이제 받아들일 것은 받아들이고 우리 빈소로 옮겨가서 기도드립시다. 돌아가신 준철이 아빠의 영혼을 하느님께서 기꺼이 맞아주시도록 기도드립시다."

사실 최수정도 말은 그렇게 하고 있었지만 도저히 자신도 용납되지 않는 현실 앞에 서 있다는 것을 알고 있었다. 이역만리 타국 땅. 조국과 가족을 위하여 왔다가 싸늘한 주검으로 변해 버린 남편을 보는 저 심정이 오죽하겠는가? 최수정은 정치수의 얼굴을 흘깃 쳐다보았다. 지금은 내 곁에 누구보다 든든하게 버텨주고 있는 저 사람이 만일 지금 김영환이 누운 저 자리에 누워 있다면 나는 어땠을까? 아마 자신은 나뒹굴고 있을지도 모른다는 생각이 들었다. 오은미는 아직도 김영환의 죽음이 현실로 다가오지 않기에 저 정도일 것이다. 만일 현실로 다가온다면 까무러치는 것은 고사하고 죽는다고 난리가 날 것이다.

최수정이 오은미를 진정시키며 이런 생각을 하고 있는데 영안실 안내원이라는 자가 서류 한 장을 들고 들어왔다. 경찰은 시간이 없어 올 수 없고 다만 시신이 여기에 적혀 있는 신원과 맞으면 서명을 해달라며 서류 한 장을 내밀었다. 정치수는 비통한 마음에 야속함까지 겹쳤다. 이 먼 이국땅에 와서 비명횡사한 것도 서럽고 안타깝거늘, 범인에 대한 일언반구의 이야기도 없이 그저 시신이 맞으면 서명해서 되돌려 달라는 서류 한 장 덜렁 보내 놓고 경찰은 코빼기도 비추지 않는다는 것이 그에게는 납득이 가지 않았다. 게다가 이 서류에 서명을 하고 나면 이 사건은 그냥 종결되는 것이 아닌가 하는 강한 의구심이 들었다. 하지만 지금 이 상황에서 그것을 누구에게 물어 볼 수도 없고 해서 우선은 상황을 진정 시키는 것이 중요하다고 생각했다. 정치수는 조금만 기다려 줄 것을 요구했다. 만약 미리 주어놓은 돈이 없다면 퇴근 시간이 되었으니 돌아가야 한다고 억지를 부렸을 텐데 안내원은 너무 오래 끌지 말고 와달라며 자신은 병원 안내실에서 기다리겠다고 하고 돌아가 버렸다.

안내원이 나가자 준철이가 마치 제 아버지의 죽음이 저 서류 한 장으로 확실하게 인지되었다는 듯 자기 어머니의 품을 파고 들어 몸부림치며 울기 시작했다. 그러자 오은미 역시 같은 심정이었는지 모자가 몸 전체로 울음을 토해냈다. 1시간 여 지나자 오은미와 김준철의 울음은 차라리 낮은 목소리로 부르는 타령처럼 변해있었다.

"공장장, 우리 여기서 밤을 새울 수 있지?"

이곳에서 밤샘을 하자는 뜻을 담아, 지금 당장의 처신부터 정하자는 회장의 질문이었다.

"그건, 좀…… 곤란합니다."

"왜? 이곳 영안실은 유족이 밤도 못 새우나?"

회장은 의아한 듯 유병선을 쳐다보았다.

"그게 아니라 이곳은 한국과 매우 다릅니다. 회장님도 아시다시피 제한 송전이 아직도 시행되고 있어서 밤 열두 시가 되면 산업체와 병동 등 꼭 필요한 곳에만 전력이 공급되고 영안실이나 기타 저들이 불필요하다고 여기는 곳, 말하자면 비생산적이라고 여기는 곳은 소등을 해야 합니다. 게다가 아직 공안부에 신고도 안 되고 해서 곤란합니다. 공연히 이곳에서 작은 말썽이라도 생기면……. 내일 공안부와 영사관에도 들르셔야하는데……."

내일 이곳 경찰서와 영사관에 들러야 하는데 공연히 작은 말썽이라도 생겨 사전에 저들에게 좋지 않은 이미지를 심었다가는 득 될 것이 없다는 유병선의 말에, 회장은 자신이 순간적으로 김영환의 시신 앞에서 일의 앞뒤를 잃고 흥분했던 사실을 깨닫기라도 한 듯 말꼬리를 돌렸다.

"그렇지. 그게 더 중요할지도 모르지. 그나저나 티우 씨는 잘

알아보고 있는 건가?'

오은미가 먼저 나서서 자리를 수습하자고 말했다.

"제 염려는 하지 마시고 하루 빨리 이 이를 우리나라로 모시고 갈 수 있는 길을 찾아 주세요. 더더욱 지금 구천을 떠돌고 있을 이 이의 범인 검거에 도움이 될 수 있는 방법이 있다면 저는 어때도 참을 수 있으니까요."

"사모님께서도 저렇게 말씀하시니 우선은 회사로 가시는 것이 좋을 것 같습니다, 지금쯤 티우 씨도 들어와 있을 것 같은데요"

모두 머뭇거리고 있는데 유병선이 제의하자, 그들은 서류를 일단 경찰에 되돌려 주며 내일 경찰에 가서 해결하겠다고 영안실 안내원에게 말한 후 현지 공장을 향해 떠났다. 삼오통상 현지 공장은 병원에 비하면 왕궁 같은 시설을 하고 있었다.

오은미는 이곳 공항에 내려 병원까지 가는 동안 시가지의 모습과, 병원 시설들을 보며 이곳으로 출장 왔던 남편을 생각하니 그 고생이 눈에 보이는 듯했다.

어린 시절을 전쟁과 가난 속에서 보내고, 이제는 내 나라가 살만한 환경이 되니까 처자식을 위해 이런 열악한 환경과 싸우며 일했을 남편에 대한 말로 표현할 수 없는 연민 때문이었다. 진작 남편에게 더 가까이 다가서지 못한 자신의 가슴을 쥐어뜯고 싶었다.

일행은 사무실로 안내되었다. 현장에서는 아직도 재봉틀 소리며 기계소리가 요란하게 들렸고 아직 작업을 끝낼 기미는 보이

지 않았다. 일행이 사무실에 있는 동안 현장과 밖에 잠시 나갔다 온 주원모가 입을 열었다

"티우 씨가 아직 돌아오지 않았나 봅니다. 우선 식사부터 하시는 게……."

"그럴까? 우선 식사부터 하지. 준철군, 어머님 모시고 가지."

그러나 오은미는 전혀 식사를 하고 싶은 생각이 없었다. 아니, 식사 그 자체도 생각하고 싶지 않았다. 유언 한마디 남기지 못하고 죽은 남편 앞에 사잣밥 한 그릇, 저승길 노잣돈 한 푼도 얹지 못한 채 밥을 생각한다는 그 자체만 해도 죽어서 싸늘히 누워있는 남편에 대한 죄악처럼 여겨졌다.

사람은 누구나 죽는다. 그러고 보면 죽은 그것이 큰 문제는 아니다. 어떻게 죽었느냐, 또 어떻게 얼마를 살다 죽었느냐가 그 죽음에 대한 슬픔의 정도 차이를 느끼게 하는 것 아닐까? 아니, 그보다 살아남은 사람들이 어떤 환경에 처해 있느냐가 슬픔에 대한 정도의 엷고 짙음을 조절해 줄지는 모른다. 하지만 최소한 마지막 가는 길 앞에 후회 없을 작은 예는 갖추어야 하는데 자신은 그 작은 예마저 갖추지 못하고 있다고 생각하자 오은미는 정말 미칠 것 같았다.

어느 시인이 노래했었던 것처럼 사랑하는 님의 가시는 길 앞에 자신의 머리칼이라도 베어 육 날 미투리를 삼아 조금이라도 편히 가시게 하고 싶은 아내의 마음이건만 지금 미투리는커녕 사잣밥 한 그릇 떠놓지 못하고 있다는 생각을 하자 북받치는 설

움을 떨어낼 수가 없었다. 그리고 그 설움이 다시 눈물이 되어 하염없이 흐르기 시작하자 자신의 모습을 숨기고 싶어 쫓기는 꿩이 머리만 아무 구석에나 집어넣는 것처럼 고개를 돌렸다.

"그럼, 식사는 조금 있다가 하고 현장을 먼저 둘러볼까?"

회장이 이 자리를 어떻게든 수습해 볼 양으로 입을 열었다. 회장이 지금 굳이 현장을 둘러 볼 필요는 없었다. 그것은 누구도 안다. 우선 일에 관한 거라면 유병선의 브리핑과 티우와의 만남이 더 중요하고 그에 대한 확인이 중요하지 현장 그 자체는 어차피 주원모와 유 전무가 돌아볼 일이었다. 그러나 회장이 왜 현장을 둘러보자고 하는지 모두가 알고 있기에 아무도 이의를 달지 않고 준철과 오은미를 남겨두고 사무실을 나서려고 했다.

"주 차장, 자넨 여기서 두 모자분을 모시고 있지. 우리끼리 간단히 둘러볼 테니까."

오은미를 진정시키라는 회장의 묵시적인 지시와 함께 주원모는 멈칫 그 자리에 머물렀다. 일행이 사무실을 나선 후 약간의 침묵 아닌 침묵이 흘렀다.

"저 때문에 공연히 여러분들이……."

"아, 아닙니다."

오은미가 얼굴을 훔쳐내며 차려내는 격식에 주원모는 당혹감을 감추지 못했다.

"어차피 24시간 교대작업이니까 시간은 아무래도 괜찮습니다. 야식 때문에 구내식당도 교대 근무거든요."

주원모는 이미 오은미가 김영환을 통해 들었을 얘기들이라도 해서 이 고요와 적막을 깨고 싶었는지 몇 가지 더 부연 설명을 했다. 그러나 오은미의 귓불은 그 얘기 자체를 거부하고 있었다. 그녀는 오로지 이 어두운 밤, 그나마 조명시설이라고 밝히고 있던 그 희끄무레한 백열전등마저 그들이 나설 때 꺼져 있던 영안실 생각뿐이었다. 그 안에 눈은 감았지만 마음의 눈은 감지 못하고 싸늘히 누워있을, 하고 싶은 많은 말을 마음의 눈을 통해 토해내며, 사잣밥 한 그릇 얻어먹지 못해 배고파하며 구천을 떠돌고 있을 사랑하는 남편의 모습이 눈앞에 어른거릴 뿐이었다. 환영처럼 어디선가 귀촉도 우는 소리가 들려오고 있었다.

#05_카멜레온

티우는 생각보다 늦게 돌아왔다. 제한 송전이 실시되는 이곳 전력 사정을 감안할 때 열한 시가 넘은 시간은 상당히 늦은 시간이다. 외국 기업들이 세운 현지 생산시설들이야 현장을 밝히는 것이 곧바로 수익과 연결되는 까닭에 자가 발전 시설을 갖추고 주야를 청청하게 밝히지만 일반 서민이나 유흥업소의 사정은 그렇지 못했다. 그럼에도 티우가 열한 시가 넘어서 도착한 것은 그런 맥락에서 볼 때 자기 나름대로는 동분서주했음이 틀림없다.

오은미는 저녁 한 술 뜨지 않은 채 물만 몇 모금 마셨지만 전혀 배고프거나 피곤하지 않았다. 티우가 돌아왔다는 사실 앞에서, 그를 통해 어떤 일인가가 속 시원하게 해결 되지는 못 하더라도 아주 작은 해결의 귀퉁이라도 잡아 볼 수 있을 것 같은 기대가 피어나기 시작했다.

"아이쿠, 회장님 원로에 고생이 많으셨습니다."

주원모와 유병선이 번갈아 통역을 한 인사말이지만 굳이 통역을 거치지 않아도 티우가 과장된 언어와 행동으로 회장을 반기는 표정은 누구도 알 수 있었다.

"사모님, 진짜 무어라 위로를 드려야 할지 모르겠습니다."

티우는 오은미에 대한 인사도 결코 빠뜨리지 않았다. 이곳 토호다운 격식과 몸에 밴 언어행각은 하나도 나무랄 것이 없다. 사회주의 국가이면서도 사유재산이 인정되는 복잡한 경제 체제가 일부 부패한 관리들만 아니면 아무런 문제없이 운용되고 있는 나라다. 또 전에는 서로 총을 겨누며 죽이지 못해 안달을 하던 월남군과 베트콩이 이렇다하게 큰 마찰 없이 살아가고 있는 나라다. 그렇게 복잡한 두 가지가 서로 엉켜 금방이라도 멈추지 않을까 하는 생각이 들지만, 오히려 서로 맞물려 아무 무리 없이 돌아가는 나라에서 볼 수 있는 철저한 자기 관리의 모습이 몸에 배 있었다. 게다가 그는 체제가 양분되어 서로 총질하던 시절부터 이 지방에서 꽤 세력 있는 인사였다. 그런 그에게는 자신의 보존을 위해서 저런 행동이 절대적으로 필요했을 것이다.

그러나 그의 처신이나 행동이 어떤지는 오은미에게 하나도 중요하지 않았다. 단지 티우가 소유하고 있는 권력의 힘에 기대 남편의 시신을 하루빨리 조국으로 모시고 가야 한다는 것과, 남편을 죽인 얼굴 없는 범인을 찾아내는 일만이 중요할 뿐이다.

"회장님, 한국에서 하시는 전자 산업은 잘 되시고요? 언젠가는 그 전자산업의 생산기지 역할을 할 준비가 제게는 갖춰져 있습니다. 단단한 마음의 각오는 물론 이미 이 지역의 몇몇 필요한 인사들에게는 그에 상응하는 적절한 조치를 해 두었습니다."

티우는 의례적인 인사를 넘어 이제 사업상의 얘기로 슬쩍 발을 넣으려했다. 지금 이 봉제 생산기지가 아무런 탈 없이 성장하고 있는 모습이 자기의 힘을 등에 업고 있기에 가능했다는 것을 잊어서는 안 된다는 과시다. 그리고 새로운 사업이 베트남에 올 경우에는 그 공이 인정되어 반드시 자기 차지가 되어야 한다는 은근한 압력이요, 강한 바람이다. 동시에 김영환 사건을 어느 정도 소득 있게 해결해가고 있다는 이야기였다.

그러나 오은미의 귀에는 그런 얘기는 아무 들을 거리가 되지 못했다. 다만 약간의 취기가 오른 저 베트남 중노인이 오늘 남편의 죽음에 대해 얼마만큼 알아왔으며, 또 그 해결에 대한 방법이 얼마만큼 진척되어가고 있는지 그것이 중요할 뿐이다.

"그럼요. 그러서야죠. 그건 이따가 우리끼리, 사업 얘기는 따로 이어가기로 하고 그보다……."

회장은 오은미의 마음을 읽었는지 아니면 자신도 김영환의 죽음에 대해 갖고 있는 짙은 의혹 때문인지 티우의 속마음을 읽고 있으면서도 말꼬리의 방향을 김영환 쪽으로 틀었다.

"우리 김 이사 얘긴데…… 뭣 좀 알아 내셨습니까?"

이 질문에 티우는 꿀꺽 침을 삼켰다. 그리고 조심스레 그러나 그나마 나나 되니까 이만큼이라도 해결했다는 자만에 찬 목소리로 으쓱해서 대답했다.

"알아봤다기보다는 일단 이곳 공안부와 당 기관에 손을 써 놓았습니다. 다행히 이곳 공안부와 당 간부 중 상당수가 옛날 자유 수호게릴라(베트콩) 시절에 제 동지들이었던 관계로 남보다는 쉽게 해결할 수 있을 겁니다. 우리 자유수호게릴라 동지들은 지금도 그 시절의 아픔을 잊지 않고 서로 위로하며 살아가고 있습니다."

오은미는 새삼 놀랐다. 저 파트너라는 티우는 자유 월남시절 최고 권력자와도 일가뻘 될 뿐 아니라 이곳에서 상당한 부와 권력을 쥐고 있는 토호세력 중의 하나다. 그가 언제 베트콩으로 활약했기에 게릴라 시절의 동지들이 당과 공안부 간부로 활약하고 있다고 자랑을 할 수 있다는 말인가? 언젠가 남편이 월남전 얘기를 비출 때 들었던 이야기가 생각났다.

"그 사람들은 낮에는 월남의 충신, 밤에는 베트콩이야. 언제 자신이 선 땅이 어느 체제 안에 들어 갈 지라도 자신을 보존하기 위한 수단일뿐더러 그들은 결코 그 전쟁에 아무런 의미도 부여치 않고 있거든. 호치민의 해방군이든 미군을 등에 업은 월남군이든 어느 놈이 지배하든, 일단 나만 잘 먹고 잘 살면 되지 나머지 정치적인 상황은 중요하지 않은 거야. 공연히 미국만 쓸데없는 곳에 돈을 쏟아 부었지. 상부 권력층 몇 사람만 권력을 지킨답시고 아등바등했지 일반 국민들은 그저 자기 배 불려 줄 수 있으면 그만이었어. 지방 토호들도 마찬가지야. 이쪽에 붙었다 저쪽에 붙었다 적당한 저울질을 해 대는 것은 꼭이 목숨 보전을 위한 행동으로 볼 수도 있을지 모르지만, 체제에 대한 그들의 변신이 월남전 자체가 모순된 전쟁이었다는 사실을 잘 말해주는 거지."

오은미는 생생히 들려오는 남편의 육성을 가슴으로 들으며 이어지는 티우의 말에 귀를 기울였다.

"김 이사님의 시신은 원하시는 대로 할 수 있습니다. 물론 한국으로 모셔가고 싶겠죠. 그건 당장이라도 가능합니다. 다음으로 김 이사님을 쏜 범인에 대해서는 지금 계속 수사는 하고 있습니다만 원래 이곳 수사 기능이 딸리다보니 힘든 모양입니다. 우리는 전투의 영웅일 뿐이지 세밀한 수사에는 좀 약하거든요."

순간 오은미는 한 가지는 안심이 되었지만 뒷말에 자신의 가슴 속에서 끓어오르는 핏덩이가 울컥 목으로 치솟음을 느꼈다. '전투의 영웅일 뿐이지 세밀한 수사에는 좀 약하다고?' 소리라도 치고 싶었다. 그 말은 자신들의 체제 안정과 새로 자기 나라에 진출하려는 기업들의 불안감 해소를 위해 얼렁뚱땅 이 사건을 마무리 지어 끝내고 싶다는 표현을 미화해서 표현하는 것에 지나지 않는다. 그러나 참고 기다려야 한다는 자기 억제의 소리를 수 없이 입안에서 되뇌며 티우를 주시하고 있었다.

"김 이사님 몸속에서는 두 개의 탄환이 나왔습니다. 미제 콜트 6연발이었습니다. 그러나 이총은 원래 해방전쟁 때 대다수 미군과 저희 해방 전사는 물론 많은 월남군, 심지어는 일반인마저 소유했던 총입니다. 그 총만 갖고는 범인 추적이 보통 힘든 것이 아닐뿐더러 범행 장소가 캄캄한 골목인 까닭에 본 사람도 없고 해서 어려움이 많다는 것입니다. 또 김 이사님이 외국인이다 보니까 이렇다 하게 정보를 제공해 줄 사람도 없고요."

"그 외 다른 사항은?"

회장이 입을 여는 순간 주원모가 끼어들었다.

"그때까지 이사님이 어딘가 계셨을 테니까 그곳들을 탐문해

같이 있던 사람을 알아내면 될 것 아닙니까?"

"물론 그런 것까지 모르지는 않습니다. 그러나 이곳 사람들은 해방전쟁 때부터 몸에 밴 습관이 있습니다. 누가 사람을 찾기 위해 사진을 들이밀면 우선 모른다고 합니다. 설령 속으로 알고 있더라도 말하기를 꺼려합니다."

티우는 물을 한 모금 마신 후 말을 이었다.

"사진 속의 주인공이나 혹은 그 배후 조직이 훗날 자신에게 가해올 보복이 두려워서입니다. 누군가에 대해 묻는다는 것은 당사자 사람에게 이득이 되기보다는 해가 될 가능성이 크기 때문입니다. 만일 질문하는 상대가 확실히 아는 사람이라는 사전 지식을 갖고, 예를 들면 식솔이나 친척의 사진을 들이민다 할지라도 그 얼굴은 알지만 그 행적이나 소재는 절대로 모른다고 잘라 말합니다. 자신의 식솔에게 해가 돌아갈 것이 빤하기 때문입니다. 상대방이 그것을 물었을 때 대답해 준다는 것은 그 사진의 주인공은 죽음에 인접할 수 있다는 의미일지도 모릅니다. 게다가 요즘 들어 공안부에서 물어보면 더 몸들을 사립니다."

오은미는 현기증을 느꼈다. 한 술도 뜨지 않은 저녁때문은 결코 아니었다. 구천을 떠돌고 있을 남편의 혼령은 달랠 길이 아득히 멀어져가고 있다는 불안감이 엄습해오고 있었다. 그때 흘끔 오은미 쪽을 쳐다보던 티우 씨가 깜짝 놀라며, 미처 오은미의 존재를 너무 까맣게 잊기라도 했다는 듯 황급하게 말꼬리를 돌렸다.

"물론, 제가 부단히 노력해서 손을 썼으니까 더 자세한 수사가 진행되긴 할 겁니다."

티우는 저고리 주머니를 뒤적거려 무엇인가를 꺼냈다.

"여기 제가 김 이사님의 몸에 박혔던 탄환 두 발 중 한 발을 가져왔습니다. 한발은 공안부에서 수사에 써야 하는 까닭에 겨우 한 발만 가져올 수 있었습니다."

'웃기는 나라다. 살인 사건에 사용되었던 총탄을 무엇을 얻어 먹고 내 준 것인지 모르지만 순순히 내어 주다니······.'

주원모는 씁쓸한 입맛을 다셨다. 지금 티우가 한 이야기는 다분히 오은미가 듣기 좋게 하기 위한 이야기일 뿐 그 이상의 아무 의미도 없는 것이다.

"그렇다면 이사님이 이곳에서 일곱 시 쯤 나가셨다는데 그 동안 행적을 전혀 모르신다는 말씀이십니까?"

"그렇죠. 아무에게도 얘기하지 않았으니까 말이죠. 하지만, 내가 내일 또 공안부에 갈 것이고 좋은 결과가 있을 겁니다. 일단 오늘 쉬시면서 좋은 대책을 세워봅시다. 범인이야 공안부에서 잡을 겁니다. 그런데 시신은······?"

어물쩍 말끝을 흐리는 티우의 물음에, 오은미의 뜻을 이미 영 안실 흐느낌 속에서 들은바 있는 회장이 확실히 말했다.

"조국으로 모셔야지."

"네, 네. 그러실 줄 알았습니다. 당 기관, 공안부 모두 손을 써 놓았으니 한국 영사관과 한국 쪽에서의 문제만 없다면 내일이라

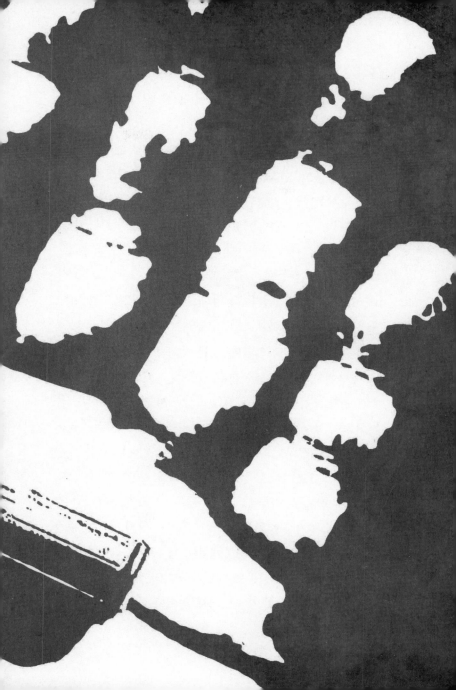

도, 아니 당장이라도 가능한 일입니다."

티우는 범인 얘기가 나왔을 때와는 다르게 상당한 자신감을 갖고 떠벌이고 있었다. 오은미는 이 사람과는 더 이상 얘기해봐야 얻을 것도 없고 차라리 내일 영사관에 가서 심도 있게 얘기하는 편이 더 낫겠다고 생각했다. 그녀는 주원모의 안내로 아들 준철, 정치수 부부와 함께 김영환이 이곳 출장 때 머물던 방을 향해 자리에서 일어섰다. 나머지 일행은 더 논의할 것들이 있다며 사무실에 남았다.

김영환이 기거하던 방에는 김영환이 출장 올 때 챙겨온 옷가지들이 군데군데 걸려있었다. 그 방에 들어서자 오은미는 다시 한 번 남편의 체취를 진하게 느끼며 북받쳐 오르는 눈물을 참을 수 없어 왈칵 울음을 쏟고 말았다. 눈물 앞에 멈추어 선 오은미를 곁에 둔 채 주원모는 뭔가 열심히 눈으로 훑고 있었다. 그때 저쪽 구석에 메모지 쪼가리가 눈에 띄었고 주원모는 재빨리 그것을 집어 들어 펴보았다. '내일 7시 반 샹들리에호텔. 록펠러.' 메모는 그렇게 간단히 끝나있었다. 내일? 물론 이것이 김영환이 죽던 날일지 아닐지 모르지만 주원모는 메모지를 주머니에 넣으며 '록펠러' 라는 이름을 머릿속에 떠올렸다. 가끔 술자리에서 김 이사 입을 통해 듣기도 했지만 언젠가 김 이사가 첫 베트남 출장에서 돌아 왔을 때 정치수와 공항에 마중을 나갔다 돌아오며 김영환이 했던 이야기의 주인공으로 또렷이 기억났다.

주원모는 정치수 부부가 오은미와 준철이와 함께 있으니 자신은 빨리 나가서 이것을 알아보는 것이 더 효율적이라는 생각으로 편히 쉬라는 의례적인 인사말을 남기고 사무실을 향했다. 머릿속에서는 마치 고속부하가 걸린 모터의 전동축마냥 빠른 회전이 진행되고 있었다.

'록펠러, 내일 7시 반.' 이라는 메모에 대한 해답은 찾기 쉽다. 이곳에 출장 온 후 김영환의 외출을 확인해 보면 금방 알 수 있는 일이다. 주원모는 무언가 실마리가 잡혀가고 있다는 생각에 약간은 들뜬 기분이 되어 사무실 문을 열었다. 티우와 유순명 전무, 그리고 회장은 유병선의 통역으로 열심히 얘기를 나누고 있었다. 사업상 문제와 김영환의 죽음이 얽힌 그런 얘기였지만 총체적으로 듣자니 사업상의 얘기가 더 큰 비중을 차지하고 있었다. 주원모가 끼어들었다.

"김 이사님이 이곳에 오셔서 저녁때 몇 번 외출하셨죠?"

"외출?"

유병선은 눈을 끔벅이다가,

"글쎄…… 아! 맞다. 이번 출장에서는 돌아가시던 그 날이 첫 외출이셨어. 출장 오신지 삼 일만에 변을 당하신거니까."

주원모는 주머니에서 메모지를 꺼내 유병선에게 보여주었다.

"혹시 이런 일에 대해서 아시는 것 있습니까?"

유병선은 한참을 들여다보다가 메모지를 도로 주원모에게 돌려주었다.

"저는 무슨 내용인지 모르겠는데요."

그렇다면 김영환은 록펠러를 만나는 일에 대해서 아무에게도 얘기를 안했던 것일까? 주원모는 다시 티우에게 물었다.

"혹시 김 이사님께서 록펠러라는 미국사람 만난다는 얘기 들으셨나요?"

"미국사람? 록펠러? 아니요, 못 들었습니다. 김 이사가 미국 사람을 만났는지 나는 전혀 모르는데요."

티우는 전혀 생소하다는 듯이 말했고 그 어투에는 의심의 여지가 전혀 없었다.

"미국 사람? 그게 무슨 소린가?"

회장이 물었다. 유 전무도 귀를 쫑긋 세웠다.

"이게 김 이사님 방에서 나왔습니다. 아마, 엊그제 공안부 사람들과 함께 방을 뒤질 때는 아무도 못 본 모양입니다."

주원모가 건네준 쪽지를 받아들며 회장은 약간 떨고 있었다.

"그렇다면 김 이사가 미국사람 록펠러를 만나러 나갔다가 변을 당했다는 말인가? 왜 김 이사가 이 사람을 만나러 나갔다가 변을 당했을까?"

그러자 주원모가 이야기했다.

"제가 알기로는 이 사람은 김 이사님과 월남전 참전 동기로 알고 있습니다."

"참전 동기?"

누구랄 것 없이 모두들 깜짝 놀랐다. 하지만 이 메모 한 장만 갖고 무슨 방법을 찾을 수 있을까?

"난 원래 미국사람에 대한 감정이 좋지 않아서 잘 만나지도 않지만 공안부에 얘긴 해보겠습니다. 하지만 공안부도 어쩔 수는 없을 겁니다."

티우는 말을 이었다.

"설령 김 이사님이 이 사람을 만나러 갔었다고 해도 얼굴도 모르고 아는 것이라고는 록펠러라는 이름 석 자뿐인데 이곳에 오는 미국 록펠러가 한둘인가요? 게다가 공안부에서는 이미 이 사건의 성격에 대해 기본적인 것은 결론을 내렸습니다."

티우는 물을 한 모금 마신 후 말을 이었다.

"강도 사건이라고 했어요. 김 이사님 지갑 속의 돈도 모두 꺼내갔고 시계도 풀어 갔단 말입니다. 강도가 한 짓이지요. 외국인에게 자주 벌어지는 일은 아니지만 있을 수 있는 일이니까요. 어떤 총 가진 가난한 녀석이 저지를 수 있거든요."

그러자 회장이 약간 상기된 얼굴로 물었다.

"이런 얘기를 안 이상 다시 수사할 수도 있는 것 아니요?"

회장은 빠른 머리 회전으로 사건의 실마리에 근접하려 노력하고 있었다. 회장의 물음에 주원모가 오은미와 함께 있는 정치수를 불러 오느냐고 물으려는 순간 티우가 말을 받았다.

"하지만 이 록펠러가 꼭 그 록펠러라는 보장은 없지요."

지방의 토호답게 티우의 머리도 상당히 빠르게 움직였다.

"게다가 설령 동일의 록펠러라 하더라도 그리고 그가 김 이사를 죽였다손 치더라도 그가 죽이지 않았다고 우기면 증인이 하나도 없는 지금의 상황에서 미국사람을 어쩔 수는 없을 겁니다. 또, 록펠러가 참전 동기를 왜 죽이겠습니까? 나도 김 이사가 한국 해병으로 이곳에서 싸웠던 사실은 잘 알고 있습니다만 그런 감정을 10년씩 갖고 있는 우리 국민도 한 명 없을 텐데 왜 참전 동기가 김 이사를 죽이겠습니까? 납득이 안 가지 않습니까?"

티우는 뭔가 꺼림칙해 하고 있었다. 주원모는 재빠르게 그것을 읽어 낼 수 있었다.

"티우 사장님. 혹시 뭔가 거리끼는 것이 있습니까?"

주원모가 성급히 묻자 티우는 반색을 했다.

"아, 아닙니다. 나도 김 이사를 죽인 범인을 찾고 싶습니다. 하, 하지만……."

"하지만, 뭐죠?"

"너무 복잡합니다. 공안부에서 좋아하지 않을 겁니다. 게다가 미국과 연계된 일이라면 당에서도 꺼릴 겁니다."

"꼭 록펠러가 죽었다는 것이 아니라 그를 만나러 갔다가 벌어진 일이니까 그를 찾아서 김 이사의 행적을 알아내고 그러다 보면 사건의 실마리를 찾을 수도 있는 것 아닙니까?"

"좋은 방법이 못됩니다. 지금 이곳 당과 공안부는 하나라도 더 외국 기업을 유치하려고 노력하고 있어요. 그런데 외국 기업 중역이 이곳에 와서 살해되었다는 소문이 커지면 이로운 것이 하나도 없죠. 그러니까 조용히 마무리 짓고 싶은 겁니다. 이미 들어와 있는 기업의 외국인들은 각자가 자기 안전에 신경을 쓰면 되지만 새로 들어오려는 외국기업에 그 사실이 확대되어 알려지는 것은 아주 안 좋은 일이거든요. 그러니까 그냥 조용히 끝내고 싶은 겁니다."

철저한 베트남인의 근성이다. 주야로 모습과 색깔을 바꾸어야 자기 존속이 가능했던 십 년간의 몸에 밴 철저한 자기보호 본능의 근성이다. 식민 시대부터 소위 그들이 말하는 해방전쟁이 끝날 때까지의 수십 년 동안 약자가 선택할 수 있는 묘한 본능이다.

"물론 내가 내일 공안부에 얘기는 할 것이고 촉구는 하겠지만 시끄러워지면 우리 삼오통상에 이로울 것이 없습니다. 이곳을 공안부에서 자꾸 드나들 것이고 당과 공안부에서 골치 아픈 곳으로 여기기 시작하면 감당하기 어려우니까요."

티우의 힘없는 말에 회장이 제안했다.

"우리 영사관을 통해 정식으로 제소하면 어떨까?"

티우는 펄쩍 뛰었다.

"더 복잡해집니다. 그렇게 되면 당과 직접 상대를 해야 될 것이고 당에서도 미국인이 개입된 사건에다 한국 사람이 죽은 사건이니 보통 골칫거리가 아닐뿐더러 공안부에 사건 수습이 원만하지 못한데 대한 준책이 내려오면 공안부에서는 분명 그 분풀이를 우리에게 할 겁니다."

지금 티우는 그의 입으로 찬양하는 해방전쟁 당시 지금과 달랐던 자신의 모습이 드러날까 불안해하고 있었다.

"어찌되었든 내가 내일 공안부에 강력히 얘기는 할 겁니다. 하지만 받아들여지지 않더라도 이해하셔야 합니다. 그것이 저도 살고 삼오통상 베트남 공장이 존재할 수 있는 방법 중의 하나일 겁니다. 물론 앞으로 이런 일은 절대 없을 것입니다."

"그렇지만 꼭 록펠러가 개입됐다는 얘기는 아니지 않소."

회장의 반문했다.

"개입되지 않은 사람을 소환해서 조사하는 것은 더 큰 문제가 아닙니까? 게다가 그 사람을 찾는 일도……."

티우는 사건의 확대가 무조건 싫은 눈치였다.

"아까도 말씀드렸지만 제가 꼭 공안부에 얘기해서 우리 삼오통상도 살고 저도 살고 범인도 잡을 수 있도록 최선을 다 할 겁니다. 하지만 쉽지만은 않을 것입니다."

티우의 목소리에는 완전히 힘이 빠져있었다. 그의 말대로 새로 투자할 기업을 우선적으로 받아들이고 기왕 투자해놓은 기업은 나가려면 몸만 나가라는 것이 베트남 정부와 당의 입장이라면, 삼오통상 현지시설을 보호하기 위해서는 공안부 비위를 거스르면 안 될 일이다. 그러나 티우가 두려워하는 것은 단순히 그런 이유가 아니라는 것이 주원모의 눈에 비쳐졌다. 자신의 뒷모습에 드리워진, 옛 자유월남 토호로써의 치부가 이 체제 하에서 드러나는 것에 대한 우려가 더 큰 것이었다. 그들이 해방 전쟁이라고 부르는 월남전 당시에야 이중생활 안 한 사람은 그야말로 아주 별 볼일 없거나 아니면 권력에 밀착된 사람이 아니고는 거의 없다. 그런 이중생활을 한 자신의 모습이 아니라, 티우는 월남

전쟁 이전의 자유월남 시절에 자신이 저질렀던 행동들에 대한 심판을 받을지 모른다는 것이 더 무겁게 작용하고 있을 것이다.

마치 우리나라 일제치하에서 일본의 앞잡이 노릇을 하여 부와 명성을 치부해 지금까지 떵떵거리고 살면서, 자신이나 혹은 선조가 항일 투사로 살았던 것처럼 과거를 날조하여 행동하면서 지난날의 친일 행적이 들어 날까봐 쩔쩔매는 일제 앞잡이들과 그 후손들처럼 보였다.

"하지만 그것이 두려워 우리가 제보해서 진행할 수 있는 수사 자체를 시작도 안 할 수는 없는 것 아니오?"

회장의 목소리에는 복잡한 심경이 읽혀 있었다. 이미 자신과 김 이사가 극비리에 나눈 이야기들을 근거로 볼 때 그가 범인이 아니라는 것은 자신도 잘 아는 일이다. 그러나 범인 검거를 위한 어떤 실마리를 잡을 수 있지 않을까 하는 생각을 버릴 수 없는 것이 그의 심경이다. 그런데 이런 메모를 보고 탐문하는 것도 어렵다는 이야기를 듣자 회장은 이 선에서 자신이 어떤 결정을 해야 하는지가 아주 복잡했다. 복잡한 회장의 심경을 읽었다는 듯이 티우가 입을 열었다.

"꼭 겁이 나서라기보다는 일이 얽힐 염려를 해서죠. 어쨌든 우리 동지들이 이곳 공안부 간부로 있으니까 제가 끝까지 최선을 다해보겠습니다."

맺음이 결코 없는 티우의 흐릿한 말꼬리 뒤로 회장은 지그시 눈을 감았다.

"김 이사 부인도 이 사실을 아나?"

"아닙니다. 섣불리 얘기 안하는 것이 좋을 것 같아서 아직……."

"잘했네. 우선 더 생각해 보고 내일 공안부며 영사관에 가서 상의해 보는 편이 낫겠군."

아직 눈을 뜨지 않은 회장의 머릿속에는 숱한 톱니바퀴들이 맞물려 돌고 있었다.

이튿날 아침 일찍부터 공안부와 영사관을 다녀 본 결과 시신을 한국으로 모셔가는 것은 생각보다 훨씬 쉽게 결론이 났다. 단, 어제의 그 메모 사건에 대해서는 티우 씨가 일임해서 일을 맡기로 했다. 사태 해결이 쉽지 않다는 것을 대충 짐작한 오은미도 남편의 시신이나마 하루빨리 한국으로 모시고 가는 것이 최선이라고 생각했다. 반드시 범인을 체포하여 통보해 주겠노라는 공안부의 약속을 믿기로 한 채 내일 아침 비행기로 떠날 채비로 분주했다.

시신도 여권이 필요하다는 웃지 못 할 얘기를 듣고 김영환의 여권을 챙기던 주원모가 유병선을 데리고 잠시 외출했다 온 후, 일행은 그저 다음날 아침을 기다며 소리 없이 다가오고 있는 밤을 맞이하고 있었다.

#06_다나하시 사장의 조문

공항에는 많은 직원들이 나와서 김영환의 시신을 맞았다. 미리 한국에서 준비한 김영환의 영정을 회장의 차에 준철이가 안고 앉아 선도를 했고 영환이 처와 최수정이 그 차에 동승했다. 그리고 김영환의 시신을 태운 운구차가 그 뒤를 따랐다. 마지막으로 간부들과 직원들이 탄 버스들이 그 뒤를 따라 병원 영안실을 향했다. 영안실을 향하는 차 안에서 주원모는 정치수의 옆자리에 앉아 입을 열었다.

"이사님. 우리가 떠나기 전날 말입니다. 이사님과 김 이사님 사모님께서 김 이사님이 쓰시던 방에 들어가셨을 때 제가 바로 나갔지 않습니까?"

사실 지금 정치수는 그런 것 까지 기억할 정신이 없었다. 다만 주원모가 이야기를 하니까 그랬던 것 같았다.

"그랬나?"

"사실은 그날 방에서 메모지 한 장을 발견했습니다. 메모지에 '내일 7시 반 샹들리에호텔. 록펠러.' 라고 쓰여 있었습니다."

메모지 이야기가 나오자 정치수는 자세를 고쳐 앉으며 주원모의 말에 귀를 기울였다.

"그래서 그 메모지를 갖고 회장님이 계시는 사무실로 갔습니다. 티우 씨와 회장님에게 이야기하고 한 번 수사를 적극 의뢰하자고 했지만 티우 씨는 이 일이 커질까봐 전전긍긍하는 모습이었습니다. 결국 그 일은 티우 씨가 맡아서 공안부에 더 자세히 알아보기로 하는 선에서 마무리를 지었습니다."

"아니, 자네 그 사실을 왜 이제야 이야기 해!"

이야기를 듣던 정치수는 중요한 사실을 놓치고 온 것 같은 생각이 들었다. 사람이 무엇이 중요하게 여겨질 때는 항상 놓친 사실이 안타깝기 마련이지만 이번에는 단순히 그런 안타까움이 아니라 진짜 뭔가가 있다는 생각이 들어 마치 문책이라도 하는 투로 말했다.

"확실한 것도 아니고 또 잘못 얘기해서 김 이사님 사모님 아시게 해놓고 아무런 해답을 얻을 수 없다는 것만 재확인되면 공연히 마음만 더 상해드릴 것 같아서요. 이사님도 아시다시피 티우 씨는 물론 그곳 공안부에는 이 사건 얘기해봤자 메아리만 될 뿐이잖아요. 근본적으로 그들은 이 사건을 빨리 종결짓고 싶을 뿐이지 움직이려고 하질 않는다는 것은 이사님도 느끼셨잖아요. 마침 김 이사님 소지품 중에 최근 사진이 있기에 그 사진을 갖고 유 부장님이 샹들리에호텔과 근처 술집, 식당은 물론 김 이사님 시신이 있던 근처까지 돌아다니며 뭔가 알아보겠다고 하셨어요. 그리고 한 가지 더 말씀드릴 것은 떠나기 전날 그러니까 어제 저녁 유부장님과 함께 김 이사님의 여권을 들고 샹들리에호텔로 가서 커피숍 여종업원들에게 이 분이 미국 사람과 함께 있었던 것을 보았냐고 물었어요. 그랬더니 다른 종업원들은 대답을 안 하는데 유일하게 한 여종업원, 그러니까 키가 작고 호리호리한데 그 종업원은 이사님을 아는 것 같더라고요. 그러면서 본 것 같기도 하다고 했어요. 제가 그 이야기도 티우 씨를 통해서 공안에 했지만 아무 소용이 없더라고요. 본 것 같다니까 조사를 해 보겠다는 것 이상은 아무 대답도 못 들었어요."

"그럼 그 호텔에서 김 이사 메모에 적힌 날 투숙객 명단은 확인해 봤어?"

"그럼요. 확인해 봤지만 그날은 물론 그 근처에서 며칠 동안 록펠러라는 이름의 투숙객은 없었어요."

정치수는 가만히 기억을 더듬기 시작했다. 샹들리에호텔은 자신도 알고 있다. 김영환과 함께 베트남에 갔을 때 그곳 커피숍에 들른 적이 있을뿐더러 김영환으로부터 출장 갔다 온 뒤에 술자리에 마주 하게 되면 그곳 얘기가 나오곤 했었다. 그런데, 과연 그 곳에서 록펠러를 만난 적이 있다고 했었는지 그 기억을 더듬고 있었다.

"그래, 맞아. 자네 기억 안나나?"

조용히 무언가 생각하던 정치수의 갑작스런 질문에 주원모는 그저 빤히 그를 쳐다 볼 뿐인데 정치수가 다시 한 번 다그치듯 물었다.

"작년 이맘때 말이야. 영환이가 베트남에 다녀와서 함께 자리 했을 때 록펠러 이야기하던 기억."

정치수의 얘기를 듣던 주원모도 무릎을 탁, 쳤다.

"맞아요. 생각났어요. 그때 김 이사님이 그 록펠러라는 사람을 샹들리에호텔에서 만났다고 하셨죠. 자기네 나라도 정식으로 베트남 개발사업에 참여하게 됐다고 좋아 어쩔 줄 모르며 몇 년 들인 공이 이제 결실을 보게 되었다며 기뻐하더라고 하셨어요."

작년에 김영환이 베트남에서 돌아와 함께 저녁 식사를 할 때였다. 클린턴 미국 대통령이 베트남 개발에 미국기업이 참여해도 좋다고 공식으로 선언을 한 그 다음 달이었다. 그 선언이 공식화되기 전부터 암암리에 베트남 진출을 위해 노력하던 록펠러를 우연히 샹들리에호텔에서 만났는데 어찌나 좋아하는지 자신이 열을 받았다는 것이다. 김영환은 항상 우리나라가 경제 발전의 밑거름을 삼으려고 돈이라는 낚시 밥을 물어서 전쟁에 참여했던 한 사람으로, 베트남 전쟁 얘기만 나오면 피 값이 너무 쌌고 우리는 그 값을 되찾을 날을 반드시 만들어야 한다고 했다. 그것도 미국이라는 거대한 덩치가 비집고 들어와서 차고앉기 전에 빨리 선점해야 한다는 지론을 갖고 항상 미국이 베트남에 곧 진출할 거라고 우려해 왔었다. 그런데 그 우려가 현실로 나타났으니 김영환으로써는 충분히 열을 받을 수 있는 일이었다.

그때 그 자리에 주원모도 함께 있었고 주원모도 그 사실을 기억해낸 것이다.

"맞아요. 정 이사님도 록펠러 만나 본 적 있다고 하셨죠?"

"그래, 샹들리에호텔에서는 아니지만 나도 그 친구 두 번 만난

적 있지. 아마 영환이네 집에 있는 사진첩들 뒤지면 영환이와 함께 찍은 사진이 있을 거야. 그 사진 보면 내가 록펠러는 찾을 수 있어. 그리고 샹들리에호텔 여종업원들 중에 한두 명은 영환이를 잘 알거야. 만일 영환이가 그곳에서 자주 록펠러를 만났다면 두 사람을 잘 아는 사람도 있을 거야. 내가 영환이와 같이 갔을 때 영환이를 잘 아는 종업원이 있던데…… 아마 본 것 같다고 대답해 준 그 여종업원이 그 사람일지도 모르지. 내 기억으로는 그 종업원이 키가 작았었으니까. 하기야 어찌 생각하면 그 자리에서는 영환이 처도 있고 한데 얘기 안 한 것이 잘 한 것인지도 몰라. 공연히 애만 태울 수도 있었을 테니까. 하루 이틀 가지고 될 노릇도 아니고 말이야. 우선 영환이 장례나 잘 치르고 내가 한번 자네와 함께 가든 혼자가든 다녀와야겠군."

"베트남에요? 범인 잡으러?"

"글쎄, 범인 잡으러 간다는 표현은 우스울 수 있겠지. 하지만 그 먼 땅에서 친구가 죽었고 또, 그 범인이 누군지는 모르지만 록펠러라는 친구와 그날 확실히 만났다면 잘하면 가닥은 잡을 수 있지 않을까?"

"참, 이사님."

주원모는 뭔가 갑자기 생각난 듯,

"김 이사님 수첩에 그 사람 전화번호 없을까요? 그걸 확인해서 그쪽으로 전화해보면 어떨까요?"

"그래, 맞아. 그런 방법도 있어."

정치수가 상당히 좋은 생각이라는 반응을 보였다.

"왜 그걸 이제 생각했나? 이놈의 머리하고는……."

주원모는 그 생각을 뒤늦게 한 것이 원망스러운지 자신의 머리를 쥐어박았다.

"좌우지간 일단 김 이사님을 영안실에 모시고 저는 회사로 들어가서 그 일들을 알아볼게요."

"그래, 서두른다고 될 일도 아니지만 천천히 할 일도 아니니 가능한 틈틈이 해 보자고."

주원모의 말에 대답을 해 놓고 정치수는 김영환과 함께 처음 베트남에 출장 가서 록펠러와 만났을 때를 떠 올렸다.

김영환과 처음 베트남에 갔을 때는 아직 미국은 자체 엠바고 (무역금지조치)가 풀리지 않은 상태라 그들이 찾은 소위 외국인 전용 술집이라는 곳은 온통 일본 사람들 차지였다. 그런데 거기에서 바로 록펠러라는 사내를 만났다. 김영환의 말에 의하면 지난번 자신이 출장 왔을 때 우연히 만나 연락처를 주고받았는데 저 친구는 아예 베트남을 제집 드나들듯 한다고 했다.

도대체 엠바고 상태에서 어떤 경로를 통해서 무슨 이유로 왔는지 모르겠다고 했다. 다만 베트남 비즈니스를 하려면 도움이 되면 되었지 손해를 보지는 않을 것이라는 생각이 들어, 정치수도 알아 두어야 할 것 같아 소개를 시키려고 함께 술자리를 했다는 것이다. 어차피 영환이와는 참전 동기였고 그들의 우정은 총탄을 가르며 쌓은 것이다 보니, 웬만한 것은 중요한 것이 못 되고 살아 있다는 것만 중요한 것이다. 그리고 그것은 전쟁이 끝난 현실의 삶에서도 마찬가지라는 느낌을 받았다.

그들에게는 비즈니스라는 그 자체가 전투였고 이 전투에서 죽느냐 사느냐를 가늠하는 것처럼 비즈니스를 하고 있었다. 자신도 장교 출신이라는 자부심을 가지고 있었지만 그들의 그런 정신을 따라가기에는 아직도 멀었다고 생각했다.

그런데 하필 김영환이 죽은 그날 록펠러를 만났다는 것이다. 총탄을 가르며 쌓은 우정을 무엇보다 중요시하는 그들이었다. 그래서 그런 일은 없었을 것이라고 생각하면서도 비즈니스를 전투처럼 하고 있는 그들 사이에 무슨 일이나 있었던 것이 아닌가 하는 생각이 든 것이다. 이어서 정치수에게는 나쁜 추억이 다시 떠올랐다. 그들이 이야기하는 자리 주위를 가득 채우고 있는 일본사람들의 목소리를 들어가며 자신은 출생부터 전투였다고 생각했다. 남들은 삶이 전투인데 자신은 출생이 전투인 아주 외로운 무궁화 꽃과 사쿠라 꽃의 잡화라는 생각이었다.

"무슨 생각을 그리 깊게 하세요? 병원에 다 와 가는데요."

주원모의 물음에 정치수는 깜짝 놀랐다.

"응? 응. 그렇군. 생각은 뭐, 그저 우리 처음 베트남 갔을 때 일들을 떠올려 봤어."

주원모는 고개를 주억거렸다.

"그렇겠죠. 친한 친구 영구차 뒤에서, 지금 심정이야 오죽 하시려고요. 그분과 있었던 일 하나하나가 추억처럼 떠오르시겠죠. 하지만 어떻게 해요? 다 지나간 슬픈 얘기지……."

주원모의 불그스레해지는 눈가를 보며 정치수 역시 눈가에 이
슬이 맺혔다. 그러나 그 눈물 뒤편에는 사랑하는 친구의 주검을
따라가면서까지 출생을 떠올려야 하는, 자신에 대한 연민도 짙
게 배어 있었다. 가슴에 검은 리본을 단 전 직원이 도열해 있는
사이로 김영환을 실은 영구차는 들어서고 있었다. 먼 이국땅까
지 가서 내 나라 내 민족의 혼도 불어넣고 경제 발전의 초석이 될
돈도 벌려고, 쏟아지는 탄환 속을 누비며 전쟁에 참여해서도 손
끝에 부상 하나 당하지 않았던 친구다. 그런 그가 똑같은 땅에 총
탄은커녕 무기라고는 전혀 들지 않은 채 돈 벌러 들어갔다가 사
체가 되어 돌아온 것이다. 이런 이율배반적인 현상을 뭐라고 표
현하나? 김영환의 시신이 영안실에 안치되고 영환의 처와 아들,
그리고 일가친척 몇이 분향한 뒤 이건용 회장을 시작으로 전 직
원이 분향을 했다. 거래처 손님들과 친구들이 분향을 하고 있을
때 한 무더기의 일본사람들이 도착했다.

"다나하시 사장 일행이 왔나본데요?"

누군가가 하는 말에 정치수는 반사적으로 몇몇이 움직이는 쪽
을 향하여 눈을 돌렸다. 승용차 세 대가 나란히 도착하고 다나하
시 사장과 마츠모토, 다니구치 사장 등을 비롯한 일본 거래선 사
장 급 대여섯 명이 얼핏 눈에 띄었고 그 외에도 서너 명 더 정치
수의 눈에 들어오고 있었다. 정치수는 다나하시 사장 쪽으로 다
가가 가볍게 목례를 하고 그들을 빈소로 안내했다. 빈소에 향을

피우고 난 다나하시 일행은 유족인 김영환의 아내와 아들과 인사를 나누고 밖으로 나와 정치수와 자리를 함께 했다.

"정 이사님. 마음 속 심려가 크시겠습니다. 정 이사님과는 동료이자 친한 친구 분이라는 것을 저희들이 알고 있는데."

일행을 대표해서 다나하시 사장이 인사를 건네 왔다.

"글쎄 너무 갑작스레 당한 일이라 경황이 없기는 합니다만……. 저보다는 아무래도 김 이사 가족들이 더 문제지요. 어쨌든 이렇게 먼 길을 와 주셔서 감사합니다. 저희 회사는 물론 김 이사의 유족들에게도 큰 위로가 되었을 것입니다."

정치수가 하는 말은 단순히 의례적인 답례는 아니었다. 현해탄을 건너서까지 이렇게 조문을 와 준 것이 정말 감사했다.

"아, 아닙니다. 먼 길이 아니죠. 당연히 우리가 와봐야 되는 거 아닙니까? 바다가 가운데 끼기야 했지만 삼오통상과 우리들이야 뗄 수 없는 사이 아닙니까? 한쪽 집안이 좋으면 둘 다 좋은 것이고 한쪽 집안이 안 좋으면 둘 다 안 좋은 동반자 같은 그런 관계 아니겠습니까?"

의외로 다나하시는 정색을 하며 인사를 받았다.

"생각해 주시니 정말 감사합니다. 이렇게 와주신 것만도 크게 마음 쓰신 일인데 상가라 뭐 대접할 것도 없고……."

"아, 아닙니다. 신경 쓰지 마십시오. 우리도 오늘은 여기에서 아예 함께 밤을 새우기로 하고 왔습니다. 한국은 의례히 가까운 사람이 상을 당하면 함께 밤을 새운다죠? 그 풍습을 따라 우리가 진정 가까운 사이임을 오늘 몸으로 실천하기로 했습니다."

이것은 아주 놀라운 일이었다. 물론 삼오통상의 인도네시아는
물론 현재의 베트남 생산기지 자체가 저 일본사람들의 주문품을
생산하기 위한 생산기지다. 그리고 지금 생산하고 있는 것들 역
시 그들의 주문품이고, 그 생산관계로 김영환이 베트남에 갔다
가 변을 당했다고는 하지만 아예 밤을 함께 새울 작정을 했다는
말에 정치수는 의외로 놀랐다.

"그러실 것까지야……."

"아, 아닙니다. 설령 우리가 이곳에 있는 것이 방해가 된다손
치더라도 우리는 방해하지 않기 위해서 노력하며 있을 것입니
다."

"방해될 거야 없습니다. 다만 너무 힘드실 텐데……."

정치수는 한편 고마우면서도 한편 피차 불편할거라고 생각했
다. 하지만 상당수의 영업부와 해외 사업부 직원은 여기 머물고
꼭 급한 볼일이 있는 직원만 자리를 비운 터이라 크게 불편할 것
도 없다고 생각을 고쳐먹었다.

"이사님, 전화 받으세요."

누군가의 전갈에 정 이사는 영안실 전화기를 받아들었다.

"저 주원모입니다. 찾았습니다. 전화번호가 있어요. 마침 베트
남 사무실 전화번호도 있기에 전화를 걸었더니 지금은 외출 중
이고 두세 시간 후에 귀사한다는 군요. 그리고 두 시간 후에 중역
회의가 열린답니다. 겸사겸사해서 전화 드렸습니다."

"알았어. 내가 들어가지."

정치수는 주원모와의 통화를 끝내고 자리로 돌아왔다.

"여기 우리 직원들과 좀 계십시오. 원래 상가에서는 술과 음식을 들며 시간을 보내기도 하고 화투를 치기도 하죠. 좋으실 대로 하셔도 됩니다. 저는 중역회의 참석차 회사에 좀 다녀와야겠습니다."

다나하시가 정색을 하며 대답했다.

"중역회의요? 그렇죠, 이렇게 갑자기 일을 당하셨으니 회사 차원에서 처리할 여러 가지 일들이 있다는 것 충분히 이해합니다. 저희 걱정은 마시고 들어가 보십시오. 저희는 정말로 단순히 문상을 온 것이니 전혀 신경 쓰시지 말고요. 진심으로 고인의 명복을 빌어 드리러 온 것뿐입니다."

정치수는 박정수를 비롯한 몇몇 영업부 직원들에게 문상 온 손님들이니 바이어라고 해서 짐처럼 여기지 말 것을 당부하고 회사로 향했다.

#07_김영환의 장례식

회의실에는 회장과 사장, 각 부서 이사들과 의외로 삼오전자 사장과 전무까지 참석하고 있었다. 모두의 가슴에 검은 리본이 달려있었고 분위기는 가라앉아 있었다.

"먼저 김영환 이사의 뜻하지 않은 부음에 회장으로써 임원 여러분에게 진심으로 유감의 뜻을 표합니다. 우선 오늘 이렇게 갑자기 중역회의를 속개한 까닭을 말씀드립니다."

회장의 목소리는 단순히 의례적 인사가 아니라 가슴 깊은 곳에서 우러나오는 통한의 아픔이 서려 조금은 떨리고 있었다.

"어차피 김 이사의 출장이 끝나 돌아오면 확대 간부회의를 열어 얘기하려 했었습니다. 하지만 오늘은 당면한 문제가 있으므로 대략의 개요만 설명하고 당면한 김 이사 장례 문제에 대해서 얘기하기로 합시다. 어언 10여 년 전에 시작해서 베트남까지, 해외사업부의 활발한 움직임과 영업부, 생산관리부 등 모든 임직원 여러분 덕분에 섬유산업을 기간으로 하는 삼오통상은 더 바랄 것 없이 성장하였습니다. 부산의 섬유산업기지가 베트남으로 이주한 덕분에 그곳에 전자 산업을 받아들여 그 나름대로도 꾸준한 성장을 해 온 것을 임직원 모두에게 감사하고 있습니다.

그러나 우리 삼오의 현실로 볼 때 전자든 섬유든 오로지 일본을 상대로 100% 수출했고, 그 자체도 주문자생산방식으로 본인과 여러분 모두 한계를 느꼈습니다. 게다가 전자산업의 해외생산 기지를 구상하다보니, 우리가 판매와 생산 모두를 해외파트너에게만 의존한다면 어느 날인가 껍질이 되는 것이 아닌가 하는 생각이 들었습니다. 공연히 일본의 주문만 믿고 해외 진출을 너무 쉽게 했다가 주문이 끊기는 날에는 기술 이전만 시켜주고 물러나 우리에게는 아무것도 남지 않는 것입니다. 그런 까닭에 본인 나름대로 좀 더 확실한 우리의 것을 갖기 위해 체제 및 시설 개편을 꾀할 준비를 해왔습니다.

크게 말하자면 삼오라는 이름의 전체를 총괄할 수 있는 기획조정실을 두고 또, 최첨단 전자 통신 산업을 유입하고 우리 삼오만의 것을 가질 수 있는 체제를 갖추려고 합니다. 설령 해외 생산 기지를 두더라도 나 자신이 주문자가 되어 내 브랜드로 판매할 수 있는 생산자이자 주문자요 가능하면 판매자까지 될 수 있는 구상을 했던 것입니다. 그런데 이렇게 뜻하지 않은 큰일을 당했으니 김 이사 장례가 끝나고 난 뒤 다시 한 번 회의를 열어 상의하기로 하고, 오늘은 김 이사 장례 문제에 대해 토의해 봅시다."

순간 정치수는 물씬 김영환의 냄새를 맡았다. 지금 회장이 한 얘기는 김영환이 살아생전 정치수에게 수도 없이 했고, 공식회의를 통해 건의했을 뿐만 아니라 회장이나 사장과 사석에서 어울릴 때도 건의를 했다. 그러나 김영환은 단순히 사업상의 문제만을 이야기한 것이 아니다. 그가 항상 부르던 노래대로 잃어버린 고구려의 요동 땅을 수복하는 방법이 옛날처럼 총칼로 들어갈 것도 아니고 그곳에 있는 우리 민족들과 혼을 합하여, 고구려 기상을 찾아, 그 땅을 선점하는 것이 최우선이라는 것이다. 아니 설령 요동 땅을 실질적으로 수복할 수 없다하더라도 그곳에 있는 고구려의 기상을 민족 모두가 공존하고, 고구려 유적이 중국 단독으로 발굴되고 보존됨으로써 우리 고구려 역사가 중국 역사와 뒤섞이고 엉켜서 왜곡되는 것을 막기 위해서라도, 그 땅을 경제적으로 선점하여야 한다는 것이다. 지금 회장은 그 기획을 상당부분 수용했고 그것을 시행하려는 시점에서 이런 큰일을 당한 것에 대해 큰 충격을 안고 있었다.

"자, 김 이사 장례에 대해 의견들 있으면 얘기해 봅시다."

그러나 정치수 자신뿐 아니라 그 자리에 있는 누구도 무슨 이야기를 할 수 없었다. 다만 지금 말을 할 수 있는 것은 회장뿐이다. 그런 분위기를 읽었는지 회장이 먼저 제안했다.

"그렇다면 내가 생각한 안을 얘기해 볼 테니 혹시 미흡한 것이 있다면 조정해 보기로 합시다. 우선 장례는 7일장으로 할 생각입니다. 벌써 나흘이 지났으니까 7일장은 해야 될 것 같은데 어떻습니까?"

모두 고개만 끄덕일 뿐 말들이 없었다.

"좋습니다. 일단 우리의 안은 그렇게 하기로 하고 유족에게는 이따가 내가 직접 얘기해 보겠습니다. 유족의 의사가 또 다른 생각이 없다면 장례는 7일장, 회사장으로 치르기로 합니다. 다음은 김 이사 가족에 대한 처우 문제인데 우선 김 이사를 60세 정년으로 돼 있는 우리 회사 규정에 따라 60세까지는 전무이사로 승격 발령해 그에 준하는 봉급 및 상여금을 가족 위로비로 지급할 것입니다. 그리고 만일 김 이사 가족이 생계를 위해 목돈이 필요하다면 퇴직금을 먼저 지급하는 방안도 고려할 것입니다. 김 이사의 아들에게는 그가 원하는 학업까지를 우리 회사 장학생으로 전액 학자금 지원을 해 줄 것입니다. 그 외 회사차원의 보상금 지급은 물론 회사 업무와 관련된 보험금 지급에도 회사가 최선을 다할 것입니다. 다른 의견 있습니까?"

회장의 단호하고도 파격적인 안에 다른 의견이 있을 수 없었다. 죽은 사람에 대한 전무이사 승진도 그렇지만 아들에 대한 학자금 지원도 확실히 파격적인 것이다.

"만일 이 조치 이외의 필요한 것이 있다면 얘기해 보시죠."

회장이 재차 물었다. 아무도 대답하는 사람이 없었다.

"정 이사 생각은 어떻소?"

"회사 내부 방침이 일단 정해졌으니까 우선은 유족에게 통보해 보는 것이 낫지 않을까요?"

김영환과 친구라는 영원히 뗄 수 없는 고리에 묶여 질문을 당한 정치수로서도 대답할 것은 그것이 전부였다.

"그렇겠지. 그럼 우선 회의는 이것으로 마칩시다. 나도 병원으로 가봐야 할 것 같아요. 정 이사는 나와 같이 병원으로 갑시다."

회의는 간단하게 끝났다. 그러나 그 회의 속에 실린 무게는 상당히 무거운 것이었다. 누군가 져야 할 짐이라면 자신이 먼저 짊어지기로 했는지, 아니면 자신도 이 상태로 사업을 확장하다가 어느 순간에 목조임을 당할지 모른다고 생각했는지 한 발을 성큼 내딛기 시작하고 있었다. 김영환의 궐석으로 대신 해외사업부를 대표해 회의에 참석했던 주원모가 눈짓으로 자신은 록펠러와 통화를 하고 갈 테니 먼저 가라는 신호를 보냈다. 정치수는 고개를 끄덕인 후 회장과 동행했다. 회장과 같은 차로 병원을 향하는데 회장이 입을 열었다.

"이번에 대대적인 기구 개편을 하는데 정 이사가 기획조정실을 맡아 주어야겠어. 물론 어렵게 생각하리라는 것은 잘 알아. 하지만 어쩔 수 없는 상황이 되었어. 외부에서 영입해 올 수는 없지 않은가? 우리 회사 사정을 누구보다 잘 알고, 회사 앞길도 나와 함께 구상해 나가야 할 사람이 기조실장을 맡아 주어야 할 텐데 그러기에는 정 이사가 가장 적임자 같아서 말일세."

정치수는 이미 정한 회장의 마음이 바뀌지 않을 것이라는 것을 잘 알고 있다. 그렇다면 다른 대답은 필요가 없다.

"언제쯤 기구 개편을 단행하실 건가요?"

"빠를수록 좋지 않겠나? 내 개인적인 생각이지만 우리 회사도 이제 얼굴을 가져야 될 것 같고, 또 그 정도 규모는 갖추었다는 생각도 들어. 더욱이 요즈음 들어서는 일본만을 상대로 주문자 생산에 한정된 장사를 한다는 것이 얼굴도 없이 몸만 비대해지는 것 같아 불안하기조차 하단 말이야. 아까 회의 중에 잠깐 얘기

한 것들처럼 우리 얼굴을 갖고 일본이 아닌 다른 나라, 또 우리 국내에도 명함을 들이밀고 싶기도 하고 말이야."

정치수는 김영환의 목소리가 들려오는 것만 같았다.

"회장님 뜻이 그러시다면 저로서는 벅차고 힘든 일이지만 기꺼이 그 중책을 맞겠습니다. 다만 제가 그 어려운 일을 맡아서 해나갈 능력이 될까 의문입니다."

"정 이사와 처음 만났을 때부터 이제까지 줄곧 가까이에서 지켜봤고 또 함께 커왔어. 정 이사 자질이면 충분해. 우리가 함께 머리를 맞대면 안 될 일이 없을 걸세. 이 뜻은 나 혼자만의 생각이 아니라 이미 통상과 전자 사장, 이사들과도 상의된 일이야."

회장은 입가에 미소까지 띄며 정치수를 격려해 주었다. 그러나 그 미소 뒤에 김영환의 죽음에 대한 짙은 아쉬움이 감도는 것을 정치수는 온몸으로 느낄 수 있었다. 회장과 함께 병원에 도착했을 때는 비가 오려는지 날씨가 꾸물거렸다.

'이틀만 참았다 오시구려. 녀석 마지막 길이라도 편히 가게.'

김영환의 장례식은 천주교 식으로 치러졌다. 운구가 성당 입구에 자리하자 제의를 입은 신부님 앞으로 복사들이 십자가와 향을 들고 마중 나갔다. 신부님이 먼저 기도와 함께 김영환의 운구 위에 성수를 뿌리고 향을 피워 기도하면서 김영환의 운구 주위를 돌았다. 그리고 운구가 성당 한 가운데 제대 앞에 안치되기 위해 행렬이 시작되자 성가를 부르기 시작했다. 전혀 성가를 모르는 사람이 들어도 절로 눈물이 흐를 것 같았다. 아니, 지금 저

운구 안에 있는 죽은 자와 대화라도 나누어야 이 슬픔이 풀릴 것 같은 애절함마저 깃들어 있었다. 향과 촛불 행렬을 마치고 운구는 제대 앞에 안치되고 그 주변이 촛불로 환하게 밝혀지자 엄숙하면서도 장엄한 분위기가 되었다. 미사와 함께 고인의 업적을 간단히 소개하는 순서가 되자 신부님이 입을 열었다.

"고 김영환 알로이시오 형제는 조국의 수출 역군이며, 일찍이 월남전의 참전 용사로써 하느님께서 주신 임무를 성실히 수행하시다가 갑작스런 사고로 우리 곁을 떠나셨습니다.

우리는 이제 그분의 나라와 자유, 그리고 평화에 대한 사랑의 정신을 나누어 가져야 할 때입니다. 우리가 그분의 정신을 이어받아 정신을 깨우칠 수 있다면, 그분은 하느님 곁에서는 물론 이 땅에서도 영원히 살아계실 것입니다. 형제께서 하루빨리 연옥불을 면하고 천상의 주님 곁으로 가시기를 다 함께 기도합시다."

간단하지만 모두의 가슴속에 뿌리깊이 내리는 김영환의 삶이었다. 장례미사가 끝나자 행렬은 십자가를 앞세우고 운구차를 향했다. 해병전우 여덟 명이 옛 전투복차림으로 마지막 길을 모시고 있었고 그 뒤로 영환의 처와 아들 그리고 가족과 함께 회장을 비롯한 회사 사람들이 뒤를 이었다.

운구차가 장지를 향해 출발하자 가족과 친지 및 간부급 사원들이 버스 세 대에 분승해 그 뒤를 따라가기 시작했다. 정치수의 머릿속에는 숱한 생각들이 떠올랐다. 자신은 유복한 집 외아들로 자란 덕에 학창시절을 고생 없이 보냈지만 김영환은 달랐다.

그는 학창시절을 가난하게 지내면서도 그 가난을 탓하기는커녕 달게 받아들였다. 정치수는 그런 김영환에게 사내로서 짙은 매력을 느꼈고, 그래서인지 남들이 보기에는 어울릴 수 없는 깔끔한 귀공자와 텁텁하고 저돌적인 사내가 잘 어울리며 김영환에게는 정치수의 도움이 적잖은 힘이 되었다.

그렇게 지내던 그들이 오랜 기간 후 삼오통상에서 다시 만났을 때 역시 한 사람은 외국 손님들과 격식을 차리며 지내야 하는 영업부에서 그리고 또 한사람은 저돌적인 돌파력으로 동에서 서로 날아다니며 보이지 않는 무를 유를 창조해내는 해외사업부 수장으로 역할하게 되었다는 것이 필연처럼 느껴지기도 했다.

학창시절부터 나이를 먹어서까지 뭔가 똑바로 가지 못하는 것을 보면 말이라도 한마디 크게 해야 직성이 풀리는 굳건한 자기아성 속에서 살다가 간 친구. 자신의 젊음을 목숨과 함께 투자했던 베트남에서 함께 피 흘린 전우들의 대가를 찾아야 한던 그가, 바로 그 나라에서 이렇게 시체가 되어 최후의 장소로 향하고 있다. 정치수의 눈에서는 눈물이 멎지 않았다. 차는 고속도로에 접어들었고 삼 일 전부터 꾸물거리던 하늘은 드디어 가랑비를 뿌리기 시작했다. 정치수는 창밖을 내다보았다.

'그래, 3년 전 오늘도 날씨가 이랬었지.'

문득 정치수는 3년 전을 떠올렸다. 그날, 아버지 삼우제 지내러 가던 날도 이렇게 가랑비가 내리고 있었다. 일가친척도 없이 달랑 세 식구끼리 삼우제를 지내러 아버지 산소로 향하던 그때,

그 가랑비 속에서 정치수는 숱한 이야기를 읽었었다. 가랑비가 만들어주는 은막 위에 아버지 얼굴이 떠올랐고 그 뒤쪽으로 어머니 얼굴이 떠오르는가 싶더니 알 수 없는 일본 여인의 얼굴과 일본 사내의 얼굴이 보이는 듯도 싶었다. 이어서 어머니의 얼굴이 다시 투영되며 아버님께 특별히 공경하며 살아야한다고 마지막 남기신 유언을 수없이 반복하고 계시는가 싶으면 다시 아버지 얼굴이 나타나 난 네 애비가 아니라 널 키워 주었을 뿐 그 이상도 이하도 아니라고 하셨다가는 '아니다. 넌 누가 뭐래도 내 아들이고 넌 한국 사람이다.' 라고 외치기도 하셨다.

비록 자신이 낳지는 않으셨다지만 자신을 키워오면서 설령 야단을 치거나 혼을 내주고 싶어도 의붓아비라 저렇구나하는 어머니로부터의 오해를 피하시려 얼마나 눈치도 보시고 자신도 절제하려고 노력하셨는지는 가히 상상이 가는 일이었다. 어머님이 먼저 숨을 거두실 때 나는 어떻게 하라고 혼자 둔 채 먼저 떠나느냐고 그렇게 서럽게 우시던 아버님의 모습이 다시 한 번 가랑비 사이로 다가왔다 멀어지곤 했다. 지그시 눈을 감고 생각에 잠겨 있던 정치수가 눈을 훔치며 자세를 고쳐 앉았다.

"피곤하시죠?"

"글쎄, 잘 모르겠지만 피곤하다는 표현도 잘 어울릴 것 같지 않고 그냥 머릿속은 꽉 찬 것 같은데 가슴은 텅 빈 것 같아."

"머리 아프시면 다음에 얘기할까요?"

"뭔데? 괜찮아. 그런 기분이라는 거지 실제로 머리가 아픈 건 아니니까."

정치수가 괜찮다고 하자 주원모는 주춤거리며 말문을 열었다.

"저, 어제 록펠러라는 친구와 통화를 했거든요."

"통화했어? 그래 아직 베트남에 있던가?"

정치수는 새삼 맑은 정신이 되돌아오는 기분이었다.

"네, 베트남에 있고 더욱이 그날 김 이사님을 만난 것도 사실이었어요. 그런데 그 친구는 김 이사님과 만난 후 다른 약속이 있어서 바로 헤어졌다는 게예요. 그래서 사실대로 김 이사님께서 돌아가셨다고 했더니 깜짝 놀라며 범인은 잡았냐고 하더라고요.

저는 그 부분이 영 마음에 걸려요. 아직 젊은 사람이 죽었다고 하면 그 원인을 먼저 묻는 것이 일반적이지 않나요? 그런데, 그 친구는 이사님이 돌아가셨다고 하자 곧바로 어찌된 죽음인가는 묻지도 않고 어떻게 그런 일이 있을 수 있나? 범인은 잡았나? 등을 물으며 아예 타살을 기정사실화해 놓고 떠벌였거든요."

"글쎄? 그렇게 듣고 보니 이상하긴 한데 자네 생각에는 정말 그 친구가 관련이 있을 것 같은가?"

"글쎄, 뭐 꼭 관련이 있다고 단정을 지을 수는 없지만 어제 통화할 때는 기분이 이상했어요. 언젠가 김 이사님께 '일본이 우리를 앞세워 중국에 투자를 시켜놓고, 투자와 기술 이전이 끝난 뒤에 직접 중국에 진출해 직거래를 하다가 어느 순간에 목을 조이며 중국을 손아귀에 넣고 흔들려고 할 것이다. 하지만 그런 망상은 중국이 비대해져 주변 동남아 국가로 진출하게 하는 역효과를 낳을 것이며, 중국의 동남아 진출을 막기 위해 미국이 베트남을 그 전초기지로 쓸 것이다.' 라는 말씀을 들은 적이 있는데, 혹시 이번 사건이 그런 일을 눈치 챈 김 이사님을 제거한 것이 아닌가 하는 생각이 들었어요. 참, 정말 베트남에는 가실 겁니까?"

"가봐야지. 꼭 범인을 잡고 못 잡고를 떠나서 가봐야 되지 않을까? 가서 해 볼 수 있는 데까지 추적해 보는 것이 김 이사의 이국을 떠도는 혼에 대한 도리이기도 하고 또 이곳에 남아있는 그 유가족에 대한 위로가 되기도 하고 말이야. 정 안되면 그곳에 떠도는 영환이 원혼이라도 달랠 진혼제라도 조촐히 지내주고 와야 되지 않겠어? 록펠러인가 하는 그 친구가 관련된 일이라면 모르겠지만 그날 우리가 본 베트남 경찰들 태도로는 범인잡기가 솔직히 어렵지 않겠어?"

"어렵겠죠. 정상적인 일도 제대로 돌아가기 힘든 나라에서 이런 비정상적인 일이야 오죽 하려고요. 하지만, 정말 록펠런가 그 친구가 꼭 관련은 없더라도 도움을 줄 수는 있을 것 같아요."

"글쎄, 그러니까 이런 저런 기대를 갖고 가보려고 그래. 그 뭉쳐진 기대들을 하나씩 풀어도 안 되면 그땐 섧게 울고 있을 영환이 혼이라도 달래줄 셈이야."

다행히 차가 장지에 도착하자 비는 완전히 멎어있었다. 천주교식의 하관 예절이 시작되었다. 애절하게 이어지는 성가의 흐느낌과 함께 김영환의 시신이 돌 관에 자리를 잡았고 마치 따라 들어가기라도 하려는 듯 오은미와 준철은 몸부림쳤다. 돌관 뚜

껑이 닫히고 오은미와 준철이 첫 흙을 뿌리는 순간, 영영 보지 못할 친구를 생각하자 그것이 바로 죽음이라는 것의 해답이라는 생각이 들며 정치수도 오열하기 시작했다. 죽었다는 엄연한 사실 앞에서도 죽은 자와의 이별을 그렇게 크게 실감하지 못했는데 돌 관 뚜껑이 닫히면서부터 이젠 정말 영영 볼 수 없다는 사실이 뼈 속까지 파묻혔다. 흙이 한 삽씩 덮일수록 그 사무침은 더해가고, 차라리 흙이 덮인다는 그 사실을 죽음으로 인정하는 것 같았다. 죽음의 답은 그런 것이었나 보다.

마지막 삽을 얹고 떼를 입히기 시작하자 오은미와 김준철은 더 이상 울 기력도 없이 멍하니 하늘을 쳐다보며 입으로는 성가를 따라 부르고 있었다. 순간 정치수도 기도를 했다.

"하느님. 당신은 제 친구 김영환이 착하고 바르게 살았다는 것을 아실 것입니다. 그 친구의 영혼을 당신이 거두어 주시고, 그 친구가 이 땅에서 미처 실행하지 못한 정의를 실행할 그 누군가를 지켜 주십시오. 그 친구의 입과 행동에서 이루고자 한 사회정의 실현에 대한 몸부림의 욕구를 충족시킬 수 있는 그 누구에게 힘을 주시고, 그 친구의 가슴속에 자리하던 자유와 평화에 대한 불사신 같은 힘을 누구에겐가 전하여 주십시오. 오직 이루실 분은 당신뿐이십니다."

한 사람의 죽음으로 인한 이쪽 세상으로부터 저쪽 세상으로의 영결식이 그렇게 깜깜한 무덤 속으로의 여행으로 끝났다. 산을 내려오면서 정치수는 심상돈이라는 옛날 김영환이 중대장 시절

월남에 함께 참전했던 사내 곁으로 다가섰다.

"수고 많았네. 비도 오는데……."

정치수가 먼저 말을 건네자 참전 전우들과 함께 묵묵히 내려가던 심상돈이 정치수를 쳐다보았다

"아, 정 선배님이시군요. 수고야 무슨 수고일게 있습니까? 중대장님이 월남전 때 우리 전우들에게 베풀어 주신 친절에 조그만 갚음이라도 되었다면 좋겠습니다."

심상돈의 어깨에는 해병 소령 계급장이 선명하게 빛을 발하고 있었다. 비록 예비역이라고는 하지만 전혀 그렇게 보이지 않고 마치 현역 병사들처럼 일사분란하게 움직이고 있었다.

"지난번에 병원 영안실 앞에서 잠시 말했지만 그 록펠러라는 친구 어떤 친구였나?"

정치수가 록펠러에 대해 묻자 심상돈은 중요한 일이 있는 것 같다고 느낀 것 같았다.

"그 친구 미국의 명문 재벌가문 아들답게 아주 똑똑하고 사리 분별이 명확했어요. 의리도 있고요. 그 친구가 자신은 '비록 월남전에 참전은 하고 있지만 월맹군 내지는 베트콩을 죽이려고 월남 땅에 파병된 것이 아니다. 평화를 찾은 후 미국이 베트남에 건설할 경제기지의 전초병이 되기 위해서 파견된 것이다.' 라고 했었거든요. 사업상 무슨 일이 있으세요?아니면……."

그러자 정치수는 그날 영환이가 죽기 전에 록펠러를 만났던 이야기를 하면서 무언가 석연치 않은 점이 있다고 했다.

"아마 그 친구 그렇게 몰지각한 사람은 아닐 겁니다. 모르면 몰라도 중대장님과 모종의 사업계획을 세우고 있었을 수는 있지만 옛 전우를 죽이고 그럴 정도의 친구는 아닙니다. 설령 무슨 마찰이 있더라도 사업적 수완을 발휘해서 잘 풀어 나갔을 친구지 그렇게 기분이나 순간적인 판단으로 해결하지는 않았을 겁니다. 정 그러시면 한번 만나보세요. 오히려 중대장님을 도왔으면 도왔지 해를 입힐 친구는 절대 아니니까요. 제가 중대장님을 모시고 소대장으로 있을 때 여러 번 같이 만난 적이 있는데 두 사람의 우정은 정말 부러웠습니다. 서로 배짱이 어찌나 잘 맞았는지 미국 재벌가의 아들이라고 믿기지 않을 정도였습니다."

심상돈의 이야기는 고속도로를 달리는 버스에서도 이어졌다.

"요즈음 선배님 회사 내부 사정이 어떤지는 모르겠지만, 아마 중대장님께서 록펠러의 회사와 모종의 사업을 전개하려 만났을 수도 있다는 것이 제 생각입니다. 얼마 전 중대장님께서 베트남 가시기 전에 만났을 때 제게 '중국으로 밀고 들어가고 싶은 참에 다행히 록펠러가 길을 닦아는 놓았는데, 그 뒤를 좇아야 하는지 손을 잡고 함께 들어가야 하는지 그것이 고민'이라고 하신 적이 있습니다. 그것과 이번 일이 무슨 연관은 있는 것 아닐까 하는 생각도 드네요. 자세한 말씀은 없으셨지만."

김영환은 월남전에 참전했을 때 휘하의 소대장 가운데 특히 심상돈을 아꼈다. 같은 학교 출신으로 같은 부대에서 전투에 참가한 특별한 인연이 그들을 그렇게 만들었다. 오늘 나가면 내일 죽을 수도 있는 전장에서 같은 학교 후배가 자신의 휘하로 배속이 되어 왔으니 얼마나 아꼈을까는 짐작이 가는 일이었다. 물론 그 덕분에 김영환은 전역 후에도 심상돈을 자주 만났고 그 자리에 정치수도 여러 번 동석했었다. 어차피 같은 학교 학군단 출신이니까. 그러나 자신이 동석하지 않은 자리에서 김영환으로부터 심상돈이 무언가 들은 이야기가 있는 것 같았다. 정치수는 하루빨리 록펠러를 만나 보아야 무슨 일이 될 것 같다는 생각을 했다. 그러면서 심상돈이 전역 후에 무기와 관계되는 군수 산업회사에서 일을 하고 있다는 말이 생각나 농담 삼아 물었다.

"자네도 총알 만드나?"

심상돈은 웃으면서 대답했다.

"제가 하는 일에 대해서는 보안을 지켜야 하지만 총알을 만드는 것이 아니라는 것은 말씀드릴 수 있어요. 화학과 나온 놈이 무슨 총알은……. 그냥 신무기 개발한다는 정도로만 알고 계세요."

그가 신무기라는 이야기를 꺼내자, 정치수는 언젠가 김영환이 '미국은 자기네가 훗날 월남을 통째로 먹으려 준비했으나 뜻을 못 이루고 공연히 쪽발이하고 되놈들 좋은 일만 시켰다. 하지만 우리는 그 덕에 신무기 개발 기술을 습득할 기회를 가졌다.'고 했던 말이 생각났다.

차는 톨게이트를 빠져나오고 있었고 주말 서울의 밤은 무겁게 머리를 짓누르고 있었다.

#08_무궁화냐 사쿠라냐

　어제가 일요일이라 하루를 쉰 정치수는 아침 출근을 하면서 자신이 상무로 진급한 것을 알았다. 기조실장으로 발령이 나면서 상무로 진급한 것이다. 물론 자신만이 진급을 한 것이 아니라 대대적으로 기구가 개편되었다. 김영환이 죽고 나서 회장이 자기에게 기조실을 맡아 달라고 하던 이야기가 생각났다. 정치수는 '이미 회장은 무언가 김영환의 뜻을 따라 계획을 했던 것이 확실하다. 다만 그 일을 시작하려는 단계에서 김영환이 사고를 당한 것이며 김영환이 사고를 당하지 않았다면 기조실장은 김영환이 맡았을 것'이라는 생각을 했다.

　정치수는 십몇 년 전 상관이던 유순명 과장과 이건용 이사가 새로 회사를 설립하면서 함께 일하자는 제의를 해서 이 회사로 왔다. 그리고 삼오통상을 설립하자 일본의 그 유명한 미츠다상사가 스스로 찾아와서 거래를 제의했다. 그 덕분에 눈부신 성장을 거듭해 왔던 날들이 그림처럼 펼쳐졌다.

　당시 미츠다상사의 다나하시 신야 사장이 유순명에게 직접 전화를 걸고 회사를 방문하겠다고 했다. 때마침 불던 수출 드라이브 정책에 힘입어 수출지원 자금을 받아가면서 회사를 키운 것은 물론 직원 모두의 공이지만, 그래도 지금의 회장인 이건용 사장의 결단력을 높이 사지 않을 수 없다. 주문 물량이 넘쳐 새로운 생산기지를 필요로 할 때, 과감하게 인도네시아와 베트남 현지 공장을 시작했다. 또 미츠다상사가 전자 쪽에 손을 대보지 않겠느냐고 했을 때도 겁내지 않고 전자 쪽에 손을 댄 것이다. 물론 처음 손을 댄 전자 산업이라는 것이 미츠다상사를 통해 수입한 부품을 조립해 다시 미츠다에 수출을 하는 수준으로 보잘 것 없는 일이었지만 그 당시로서는 큰일이고 또 모험이었다.

그리고 그 다음으로는 무엇보다 미츠다상사의 다나하시 회장을 비롯한 미츠다를 창구로 이용해 수입을 하는 마츠모도나 곤도, 오오모리 사장 등 끊임없이 돌보아준 일본의 거래선들에게도 당연히 감사해야 할 일이었다. 웬만한 시행착오는 덮어주면서 끝없이 삼오통상을 믿고 거래를 해주었던 것이다.

정치수가 이런 생각을 하고 있는데 유순명 사장이 들어섰다. 정치수가 상무로 진급하면서 유순명은 삼오전자 사장으로 발령이 났다. 같은 건물에서 일을 하지만 엄연히 회사가 갈려 버렸다. 자리에서 일어나는 정치수를 보며 유순명이 물었다.

"뭐 깊은 생각이라도 할 것이 있었나보지? 하기야 지금 정 상무 심정이야 오죽하겠나. 희비가 교차하면서 김 이사 생각에 등등 그렇지 않겠나?"

정치수가 대답을 하지 않고 씩 웃기만 하자 유순명이 다시 물었다.

"참. 자네 베트남 가기로 했다면서? 김 이사 죽음에 대해 진척

되는 상황이라도 알고 싶다고 하면서 정 범인을 못 잡을 상황이라면 김 이사 넋이라도 위로해 주겠다고 했다고? 이곳에 오기 전에 회장님 뵙고 오는 길인데 그러시더군. 심정이야 어찌 우리가 모르겠는가? 그러나 너무 집착은 말게나. 슬픈 것에 집착한다고 슬프지 않을 수 있으면 집착하지 않을 사람이 어디 있겠나?

참, 그리고 가는 길에 일본에 들러야 할 것 같다고 하시던데. 일본의 그 친구들 자네가 기조실 맡으면서 상무로 진급한 것 알고는 난리들이라네. 내가 아침에 다나하시 도시오 사장과 통화하면서 자네가 기조실장 맡은 이야기를 해 주었거든. 그랬더니 꼭 방문하게 해 달라고 하면서 축하 준비를 해야 하니까 미리 연락을 주고 오게 해 달라고 신신당부하더라고."

정치수는 머쓱해지는 기분이었다. 자신이 진급한 것이 미츠다에서 화제가 되었다는 것이 조금은 쑥스럽기조차 했다. 그때 유순명이 입가에 미소를 띠며 농담 섞인 어조로 말했다.

"이건 내가 공치사하는 것 같지만 정 상무는 내가 생각해 주는 것 잊으면 안 되네. 사실 김 이사가 변을 당하기 전부터 기구 개편 문제가 나왔었고 자네와 김 이사 중 누구를 택할까 회장님과 한참 고민하다가 내가 자네를 적극 추천했다는 것 잊지 말게. 김 이사가 변을 당하는 바람에 자연스레 일이 마무리는 되었지만 말이야. 그리고 이번 상무 진급도 친구가 일도 당하고 했으니 힘을 북돋아 주자면서 내가 전격 제의했다는 것도 말일세."

유순명이 빙긋거리며 웃는 것은 자신의 공을 내세우려는 것이 아니라는 것을 정치수는 잘 알고 있었다. 다만 그러니 열심히 하라는 의미로 정치수는 받아들였다.

"감사합니다. 기대에 부응하기 위해서 열심히 하겠습니다. 저야 사장님께서 항상 생각해주시는 것 잘 알고 있죠."

"돌아간 사람 이야기해서 안 되겠지만 김 이사 그 사람은 다 좋은데 한 박자가 빨라. 우리 회사가 이렇게 클 수 있던 것이 모두 일본 거래선 덕분인데 그것을 자꾸 망각하는 것 같더라고. 그 양반 살았을 때 이제 미츠다로부터 벗어나야 한다고 주장한 것 정 상무도 알잖아? 그러니 같이 호흡을 맞춘 일본 사람들이 좋아할 까닭이 없지 않나?

게다가 나도 이번 김 이사 출장 며칠 전에 뒤늦게 안 일이지만 아주 극비리에 이미 록펠러라는 미국 재벌의 아들과 모종의 협약을 했다는 것 같더라고. 그 회사가 중국에 유통회사로 진출하면서 그들과 손을 잡고 중국 유통업계에 본격적으로 손을 대고 있는 미츠다를 벗어나려고 했다는 것일세. 이미 회장님과는 극비리에 진행해 왔었고 나도 한참 지난 후에 알았네. 사실 이번 베트남 출장의 주된 목적이 그것이었다는 걸세."

순간 정치수는 무언가 이상하다는 생각이 들었다. 그리고 자신에게도 이야기를 하지 않고 김영환이 비밀리에 추진했던 그 일이 무엇인지를 알 수는 있을 것 같았지만 그 일이 김영환의 죽음과 분명 상관이 있을 것이라는 묘한 기분이 들었다.

'그렇다면 정말 록펠러라는 그 친구가 김영환의 죽음과 무슨 관계라도 있다는 말인가?

잠시 그런 생각을 하는 중인데 인터폰이 울리면서 회장님의 호출을 전했다. 그러자 유순명이 자리에서 일어서며 말했다.

"가보게. 아마 내가 말한 대로 일본에 들러서 베트남에 가라는 말씀일거야. 그리고 아까도 말했지만 그저 친구 넋 위로한다고만 생각하고 너무 집착은 말게나. 그리고 일본에 들러서도 일본 사람들에게 다시 우의를 가지고 일할 수 있다는 확신을 심어주게나. 공연히 김 이사처럼 한 박자 앞서지 말고."

정치수는 방을 나와 회장실로 향하면서 유순명의 말끝이 영 마음에 걸렸다. '공연히 김 이사처럼 한 박자 앞서지 말고.' 그 말이 의미하는 것이 무엇일까?

록펠러와 손을 잡고 일을 하는 것은 극비로 진행을 할 수도 있는 일이다. 그런데 미츠다를 벗어나려는 노력이 왜 의리를 배신하는 것인가? 미츠다와는 거래를 끊겠다는 것도 아니고 삼오통상의 입장으로는 그럴 형편도 되지를 않는다. 다만 전량 미츠다의 상표를 달아 수출을 하고 그 처분만 기다리다가는 언제 그들이 나 몰라라 할지도 모르는 판국에 스스로 일어 설 수 있는 길을 독자적으로 추진한 것이 무슨 의리를 배신한 것이고 또 한 박자 빠른 것인가? 만일 그것이 한 박자 빠른 것이고 그렇게 할 수만 있다면 정치수 자신도 그렇게 하고 싶었다. 회장실에 들어서자 회장은 우선 상무 진급을 축하한다는 인사와 함께 기조실장이라는 중책을 맡았으니 열심히 해 주기를 바란다는 말을 하고는 본

론으로 들어갔다.

"자네가 베트남에 간다고 하기에 그렇지 않아도 잘 되었다는 생각이 들더군. 일본 미츠다상사 모르게 누군가는 가서 록펠러를 만나 주어야 하는데 말일세."

순간 정치수는 유순명이 자신의 방을 찾아와서 무엇인지 모를 것 같은 소리만 했는데, 이제 그 내막을 알 수 있을 것 같았다. 분명 이 일이 록펠러와 무슨 관련이 있기는 있는 것이 확실했다.

"사실은 말일세. 이미 오래 전부터 김 이사가 록펠러 그 친구와 우리가 중국에 진출하는 문제를 상의해 왔었네. 순수 우리 상표로 말일세. 우리 삼오통상 고유의 브랜드를 가지고 중국 시장에 진출하는 것이지. 록펠러 그 친구가 자신이 전면에 나서는 것은 아니지만, 자본을 대고 중국 관리가 개입된 회사를 설립해서 유통망을 구축하는 대로 우리 제품을 중국 전역에 유통시켜주기로 한 것일세. 그래서 그 시점에 맞춰 중국 길림성 공장을 완공하기 위해 지금 노력을 하고 있는 것이고. 물론 그렇게 되면 부품 조달이라든가 여러 가지 문제들이 따르기는 할 거야.

물론 미츠다를 통해서 수입을 하려고 하겠지만 미츠다로써는 우리가 자신들을 배제한 사업을 한다는 것이 달갑지 않을 것이니 얼마나 도와줄지 미지수지. 그래서 록펠러를 통해서 기술이전이나 부품 조달 등을 협의하고 있던 중이었어. 길림성 공장이 완공되기 전에 마무리 지어야 하는 일이니까. 이번 김 이사 출장도 그런 목적이 있던 것인데 그만 변을 당하고 만 것이지. 이번 출장에서 마무리를 짓고 회사 전체에 알리려던 것인데……. 자네 베트남 갔을 때 주 부장이 김 이사 방에서 메모 들고 왔던 것 기억나지? 사실 나는 알고 있던 일이지만 아는 척을 할 수 없어서 가만히 있었네만 다 그런 연유로 그 메모가 있던 것일세.

그런데 문제는 김 이사가 변을 당한거야. 그나마 다행인 것은, 그동안 김 이사가 수시로 보고를 해 온 덕에 나도 그에 못지않은 자료는 가지고 있지만 그것은 엄연한 자료일 뿐이지. 자네가 기조실장을 맡았으니 그 일을 아예 자네가 하게나. 마침 베트남에도 가는 길이고 또 자네와 록펠러와는 구면이라고 하니, 그를 만나 김 이사와 진행했던 일들을 앞으로는 자네가 하는 것으로 하고 더 심도 있게 진행을 하라는 이야기일세. 내가 유순명 사장과도 이야기 했는데 유 사장도 그것이 좋겠다고 하더군. 나 역시 록펠러 그 친구 얼굴 한 번 못 보았지만 이번 상황을 설명하고 이제 자네가 창구 역할을 할 것이라고 전화로 연락해 놓았네. 아울러 베트남에 다녀오고 나면 본격적으로 길림성 공장 문제나 부품 조달문제 등 구체적 현안을 해결해야 할 걸세. 물론 이번 출장에서 해결할 것도 해야겠지만.

자 이것이 그 자료들이니 살펴보게나. 그리고 내일 베트남으로 갈 것이 아니라 일본에 들렀다가 하루 정도 묵고 그곳에서 베트남으로 가게. 다나하시 도시오 사장이 아침부터 전화해서 자네 진급도 했으니 보내달라고 생난리야. 축하를 해 준다나 뭐라나. 그거야 빤히 보이는 속이지 뭔가? 자기들이 김 이사 문상 왔었으니 핑계 삼아 답례 인사하러 오라는 것 아니겠어? 그러니까 적당한 선물 사 들고 가보라고. 하루 늦게 베트남 간다고 큰일 나는 것 아니니까. 참, 그리고 이번에 주원모 부장과 함께 가기로 했다고? 그렇지 않아도 이번 출장이 끝나고 나면 주 부장과 함께 일을 하게 해 달라고 김 이사가 부탁을 했었는데 잘 된 일이야. 그 친구가 입도 무겁고 일도 잘 한다는데 앞으로는 그 친구와 계속 이 프로젝트를 실행하라고. 물론 일이 확정될 때까지는 첫째도 보안, 둘째도 보안일세."

정치수는 자료를 들고 자신의 방으로 돌아와 앉아 곰곰이 생각을 해 봐도 도대체가 무엇인가에 홀린 기분이었다. 갑작스런 김영환의 죽음. 유순명의 석연치 않은 말. 게다가 회장과 김영환이 추진했던 극비리의 작업. 무언가 서로 연결이 될 것 같으면서도 도무지 연결고리가 잡히지를 않는 것들이었다.

이튿날 아침 일찍 일본행 비행기에 올라 이륙하기를 기다리는 동안 내내 말이 없던 정치수가 비행기가 이륙하고 나자 마치 기다리기라도 했다는 듯이 주원모를 보며 입을 열었다.

"자네 이상하지 않나?"

"뭐가요?"

"요 며칠 동안 일어난 일들 말이야. 어제 내가 자네에게 앞으로 같이 할 일이라고 하면서 카피해 준 것을 보았지? 그 일을 추진하는 것을 물론 미츠다에서는 좋아하지는 않겠지. 하지만 반대할 이유도 없어. 게다가 그 일은 김영환과 회장님 그리고 유순

명 사장만 알고 있는데 유 사장이 어제 내게 이야기 한 바로는 미
츠다가 그런 일을 반길 것 같으냐고 했단 말이야? 그리고 김영환
이 한 박자가 빠르다고 했어. 축구에서 한 박자가 빠르면 업사이
드 벌칙을 받는 것인데 그럼 김영환이 벌을 받은 것이다? 벌 받
을 일이 무언데?"

"상무님 좀 앞서 나가시는 것 아니세요? 저야 직접 겪지 않아
서 모르겠지만 오히려 상무님 말씀이 무슨 소리인지를 모르겠는
데요?"

그러나 주원모의 말에도 정치수는 혼자 중얼거렸다.

"분명 뭔가 고리가 있어. 그 고리를 밝혀내면 김영환의 죽음도
알 수 있을 거야."

둘이 그렇게 짧은 이야기를 하는 사이에 창 아래 희뿌연 일본
열도가 보이고 있었다. 실제 오사카는 우리의 제주도를 가는 시
간과 그리 차이가 나지 않는 가까운 곳이다. 오사카의 간사이공
항에는 미츠다상사의 이노우에 부장이 마중 나와 있었다.

"정 상무님 정말 축하드립니다. 저희 부서에서 모두 상무님의
진급을 진심으로 축하하고 있습니다."

정치수는 속으로 코웃음을 쳤다.

"감사합니다. 저 같이 하잘것없는 사람의 승진에까지 신경을
써 주시니 정말 몸 둘 바를 모르겠습니다. 감사합니다."

정말로 미츠다상사 해외사업부 직원들이 모두 정 상무의 승진
사실을 알 이유도 없었고 정치수 역시 최근 실무 담당자들은 잘

모르고 있다. 기껏해야 8개 과장 정도 외에는 몇 명 알지도 못했다. 그렇지만 상대가 그런 인사를 해오는데 받아 주지 않을 수도 없는 노릇 아니겠는가? 아마 이노우에 부장 자신도 지금 공항으로 나오면서 정치수의 진급 사실을 알았을지도 모를 일이다.

정치수와 주원모가 미츠다상사 사장실에 들어섰을 때 다나하시 도시오 사장은 몇몇 손님들과 함께 앉아 있었다. 모두가 눈에 익은 얼굴들이었고 그들은 바로 미츠다상사를 통해 삼오통상에 주문을 해오는 손님들이다. 정치수는 다시 한 번 틀에 박힌 축하 인사를 일일이 나눈 후에야 자리에 앉을 수 있었다. 자리에 앉자 정치수는 일본식으로 장황하게 감사함을 표시했다.

"일전에 저희 회사 김영환 이사의 충격적 사건에 먼 바다 건너에서부터 친히 왕림하셔서 보여주신 성의에 저희 회장님을 대신하여 진심으로 감사 말씀 드립니다."

그러자, 다나하시가 대표로 인사를 받았다.

"아, 아닙니다. 당연히 해야 할 도리를 한걸요. 우리는 삼오통상의 아픔이 곧바로 우리의 아픔이라는 충심에서 함께 했을 뿐입니다. 형제나 마찬가지 심정으로 우리도 아파했습니다."

인사를 맺으면서 다나하시는 한마디 덧붙였다.

"이제 정 상무님이 기획조정실 실장님이 되셨으니 정말로 저희 미츠다상사와 긴밀한 협조 바랍니다. 자, 조금 쉬었다가 점심 식사하시고 두 분 오신 김에 우리 가까운 곳에 가서 오후를 즐깁시다. 그래서 내가 일부러 이렇게 손님들도 오시라고 했습니다.

어디 온천이라도 가서 쉴까 하구요."

다나하시의 이례적인 제안에 정치수는 과장된 제스처로 사양했다.

"아, 아닙니다. 일을 보고 저희는 내일 아침 떠나야 하거든요."

"사양하지 마십시오. 이번 초대는 정 상무님께서 영업부에 10여 년 넘는 세월을 몸담고 저희에게 베풀어 주신 은혜에 대한 보답입니다. 제가 회장님께 직접 말씀도 드렸습니다. 그러니까 저희 제안을 거절 마시고 부디 받아들여 주십시오."

다나하시는 진심으로 권하는 것이라는 표정을 지었고 같이 자리하고 있던 마츠모토와 오오모리 등 모두가 한마디씩 거들었다. 정치수는 거절할 수 없는 초대임을 느꼈다.

"그렇다면 좋습니다. 폐가 되는 것은 알지만 베풀어 주시는 은혜에 기꺼이, 염치없이 응하겠습니다. 이렇게 환대해주시는데 대하여 정말 감사드립니다."

정치수는 답례 인사를 장황하게 하고는 초대에 응하기로 했다. 점심을 마치고 그들이 향한 곳은 오사카에서 한참을 벗어난 작은 도시였다. 직원들을 시켜 짐을 호텔로 옮겨 놓겠다는 다나하시의 제안에 달랑 여권이 든 손가방 하나씩만을 들고 그곳에 도착하자 이미 모든 것이 예약되어 있던 듯 일행 일곱 명을 아주 편하게 안내했다.

"야, 이거 별천지네요."

주원모가 정치수에게 생각 이상으로 화려한 곳이라는 듯이 말을 건넸다.

"그렇다고 촌놈 짓 하지 마."

밖과는 다르게 내부는 정말 화려했다. 정치수는 일본 출장 때 두어 번 이런 곳에 안내를 받아 본 적이 있었다. 하지만 이곳은 전에 가본 곳들보다 훨씬 화려해 보였다. 넓은 홀 한 가운데에 삼십여 명 이상은 충분히 들어갈 수 있는 넓은 욕조가 있고 그 욕조에는 온천물이 가득 차 있었다. 실내 온도는 김이 서리지 않게 조절하여 뜨거운 온천물에서 아지랑이가 피어오르고 있었다. 입구에서 보면 그 욕조를 사이에 둔 반대편 끝에는 인공폭포가 만들어져 있었고 역시 그 폭포의 물도 온천물이었다. 그 앞에는 적당히 술과 음료를 즐길 수 있는 몇 개의 테이블과 의자들이 비치파라솔 아래 정리되어 있었다. 그리고 그 왼편에는 서너 개의 문이 있고 문을 열면 바로 아늑한 침실이 자리하고 있었다. 그곳에서 휴식을 취하고 싶으면 휴식하고, 시중드는 아가씨를 원하면 그들이 기꺼이 몸을 내주는 그런 곳이었다.

그 옆으로는 커다란 수족관이 자리하고 있는데 그 크기가 너무 커서 마치 바다 속에 들어와 있다고 느낄 정도였다. 폭포를 중심으로 오른쪽에는 2층으로 오르는 실내 계단이 있다. 그 계단을 따라 올라가면 발코니처럼 되어 있다. 그곳에서는 테이블과 의자가 있고 계단 옆, 발코니 아래 공간은 바위와 인조나무로 장식해놓고 있었다.

"분위기가 마음에 드십니까?"

다나하시 도시오가 정치수에게 물었다.

"네. 아주 훌륭합니다. 이렇게까지 신경을 써 주시니 뭐라고 감사를 표시해야 할지 모르겠군요."

정치수는 다시 한 번 장황한 감사의 인사를 건넸고 일행은 각자 개별 탈의실로 들어섰다.

입구에서 그들을 맞아 주었던 수영복 차림의 아가씨들이 한 명씩 따라 들어섰고 그 안에는 포장도 뜯지 않은 수영복과 비치 가운이 크기대로 하나씩 정리되어있었다. 이런 곳이 처음인 주원모가 어리둥절해 하자 그를 시중들도록 배정된 아가씨가 설명했다.

"손님, 우선 지금 입고 있는 옷을 벗으시고 이 수영복과 가운으로 갈아입으신 후에 저 안으로 들어가시면 됩니다."

생긋생긋 고개를 까딱거리며 무릎까지 살짝 굽혀보였다. 주원모가 돌아서서 옷을 벗으려하자 아가씨가 앞으로 다시 왔다.

"괜찮습니다. 옷을 벗어 주세요. 제가 정리해드립니다."

'베트남도 그렇고 한국도 그렇고 아무리 몸 파는 여자라도 처음에 자기가 옷을 벗든, 사내가 옷을 벗든 그 모습을 서로 보이지 않으려고 불을 끄든가 조명을 낮추는 법인데 이건 보려고 덤벼들다니……'

주원모가 얼떨결에 상의를 벗자 그 여자가 냉큼 받아 들었다.

"제 이름은 하네코입니다. 필요하면 불러주세요. 그리고 여기에서는 제게 아무 일이나 시키셔도 됩니다. 지금이라도 손님이 원하시면 무엇이든 해 드립니다."

하네코라는 그녀가 전혀 아무렇지도 않게 하는 그 소리가 '이미 몸값을 지불했으니 지금부터 어떻게 하든 상관없다'는 소리로 들리자, 처음에 수영복 차림의 그녀가 무릎을 살짝 굽히며 생긋이 웃을 때 울컥 치솟던 그녀에 대한 욕구가 싹 가셨다. 주원모가 가운을 걸치고 밖으로 나오자 나머지 일행은 이미 밖에 나와 인공폭포 앞에 앉아 있었다. 인공폭포 앞에서 마실 것을 마시는 자. 욕조에 들어가는 자. 각자 편하게 삼십여 분을 보낸 후 다나하시 도시오가 단 둘이 할 이야기가 있다며 2층으로 만들어진 발코니 위로 함께 올라 갈 것을 권했다.

정치수가 가운을 걸치고 2층 베란다에 올라가 안쪽 자리로 눈을 돌리자 거기에는 이미 누군가 한사람이 앉아 있었다. 다나하시 도시오 사장의 아버지이자 미츠다상사의 회장인 '다나하시 신야'였다.

"아니! 회장님께서……."

다나하시 사장은 벌써 자기 아버지가 와 있는 것을 알고 있는 듯 했지만 전혀 짐작도 못하고 있던 정치수는 당황스러울 수밖에 없었다.

"괜찮아요. 그냥 앉지."

다나하시 회장이 한없이 너그러운 모습을 보이려고 노력하며 가운 차림의 정치수에게 앉을 것을 권했다. 그가 앉아있는 탁자에 마실 것들과 잔들이 있고 이미 한두 잔 마신 흔적이 있는 것으로 보아서 이미 일행이 들어오기 전부터 앉아 있었다는 것을 알 수 있었다.

"내가 굳이 이런 자리를 택한 것은 여러분을 편하게 하자는 의도인데 그것이 오히려 불편하게 느껴진다면 안 되니까 편히 맘먹고 아무 부담도 갖지 말아요. 자, 우선 정 상무의 진급을 축하하지."

다나하시 회장이 잔을 따라 정치수에게 먼저 건넨 뒤 도시오 사장과 자신의 잔에도 한잔씩 따랐다.

"자 건배하자고."

셋의 잔이 모여 하나가 되었다가 각자의 입을 향했다.

"그래, 승진한 소감이 어떤가?"

"글쎄요. 제 자신의 능력보다 무거운 짐을 진 것 같아서요. 앞으로도 이전과 변함없는 지도와 협조 바랍니다."

"글쎄, 우리야 그러고 싶지만 이젠 우리가 삼오에 해줄 것이 없어지는 것 같단 말이야."

순간 정치수는 뜨끔했지만 정색을 하며 대답했다.

"무슨 말씀이십니까? 오늘의 삼오가 있게 된 것이 모두 미츠다 상사와 회장님 덕분이라는 것을 저희 삼오 사람 모두가 알고 있습니다. 행여 섭섭하신 것이 있으셨다면 차제에 저희 회장님을 직접 모시고 다시 한 번 찾아뵙겠습니다."

정치수는 황망히 서둘러 다나하시 회장의 말에 조금이라도 해명하고자 노력했다.

"아니. 그렇게까지 할 필요야 없지. 뭐, 내가 삼오의 주인이 아닌 다음에야 삼오를 내 마음대로 경영할 수 없는 것 아니겠나? 삼오도 나름대로 갈 길을 찾을 수 있는 것 아닌가? 하지만 그래도 나는 형제의 우애를 가질 회사라고 생각했었는데 그 우애가 익기도 전에 삼오 쪽에서 너무 서두른 것 같아서 좀 섭섭하단 말이야."

다나하시 회장은 자신이 너무 정치수를 구석으로 몰고 있다고 생각했는지 슬그머니 고삐를 풀어 줄 량으로 말을 이었다.

"물론 내가 너무 내 생각만 하는지 모르지. 하지만 사람은 항상 같이 갈 길이 있고 혼자 갈 길이 있는 법이야. 이쪽에서는 호의를 베풀려고 하는데 자꾸 그쪽에서 떨어져 나가려고 하면 화를 부르게 되는 것 아닐까? 어쨌든 김 이사의 죽음은 안됐네."

순간 정치수는 퍼뜩 정신이 드는 것 같았다. 김영환의 죽음이라니? 그 이야기가 지금 왜 이 자리에서 나온단 말인가?

"차츰 얘기하겠네만 김 이사의 죽음은 본래 우리 뜻은 아니었네. 다만 지나친 욕심의 결과일 뿐이지."

"그럼 김영환의 죽음이⋯⋯."

"자, 차츰 얘기하기로 하고 이 사진을 볼 텐가?"

다나하시 회장은 슬쩍 말꼬리를 돌리며 사진 한 장을 건넸다. 그러나 정치수는 사진을 받아들면서 쳐다보지도 않은 채, 김영환의 죽음이라는 소리만이 중요한 자신의 눈에는 아무것도 들어오지 않는다는 듯이 물었다.

"김영환의 죽음이 회장님과 무슨 연관이 있다는 거죠?"

"물론 자네는 친구의 죽음이 중요할 수 있지. 하지만 그 대답 역시 그 사진 안에 있어. 또 그 사진으로부터 얘기가 시작되어야 모든 게 풀릴 것이니 마음 조급하게 먹지 말고 지금부터 하나씩 풀어가자고. 어차피 오늘 이 자리에서 모든 얘기가 끝이 날 테니까 말이야."

다나하시 회장이 잠시 말을 끊었다가 최대한 너그러운 목소리로 말했다.

"어머님이 돌아 가셨지? 어머님 성함이 원무유코. 한국식으로는 원유자 아닌가?"

어머니의 이름이 나오자 정치수는 받아든 사진을 내려다보았다. 그 순간 정치수는 '으악! 하고 나오는 비명을 간신히 삼켰다. 아주 오래되어 노랗게 바랜 흑백 사진. 아버지가 운명하며 자신에게 남긴 바로 그 사진이었다. 불현듯, 일본 남학생이 바로 저 다나하시 신야라는 생각이 들자 자신도 모르게 사진을 테이블에 떨어뜨리듯이 내려놓고 말았다. 어디서 많이 본 듯한 모습이라는 생각만 했지 꿈에도 생각하지 못한 일이다. 그런데 어머니의 이름을 듣는 순간 확실하다는 생각이 들었다.

"자네가 이제껏 자신의 출생에 대해서 한 번도 얘기를 못 듣진 않았겠지."

정치수는 머릿속이 백지장처럼 하얘지면서 자리를 박차고 나가고 싶었다. 하지만 어떤 사실도 확인되지 않은 채 그냥 뛰쳐나

가서는 안 된다고 자신을 타일렀다.

'냉정해져야 한다. 지금 이 상황이 무엇을 뜻하는지 알아야 한다. 당황해서는 안 된다. 냉정해지자.'

정치수는 이를 악물었다. 그러자 아버님이 돌아가실 때 내 친아버지가 일본 사람이라고 했던 이야기만이 자꾸 떠올랐다. 그러나 그 생각이 떠오르는 만큼 자신을 다스리고 평온을 찾으려고 노력했다.

'냉정해져야 한다.'

다부지게 마음을 고쳐먹은 정치수는 고개를 들어 다나하시 회장을 똑바로 쳐다보았다.

"제 출생이라니요? 제가 한국에서 아버지 정장석 씨와 어머니 원유자씨 사이에서 태어난 것을 호적이 이야기해주고 있지 않습니까?"

말로는 오히려 이상하다는 듯이 얘기했지만 정치수는 온 몸이 부들부들 떨려오고 있었다.

"정말 출생 이야기를 모른단 말인가? 그렇다면 좋네. 이 사진의 얼굴이 어머님은 확실히 맞나?"

"예, 맞습니다. 이사진의 연유가 어떻게 된 것인지는 모르지만 어쨌든 이 사진 속의 여인이 제 어머니인 것은 맞습니다."

정치수는 그것마저 부인하고 싶었다. 하지만 모든 대답이 사진 안에 있다는 다나하시 회장의 말이 떠올랐다. 만일 부인했다가는 아무것도 얻을 수 없을 것 같아 확실하다고 했다. 그러자 다나하시 회장은 한풀 누그러진 표정이었다.

"여기 우리 도시오도 앉아 있지만 옛날 얘기 하나 할까?"

둘을 번갈아 쳐다보고 다나하시 회장은 말을 이어갔다.

"도시오 에미도 아는 얘기니 감출 것이야 없지만 내게는 아픈 추억이 있다네. 그러니까 소화 19년이지, 1944년 초 나는 아버지께서 근무하고 계신 조선을 향했네. 아버지께서는 그때 육군 헌병으로 조선의 경성에서 근무하고 계셨지. 나는 오사카의 작은 아버님 댁에서 고등학교를 마치고 국내에서 대학에 진학할 예정이었네.

하지만 아버님께서는 그때 한참 일어나고 있는 내선일체운동에 참여하는 것이 더 뜻 깊은 일이라며 내가 경성제대에 입학하기를 희망하신 것일세. 육군 헌병 고위층의 아들이 직접 경성제대에 다님으로써 주위의 조선인은 물론 내국인에게도 내선일체의 모범도 보이실 겸 또 가끔씩 들썩이는 학생운동의 진화를 위한 관변 학생 단체도 맡기실 생각이셨던 게야.

난 그때는 그 뜻을 미처 모르고 정말 내선일체의 일꾼으로 일해보리라는 각오로 경성제대에 입학을 했네. 아주 순수한 마음이었지. 그리고 정말로 조선 사람과 내국인은 차이가 하나도 없다고 생각하고 학교를 다녔어. 조선 학생들과도 친해지려고 노력하던 중 우연히 원무유코라는 여학생을 만났네. 당시 여전 학생이던 그녀와 불꽃 튀는 사랑을 나눈 지 일 년쯤 지났을 때 그녀가 임신했다는 사실을 알고 집안에 얘기했네. 집안에서 아버님과 어머님은 난리가 났어. 내선일체는 조선인이 일본사람에게 협력하라는 것이지 조선여자를 아내로 삼아도 된다는 것은 아니라는 것이었지. 그때는 그것을 이해 못했어.

하지만 집안의 완강한 반대로 속만 태우던 중 우리 가족은 아버님의 근무지 이동명령으로 조선을 떠났지. 천황폐하께서 미국인들의 천인공노할 원폭투하에 대한 항의의 표시로 아시아 해방 전쟁을 그만 두시겠다는 선언을 하시기 며칠 전이었어. 나는 그때 유코와 잠시 헤어지는 것이라고 생각했지. 전쟁이 끝난 것도 아니고 머지않아 조선에 다시 올 것이라는 확신이 있었기에 이 사진을 기념으로 찍은 후 품고 왔네. 하지만 전쟁은 미국 놈들의 철없는 원폭투하로 끝났고 우리는 조선으로 갈 수 없었네.

난 이곳 일본에서 아버님과 어머님의 권유로 결혼을 했고 지금의 아내와의 사이에서 도시오를 낳았네. 물론 작은 아버님의 사업을 물려받아 이 미츠다상사를 이렇게 키워놓기도 했지만 난 한 번도 조선의 원무유코를 잊은 적이 없네. 뿐만 아니라 찾고 싶었어. 게다가 세월이 지날수록 내가 이 사업에 깊게 빠져들며 아버님과 작은 아버님의 옛 동료와 그 자식들과 자주 어울리게 되었고, 그럴수록 우리 일본만이 아시아를 지상 낙원으로 만들 힘이 있는 나라라는 것을 뼈저리게 느끼게 되었지.

그리고 우리 일본만이 아시아를 진정한 낙원으로 키울 수 있는 나라라는 생각을 할 때면 조선에 두고 온 얼굴도 성별도 모르는 자식과 원무유코를 생각하게 되었지. 비록 조선 여인이지만 사랑하는 여인이요 자식이니 꼭 찾아서 우리 대 일본 제국의 행복을 맛 볼 수 있게 해 주리라고 마음먹던 중 일한협약이 체결되었지. 나와 우리 미츠다는 그 협약 덕분에 기계도 잔뜩 팔게 되었고 또 두고 온 내 자식도 찾을 계기가 된 거야.

난 우선 우리 회사의 협력 업체들로부터 한국에 먹힐 기계들을 엄선해 보았네. 무엇보다 처음 경공업으로 출발할 사람들에게는 섬유, 완구류가 우선이겠고 그러자면 자연히 편직, 염색, 봉제기계가 우선이라고 생각돼 편직기계와 염색기계는 물론 전동 재봉틀의 한국 시장개척에 뛰어들었지. 그리고 그때까지 일본 내수 시장에서 충당하던 봉제품을 한국에서 수입하기 위한 구실과, 또 우리가 미국에 수출하던 봉제품을 한국에서 생산해 수출할 수 있도록 손이 닿는 한 미국과 한국의 업자들을 이어주는데 최선을 다했네. 그래야 우리 기계를 팔 수 있으니까. 물론 한국 업자들에게 기계만 파는 것은 아니었지. 손재주 좋은 그들을 열심히 가르쳐 놓으면 생산기지도 되지만, 머지않아 중국을 비롯한 동남아로 생산기지를 확장해 나갈 수 있고 그들을 관리자로 쓸 수 있다는 생각이 들었거든. 그러면 자연히 그만큼 기계는 더 팔릴 것이고……

그런 한편 나는 내 피붙이 찾기에도 게으르지 않았네. 그러나 내가 원무유코의 행방을 찾아냈을 때 그녀는 이미 죽어 이 세상 사람이 아니었고 그가 낳은 아들이 있다는 사실을 알았네. 그래서 그의 신랑인 정장석 씨와의 사이에 있는 유일한 그 아들에 대해서 여러 가지 알아본 결과 정장석 씨는 아기를 낳을 수 없는 사람이라는 것을 알고 그 애가 내 아이라는 확신을 가질 수 있었지. 다행히 그 애는 훌륭히 자라있었고 나는 그 애를 뒤에서 돌보아 주리라 마음먹었네. 물론 때가 되면 내가 제 애비라는 것을 꼭 밝히리라 마음먹었지만 이런 식은 아니라고 생각했지.

그 옛날, 내선일체는 무조건 일본과 조선이 하나가 되는 것이라고 생각했지만 세월이 지나면서, 진정한 내선일체란 일본이라는 큰 보호막 안으로 조선이 들어와서 기대는 것임을 나 스스로 깨닫던 그때처럼 자연스럽게 알릴 기회가 올 것이라고 굳게 믿었던 거야.

그 옛날처럼 총이나 칼로 아시아를 지배할 수는 없고 어차피 경제 대국으로서의 일본이 그네들을 보호해주어야 할 것이라고 나와 우리 조직 모두는 뜻을 같이하고 있었거든. 그래서 우리 조직과 뜻을 같이하는 몇몇 조직이 그 방향으로 뜻을 모으고 아시아 각국으로 힘을 뻗쳐 나갔네. 그중에 나와 몇 몇 동지들은 한국에 뜻을 둔거지. 계획은 잘 진행되는가 싶었어. 그런데 우리 일본에 대한 미국의 견제와 함께 미처 생각 못했던 중국의 무서운 성장에 노선을 변경해야 한다고 생각했네.

중국이 저렇게 크기 시작하니까 슬며시 겁이 나더라고. 그래서 우리 몇몇 단체는 미국이 언제 베트남에 들어오는지 눈치를 보며 중국이 발붙일 틈을 주지 않다가 미국이 이제 공식적으로 베트남에 안주하는 것을 보며 적당히 자리를 내 주었지. 미국과 서로 별개의 약속을 한 것은 아니지만 우리는 지금까지 작전을 잘 수행했다고 자부하고 있네.

뿐만 아니라 우리가 중국에 직접 부딪치는 것 보다는 한국을 통하기로 했지. 언젠가 더 이상은 안 되겠다 싶을 때 손을 털어도 우리는 손해 볼 것이 없게 하기 위해서지.

지금도 한국을 통해 중국에서 생산하는 많은 우리 동지들은 일제히 손을 털 각오가 되어 있네. 따라서 중국 이외의 동남아 국가들을 생산기지화 시키고 있고 또 실제로 이제까지 누가 기술 이전을 했느냐를 따지기 전에 우리는 구멍만 생기면 다이렉트로 생산 기지를 넓혀가고 있네. 어느 정도 선에 올라선 그들을 생산 기지화하고 여차하면 그 목을 조이겠다는 거네. 그것이 우리의 진정한 방법이요 목표거든. 그런데 유일하게 한국의 몇몇 기업 이 그 눈치를 채는가 싶더니 발 빠르게 변신하기 시작했고 우리 가 그토록 자신했던 삼오마저 변신을 시작하더라고."

다나하시 신야는 잠시 말은 멈추더니 정치수를 쳐다보았다.

"어떤가, 내가 아직도 동화 속 얘기를 하고 있다고 생각하나?"

그가 원하는 대답이 무엇인지 알 수 있을 것 같았다. 3년 전 아 버지가 돌아가실 때 병원에서 유언을 듣는 순간 처음에는 멍하 면서 마치 소설 속의 얘기를 듣는 것 같았다. 지금도 그때처럼 처 음에는 놀랍고 온 몸이 떨리다가 팔 다리에 힘이 빠지고 멍해졌 다. 속이 부글부글 끓던 것들이 모두 사라지고, 마치 한편의 영화 라도 감상하는 것 같더니 이제는 아예 그 뒷얘기가 궁금해질 뿐 그 이야기가 전혀 자신의 이야기라는 생각이 들지 않았다. 아니, 자신의 얘기가 아니길 바라고 있었다.

"아직도 내가 무슨 얘기를 하는지 모른다고 거부할 텐가?"

"제가 무슨 대답하기를 원하십니까?"

정치수는 되받아 물었다. 그 목소리는 힘은 없어도 악에 바친 듯했다. 이미 내 삶이 아닌 삶을 살아온 내게 도대체 원하는 것이 무어냐는 듯이 들리기도 하고, 당신이 뭐라고 해도 난 나일뿐이라는 절규 같기도 했다.

"나는 자네가 원무유코의 아들이자, 도시오의 배다른 형이라는 사실을 자네 입에서 듣고 싶은 걸세."

정치수는 어이가 없었다. 오십 년을 고이 간직하고 살아온 스스로의 인생과 이미 3년 전부터 가슴 조이며 살아온 결과가 이 자리라면 이제껏 살아온 자신이 차라리 불쌍할 뿐이었다. 그러나 정치수는 여기에서 자신의 태도가 슬프게 보일 아무런 이유도 느끼지 못했고 또 실제로 이 이야기가 자신의 이야기가 되어서는 안 된다는 강한 거부감이 자신을 사로잡고 있었다.

"제가 원유자 씨의 아들이라는 것과 오늘의 삼오의 변신이 도대체 무슨 상관이 있다는 얘깁니까?"

정치수는 자신이 원무유코가 아닌 원유자의 아들이라는 것을 강하게 긍정하면서도 도시오의 형이라는 것은 결코 인정하고 싶지 않았다. 그러나 그 뒷이야기는 꼭 듣고 싶었기에 도대체 그 진의가 무어냐고 강하게 물었다.

"좋아. 네가 정녕 내 뜻을 알고 싶다면 기꺼이 얘기해 주지. 그러나 한 가지 잊지 말고 들어야 할 것을 너야말로 바로 일본과 한국이 하나가 될 수 있는 가장 값진 피를 소유하고 있는 사람이라는 것을 잊어서는 안 될 것이다."

다나하시 신야는 다시 한 번 정치수가 자신의 핏줄임을 다짐이라도 하듯이 못을 박았다.

"이미 말했다시피 우리가 삼오를 택한 것은 한국인의 좋은 손재주를 빌리는 목적도 있었지만 훗날을 기약할 수 있는 나의 아들이 그 자리에 있었기 때문이지. 마침 자네가 삼오통상에 입사해 있었기에 우리는 쉽게 그쪽으로 뜻을 모았고 바로 자네 윗사람으로 근무하는 유순명을 통해 삼오통상에 접근해 갔지.

때마침 수출 물량에 목마르던 자네 회사에 우리는 국빈처럼 입성할 수 있었고 그 좋은 이미지를 살리기 위해 우리는 때로 손해도 감수해가며 자네 회사를 전폭 지원했지. 별로 규모도 없던 회사가 이미 탄탄히 커져있던 우리 미즈다상사와 거래를 하면서 자네도 알다시피 무럭무럭 성장해갔네. 물론 우리 미즈다상사야말로 한국전쟁과 일한협약, 그리고 훗날 월남전에서 미국과 한국이 뿌린 피의 덕을 너무 크게 본 회사이기 때문에 일부는 그 은혜를 갚는다는 생각도 전혀 없었던 것은 아니지. 어쨌든 우리는 삼오를 통해서 인도네시아, 베트남에 기술 이전까지 시키며 나름대로는 전자산업 기지화에까지 성공해가고 있을뿐더러 삼오가 곳곳에 부동산을 매입하게 하는 좋은 반려자가 되어 주었지.

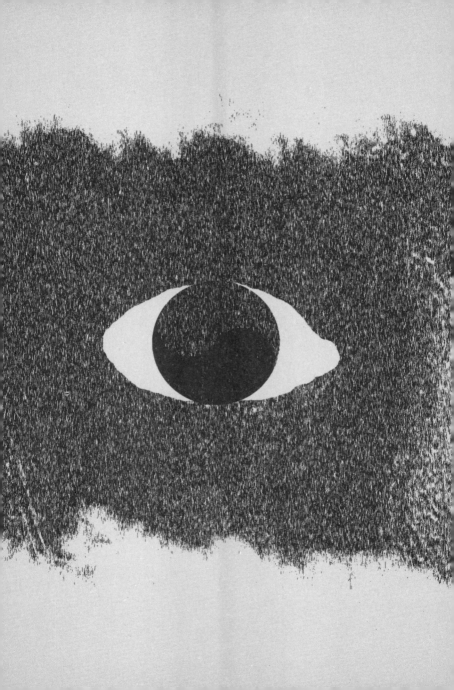

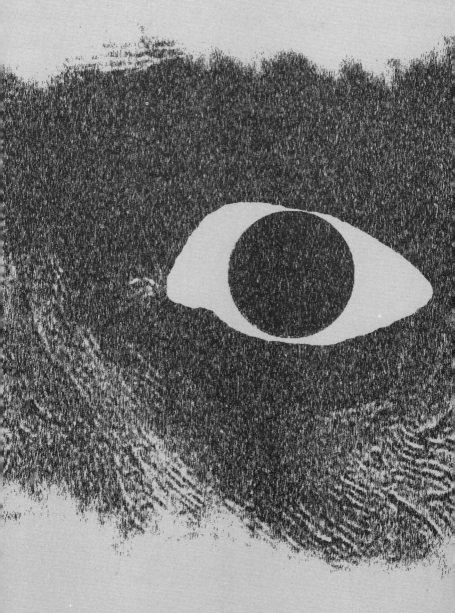

언젠가는 우리 대 일본 제국과 미츠다상사가 우뚝 서야 할 한국, 동남아, 중국의 전초 기지로서 삼오를 열심히 키운 거야. 그런데 어느 날인가 삼오 회장이 무슨 생각을 했는지 극비리에 독립을 추진하는 것을 알게 되었지. 자신이 보기에는 그 정도 부동산과 자금력이면 충분히 홀로서기가 가능하다고 봤겠지."

정치수는 기가 막혔다. 정말 저 얘기대로라면 나라는 인간 하나가 아니라 저들은 삼오통상과 삼오전자는 물론 아예 일본으로 수출하는 삼오만한 규모의 회사들과 동남아의 그 많은, 그만 그만한 회사들을 가지고 놀고 있다는 말인가? 그것이 이렇게 결과가 나온 뒤에 자신들이 느낀 배신감에서 이야기하고 있는 것인지, 아니면 정말 본래의 음모가 그랬는지, 그것도 아니면 처음에는 부의 축적을 위해 거래를 하다 보니 우연히 상대 거래처의 목을 쥐게 되었고, 그 목을 쥐게 되자 군국주의 본성이 살아난 것인지 모르겠지만 어느 것이 원인이고 결과라 할지라도 그 의도가 어처구니없었다.

그러나 그 의문에 대한 꼬리도 잠시뿐이고 도대체 이건용 회장의 의도를 어떻게 알아냈을까 궁금해지기 시작했다. 같은 회사에 가깝게 지내면서도 정작 기획조정실장이 되고 나서야 요 며칠 사이에 알 수 있었던 사장단의 극비 사항을 어떻게 알 수 있었단 말인가? 다나하시 신야는 말을 잇고 있었다.

"그러나 그 친구 실수한 거지. 그거야 계속 정상적으로 흐를 때의 자금력에 기초를 둔 것이고 갑자기 우리 미츠다에서 손을 뺀다고 해도 과연 그 구상이 맞아 갈 수 있을까?"

순간 정치수는 자신도 모르게 중얼거렸다.

'잔인한 놈들, 드디어 김영환이 살아있을 때 항상 우려하던 투자 후의 목조이기를 지금 제 입으로 주절거리고 있는 것 아닌가? 그렇다면 더 이상 얘기를 들을 것도 없이 김영환의 죽음은……'

정치수는 어지러웠다. 모든 것이 어지럽고 정리는 되면서도 그것들이 사실이어서는 안 된다고 부르짖고 싶었다.

'그러나 참자. 그리고 도대체 이들에게 그 모든 것을 알게 한 그 자가 누구인지 물어보자.'

정치수는 속으로 굳게 되씹어가며 마음을 다졌지만 도대체 입이 떨어지지를 않았다. 다시 한 번 온 몸이 떨려왔다.

"그 구상은 너무 빨랐어. 우리와 함께 걸어 갈 수 없는 길을 자신이 가겠다는 얘기라면 우리 도움을 기대해서는 안 되고 또, 우리와는 등을 돌린 채 가야지."

다나하시 신야는 단호했다. 두렵기조차 했다.

"그렇다면 지금 삼오와의 관계를 어떻게 하시겠다는……"

"그 결정은 바로 자네가 하는 걸세. 왜냐하면 자네를 이곳에 부른 이유가 바로 그 결정을 위한 것이니까. 물론 그것이 오늘은 아니겠지만……"

다나하시 신야는 다시 한 번 결정권을 정치수가 갖고 있다고 강조하듯이 반복한 다음 말했다.

"우리도 언젠가 이런 날이 올 것은 대충 알고는 있었지. 그래서 우리는 우리 나름대로 그쪽에 창구를 마련하고 있었지. 처음 열린 창구는 끝까지 창구니까 말이야."

'그렇다면 이 모든 사업 계획들이 유순명을 통해서?'

여기에 생각이 미치자 정치수는 미칠 것 같았다. 아니 이미 자신은 미쳐 있다고 생각했다. 그러나 다나하시 신야는 그런 것에는 아랑곳하지 않았다.

"유순명 그 사람 처음에는 그럴 의사가 없었을 지도 모르지. 처음에는 상호 협력을 위하여 서로의 회사를 충분히 안다는 의미에서 우리의 질문에 순순히 대답해 주었겠지. 그러다가 어느 선을 넘는가 싶었을 때는 이미 우리가 제시한 억제할 수 없는 욕심의 틀 속에 걸려 든 것이고. 어쩌면 삼오가 자신의 수중에 떨어질 것이라고 생각할 수도 있었겠지. 아니면 자신의 수중에 떨어지진 않더라도 최고 실력자로 부와 권세를 누려 보겠다는 생각을 하는 지도 모르지. 우리 일본이 조선의 어느 곳이라도 찍기만 하면 그런 충실한 협력자들이 꼭 나와서 도와주더라고.

하지만 그건 자네의 존재를 모르는 선에서 나오는 얘기일세. 자네에 대한 일거수일투족을 감시하며 자네에 대한 관찰을 해오도록 얼마 전부터 지시했을 때, 그 친구는 자네도 김영환 이사 꼴 날까 걱정하더군. 그래도 자네를 꽤 아끼는 것 같아."

다나하시 신야의 이런 얘기들을 들으면 들을수록 정치수는 오장육부가 뒤틀리며 온몸에서 힘이 빠졌다. 도대체 어떻게 그런 일들이 존재할 수 있다는 말인가.

이런 저런 이유를 차치하고라도 제 자신의 회사와 나라마저 잊어버리고 간과 쓸개 모두를 빼어 던져주는 뻔뻔한 얼굴들이 이 땅에 존재할 수 있다는 사실을 믿을 수 없었다. 정치수는 더 이상 얘기를 끌었다가는 자신이 스스로 함몰당할 것 같았다.

"그래서 제게 원하는 것이 무업니까?"

정치수는 단도직입적으로 물었다.

"글쎄, 이미 이야기한 대로일세. 나는 자네가 내 아들이요 일본사람이라는 것을 인정해주기만 바랄 뿐 더 이상 원하는 것은 없네. 자네가 그것을 인정해주면 당연히 우리 일본 국민의 한 사람으로 우리 일본이 아시아 각국의 평화의 일익을 담당하는데 동참할 것 아닌가? 그렇다고 자네가 그 사실을 인정했다고 해서 당장 자네의 국적을 바꾸라고 할 것도 아니고 자네의 성이나 이름을 바꾸라고도 안하네. 다만 우리의 혈맹 관계를 확인하고 그 혈맹의 의를 지속할 뿐이야.

그리고 삼오와의 관계는 내가 그쪽 회장과 직접 담판을 할 걸세. 정 혼자의 길을 가겠다면 우리는 이 선에서 손을 걷겠다고 하는 걸세. 하지만 그렇지 않다면 전자 산업까지 적극 지원을 하되단, 모든 일을 기조실장을 통하여 양쪽이 협조하고 진행하는 것으로 아예 못을 박는단 말일세. 그렇게 되면 이미 기조실장이 된 자네가 모든 창구가 되는 것이지."

다나하시 신야는 당돌하리만치 직접적으로 묻는 정치수에게 확실히 끊어서 대답을 해 주었다. 그의 물음이 조금은 당돌하다고 생각하면서도 그 정도의 당돌함은 충분히 이해할뿐더러 오히려 정치수가 받은 충격이 걱정이라도 된다는 듯이 말을 이었다.

"좀 더 시간을 갖고 서서히 얘기해 주고 싶었네. 여기 있는 도시오를 통해 서서히 알려주다가 그 충격을 최소화할 수 있을 때 내가 직접 나서려고 했지. 그런데 의외로 삼오의 발걸음이 빠르고 그 비밀도 완벽하게 지키려고 노력을 하더란 말일세. 그걸 보고만 있을 수 없어서 급기야 우리도 움직일 수밖에 없었네. 물론 유순명을 통해 그쪽 움직임을 계속 듣고 있던 터이기 때문에 쉽게 대처할 수는 있었지만."

다나하시 신야는 잠시 한 템포 쉬는듯하다가 말을 이었다.

"김영환 이사의 죽음은 정말 안됐네. 기조실장에 자네가 임명되도록 유 전무를 통해 몇 번인가 제청을 넣었지만 원래 회장의 뜻이 그쪽으로 기울어 있었기에 어쩔 수 없었네. 그렇다고 그쪽의 어떤 움직임도 없는데 우리가 먼저 '너희들 이런 저런 계획 세우고 있지 않느냐'고 따지고 들 수도 없는 상황이었는데, 마침 그 친구의 베트남 출장을 끝으로 삼오가 대 변혁을 꾀할 것이고 그 친구만 없다면 자네가 기조실장되는 데에는 전혀 문제가 없다고 하기에……. 어쩔 수 없는 결과였네."

정치수는 어이가 없었다. 그럼 내가 김영환을 죽였다는 말이 아닌가? 기가 막혔다. 하지만 지금 그것보다도 더 궁금한 것이 있었다. 그러나 다나하시 신야는 정치수에게 말할 기회도 주지 않고 이야기를 이어갔다.

"유순명. 그 친구 자리 복은 있나보지. 전혀 생각지도 않게 전자 사장이 되었단 말이야. 그만큼 우리 일을 덜어준 셈이지만."

그의 말이 채 끝나기도 전에 정치수는 급히 물었다.

"만일 제가 이 제의를 거부한다면 어떻게 하실 거죠?"

"그때는 간단하지. 하지만 거부하기가 쉽지 않을걸. 우리야 옷 하나 갈아입는 셈 치면 되지만 당하는 쪽은 아예 목숨이 걸린 일인지도 모르니까."

다나하시 신야의 계속되는 이야기에 정치수는 이미 혼이 다 나가고 있었다. 이마를 짚고 팔꿈치를 탁자에 고인 채 머리를 손바닥 사이에 묻어버렸다.

"아버님, 형님이 상당히 충격을 받으셨나봅니다. 이제 그만 하시고 형님께 생각하실 시간을 드리는 것이 어떨까 합니다만……."

말 한마디 없이 똑바른 자세로 앉아 있던 도시오가 입을 열자 다나하시 신야는 미처 생각이 못 미쳤다는 듯이 말했다.

"그래, 오늘 내가 너무 심했나? 늘 무슨 일에든 시간이 필요한 법인데 말이다. 앞으로 3개월 시간을 주마. 그동안 너만 태도를 정확히 결정해 준다면 삼오통상은 내가 알아서 처리를 하지."

그제서 할 이야기를 다 했다는 듯이 담배를 피워 물었다. 정치수는 피가 역류하는 것을 느꼈다.

'도대체 나는 무어란 말인가? 내 친구를 죽인 나. 나는 누구인가? 저 앞에 앉은 노인이 내 어머니 뱃속에 나를 잉태시킨 그 노인임에는 틀림이 없다. 그렇다면 정신병자 같이 추하게 늙어가는 저 사람이 내 아버지라면 과연 내 조국은 어디란 말인가? 내 조국의 하늘 아래 피어있는 내 나라꽃은 도대체 무궁화냐? 사쿠라냐? 나는 누구란 말인가?

정치수는 무궁화와 사쿠라 꽃이 한없이 만개한 속에서 마치 너무 진한 꽃향기에 취한 것 같이 정신마저 몽롱해지고 있었다. 한참이 지난 것 같았다.

"형님, 그만 내려가시죠."

다나하시 도시오는 깍듯하게 형님이라고 불렀다.

마치 넋이 나간 모습으로 먼저 내려오는 정치수에게 마츠모토 사장이 다가오며 의미 있는 농담을 건넸다.

"정 상무님만 특별 서비스 받으신 것 아닙니까?"

정치수는 순간 역함을 느꼈다. 소위 동지라고 칭하는 제 놈들끼리는 저 위에 다나하시 신야가 와 있다는 것을 익히 알고 있으리라. 그러면서 떨어대는 저 능청에 침이라도 뱉고 싶었다. 그러나 주원모를 의식한 정치수는 태연하게 받아 넘기고는 안락의자에 몸을 던졌다.

"너무 진해서 취했소이다."

제2부
시작, 그러나
끝없이 불러야 할 노래

#09_조국애는 피보다 진하다

　　온천을 나와 호텔로 돌아온 정치수와 주원모는 각기 자신의 방으로 들어섰다. 정치수는 방에 들어서자 침대에 몸을 던지다시피 누워 천정을 바라보며 생각에 잠겼다. 요 며칠 동안의 일들이 무슨 악몽을 꾸듯이 지나가고 있었는데 오늘의 일은 그중에서도 가장 지독한 악몽이었다. 불쑥 빛바랜 사진 한 장 덜렁 내던지며 내가 네 애비라고 나타난, 정신병자 같은 늙은이의 허황된 망상이라고 치부해 버리기에는 정치수 자신에게 너무나도 슬픈 이야기다. 하지만 그 얘기와 지금 눈앞에서 벌어지고 있는 삼오와 미츠다상사 간 일련의 사건들은 단순한 감상에 젖어 받아들이기에 너무나도 엄청났다.

　　도대체 어디서부터 생각을 정리해야 한다는 말인가? 이제 김영환의 죽음은 그렇게 중요한 일이 될 수 없다. 그의 죽음에 대한 의문이 풀려서만은 아니다. 그 죽음이 왜 일어났는가를 알았다는 것 이상으로 엄청나게 큰 음모가 도사리고 있음을 안 이상 그 죽음은 큰 사건이 될 수 없다. 그렇다면 그 죽음 뒤에 도사리고 있던 음모를 정치수는 어떻게 받아들여야 한다는 말인가?

　　내가 네 아버지요 네 조국은 우리 일본이니 천황폐하의 선택받은 신민으로서 한국 땅에서 대 일본의 동남아 진출에 분골쇄

신하라는 그 늙은이의 이야기를 받아들여 정말 내 피를 좇아가야 한다는 말인가? 낳고 길러준 어머니와 낳지는 않았지만 길러준 아버지가 한국 사람일지언정 내 몸속에 절반은 일본의 피가 흐르고 있는 것인가? 그럼 일본 사람으로 다시 태어나야 한다는 말인가?

도저히 정이 갈 것 같지 않은 그 늙은이를 아버지라 부르고 보기만 해도 너구리같아 징그럽던 다나하시 도시오를 동생이라 부르며 다시 태어나야 옳은 것일까? 그렇게 되면 부는 충분히 보장될 것이다. 아니, 어쩌면 삼오 전체가 내 수중으로 떨어질지도 모른다. 하지만 50년 살아온 내 인생은 모두 무엇이란 말이냐?

정치수는 생각의 꼬리를 잡을 수가 없었다. 문득 아내와 아들의 얼굴이 환영처럼 나타났고 그 환영 속에 일장기를 이마에 두른 자기의 모습이 섞여 보이는 착각마저 느끼고 있었다.

'왜 내게 이런 시련을 주십니까?'

정치수는 자신도 모르게 기도를 드리고 있었다.

'이 시련을 주셨으면 그것을 뚫고 나갈 방법도 제게 주셔야 하지 않습니까?'

낮은 소리로 한없이 기도드렸다. 이른 저녁을 마치고 돌아온 덕분인지 시계는 겨우 6시를 가리키고 있었다.

기도를 드리던 정치수는 문득 회장의 얼굴이 떠오르며 그 뒤편으로 유순명의 얼굴이 겹쳐보이자 소스라치게 놀라 머리를 흔들며 침대를 박차고 일어섰다. 이대로 있어서는 안 될 일이다. 시간적으로는 여유가 있다고 하지만 열심히 일하고 있는 저 많은 삼오의 식구들을 쳐다볼 수 있으려면 무언가 자신을 정리해야 한다는 강박에 사로잡히기 시작했다.

'어디서부터 생각을 정리해야 하나? 무엇을 시작으로 나를 정리해야 하나? 내 피의 한부분이 일장기 빛깔로 덮여있다고 해서 내 가슴속에 일장기를 달아야 옳단 말인가?'

정치수는 꽤 긴 시간을 침대에 걸터앉은 채 생각의 꼬리를 잡으려 갖은 애를 쓰다가 주원모의 방으로 전화를 돌렸다.

"네, 주원모입니다."

그도 깨어있는 듯 했다.

"뭐 하나?"

"네, 상무님이시군요. TV 보면서 낮에 상무님이 너무 피곤해하시는 것 같기에 그냥 혼자 생각 좀 하고 있었습니다. 괜찮으세요?"

"응, 나는 괜찮아. 그보다 내 방으로 좀 오려나? 아니 내가 그리로 갈게."

정치수는 수화기를 내려놓고 주원모의 방으로 향했다. 정치수는 주원모의 방에 들어가자마자 담배를 하나 꺼내 물고 깊게 빨아들이며 이야기를 시작했다.

"나이 오십 먹은 해방둥이 사내가 있다네. 그 사내는 그럭저럭 살만한 집 외아들로 잘 자라고, 학교 잘 졸업해서, 직장에서도 순탄하게, 아주 전형적인 엘리트 사원으로 근무하다가 지금은 간부로 살아가고 있지. 그러다 아버지의 죽음을 맞게 되었는데 마지막 말씀이 자신이 친아들이 아니라는 거였어.

자신은 본래 일본 헌병 장교의 아들과 한국인 엄마 사이에 잉태된 아이였고 그때까지 아버지로 알던 분은 히로시마 원폭 사건으로 성불구가 된 채 어렵게 귀국해서 자신을 뱃속에 갖고 있던 어머니를 아내로 맞아 낳고 길러준 양아버지라는 거였지. 그 사실을 들은 그 사내는 이 이야기는 전부 거짓이라고 믿고 싶었네. 아니, 실제로 철저하게 그 이야기를 불신하기 위해서 끝없이 자신과 투쟁하며 살아가고 있었다고나 할까?

3년이라는 세월동안 아내와 자식은 물론 누구와도 그 사실을 이야기 한 적도 없고 심지어는 자기 스스로와도 그 얘기를 하는 것을 기피하고 무서워하며 살아왔다네. 그러다 결국 3년 뒤 그 실존 인물을 만나고야 말았네. 추악한 환상 속에 깊숙하게 박힌 자신의 친아버지인 일본사람을 맞닥뜨린 거야. 이런 저런 여러 가지 정황으로 볼 때, 그리고 맞닥뜨린 여러 가지 물증으로 볼 때 그 늙은이가 아버지인 것이 확실했단 말일세. 그때 그 오십 년의 허망한 인생이 무너져 내리며, 오랫동안 헛 살아온 그 사내의 허무함을 만일 자네가 맞닥뜨렸다면 어땠을까?"

정치수의 눈에서는 눈물이 흐르고 있었다.

"상무님. 그건 소설 치고도 너무 허무맹랑하고 어마어마한 일이네요."

주원모는 뭔가 낌새가 이상하다는 것을 눈치라도 챈 듯이 머뭇거리며 얘기를 그냥 넘기고 싶다는 표정이었다.

"그런데 얘기는 그것으로 끝날 수 없다는 것이 더 문제라면 문제인거야. 그 늙은이는 오십 년 만에 만난 자식 앞에서 이미 오래 전부터 자식의 실체를 알고 있었지만 못된 자신의 야욕을 위해 지켜보며 요리조리 이용해 볼 구멍을 만들고 있었다는 것일세."

정치수는 더 이상 얘기할 수가 없었다. 그냥 한없이 흐르는 눈물을 닦을 뿐이었다.

"어떻게 그런 일이……."

주원모는 정치수가 흘리는 눈물을 보면서 분명히 무슨 사연이 있다고 생각했는지 놀라움을 감추지 못했다.

"그래도 피는 물보다 진하다고 했는데. 설령 지금이야 야속한 마음도 들고 또 자신을 이용하려 멀리서 지켜만 보았다는 것에 대한 억울함도 있겠지만 아무래도 친아버지라는 것이 확실하다면 어떤 일말의 정이라도 있지 않겠어요?"

아주 조심스럽게, 그렇지만 정치수를 위로라도 하듯이 말을 이어갔다.

"문제는, 그 아버지라는 사람이 앞에 마주앉아 그 얘기들을 주저리는 데도 그리움이나 연민의 정이 살아나기는커녕 죽여 버리고 싶은 감정만 솟구치는 그것이 문제였던 걸세."

정치수는 눈물을 거두고 굳은 얼굴로 이야기하고 있었다.

"하지만 심하게 증오했다면 그만큼 친아버지의 존재를 자신도 모르게 그리워했다는 얘기도 되지 않을까요? 그런데 상무님이 갑자기 왜 그런 얘기를 하시며 우시죠?"

주원모는 아주 조심스럽게 더듬더듬 정치수를 보며 물었다.

"바로 내 얘기니까. 감추고 싶어 애를 쓰면서 그 일에 관한한 나 자신과의 대화마저도 꺼리며 살았던 내 이야기란 말일세."

순간 주원모는 당혹스러움을 감추지 못했다.

"자네 말대로 내가 어린 시절에 친아버지가 아닌 사람 손에서 자라고 있었다는 사실을 알고 나를 버린 아버지를 그리워하거나 증오하면서 살아왔다면 이야기는 또 다를 수도 있겠지. 하지만 내 아들이 이미 그런 감정을 벗어날 스물이 되어가고, 내 나이 오십이 되어 키워주신 아버지가 친아버지가 아니라는 사실을 알았을 때 친아버지에 대한 그리움이나 증오가 어디 있겠나? 다만 그 동안 살아온 내 인생에 대한 회한이 밀려올 뿐이지.

정상적인 생각을 갖고 정상적으로 사는 친아버지를 만났다면 그 사람이 일본사람이든 아프리카 흑인이든 구분 않고 난 아버지를 부르며 그 품속으로 뛰어들었을 지도 모르지. 하지만 이미 내 친아버지라고 우기는 그자는 자신 스스로 인간이기를 거부한 존재란 말이야. 그렇다면 나도 굳이 그를 아버지라 여길 수 없는 것이고 오로지 내 아버지는 지금 땅속에서 어머니와 나란히 누워계시는 그 한 분일 뿐이라고 마음을 굳혔네.

막말로 미국에서 태어나 자란 뒤에 귀화해서 한국사람 되고, 한국에서 태어나 실컷 먹고 자라고 배운 뒤에 박사학위 받아가지고도 미국시민권 받아 미국 사람 되는 판에 내가 태어나 내가 먹고 마시고 자란 땅이요 또 지금의 내 아내와 자식이 엄연히 존재하는 그 땅에서 내가 주인이 못될 까닭이 없는 것 아닌가? 난 대한민국의 떳떳한 국민이요 자랑스러운 서울시민으로 전부인 게야. 내 한 쪽에 일본인의 피가 흐른다고 내 혈액형이 한국 사람에게 존재하지 않는 혈액형이 되는 것도 아니지 않는가? 이미 3년 전 아버님의 말씀을 가슴에 묻었다면 오늘 그 말씀을 다시 파내 그 다나하시 가슴에 몽땅 던져버리고 만 것일세. 난 그 얘기의 주인공이 아니란 말이야."

정치수는 절규하듯 얘기하고 있었다. 그러나 아주 침착하게 온전한 냉정을 되찾고 있었다.

"문제는 내가 그렇게 할 때 삼오가 문제야. 그들 표현대로 옷 한 벌 갈아입는 셈 치고 목을 졸라 올 거란 말이야."

정치수는 이야기가 여기에 오자 심각한 표정으로 다시 담배를 피워 물었다.

"저 야심덩어리가 우리 삼오의 목을 조여 오는데 그걸 어떻게 받아치느냐 하는 바로 그걸세."

"이런 방법은 어떨까요? 기왕 상무님이 그렇게 확고한 결심을 하셨다면 주어진 밥은 받아먹는 겁니다. 저네들 의도에 우리가 빨려 들어가는 듯이 하며 맞바람을 치는 겁니다."

"맞바람?"

"그렇죠. 일단은 상무님이 많은 고뇌를 하는 것으로 얼마간 시간을 보내며 역이용할 작전을 짜는 겁니다. 그런 뒤에 그대로 밀고 나가면, 예를 들자면 어제 우리가 회장님으로부터 받은 록펠러와 극비리에 추구하는 사업들에 더 박차를 가하는 것입니다. 그리고 우선 부품들은 미츠다상사가 자신들을 위해 우리에게 수출해 준 것을 먼저 이용하는 것이지요."

주원모의 말을 이해 못하는 것은 아니었다. 그러나 그러기에는 걸림돌이 되는 것이 있었다.

"그렇게 되면 유 사장도 알게 될 것인데 그는 또 어떻게 제거하나?"

"그것은 나중에 생각해도 방법이 많이 나올 수 있습니다. 참, 상무님 그보다 상무님이 일본사람의 피를 한쪽에 갖고 있다는 얘기는 더 이상 하지 마세요."

"왜? 그러지 않고도 이 일을 남들에게 납득시킬 수 있을까?"

"납득시키고 아니고의 문제가 아닙니다. 그 얘기는 아까 상무님 말씀대로 모든 것을 다나하시에게 반납한 것으로 끝내세요. 더 이상은 없었던 것으로 하는 것이 좋겠어요. 오히려 남들이 색안경 끼고 볼 것이고, 그나마 상무님이 찾으셨다는 그 자신마저 잊어버릴 수가 있으니까요."

한 사내의 오십 년 인생은 그렇게 오사카의 밤하늘 아래에서 흐느끼는 가슴속으로 사라지듯이 그의 반쪽을 버리고 있었다. 그리고 이튿날. 아무런 일도 없이 그저 평범하게 일본을 방문하고 베트남으로 행하는 것처럼 두 사내는 비행기에 올랐다.

둘은 베트남에 도착하자마자 바로 샹들리에호텔에서 록펠러를 만났다. 김영환이 자신의 둘도 없는 친구라고 소개했던 터라 그들의 대화는 쉽게 물꼬를 틀 수 있었다.

"자세하게 설명할 수는 없지만 한 가지 분명한 것은 단순 강도는 아닙니다. 영환이와 삼오통상의 발목을 잡으려는 보이지 않는 손이 작용을 하고 있는 것이지요."

록펠러도 같은 생각을 하고 있는 것 같았다.

"이미 일을 계획할 단계부터 김영환으로부터 발목을 잡는 세력이 나타날지도 모른다고 우려하는 것을 들었습니다. 그러나 영환이는 비록 보이지 않는 손이 자신의 발목을 잡을지라도 삼오가 존재하는 한 아니, 대한민국이 존재하는 한 반드시 이루어질 일이라고 했습니다. 이미 영환이에게 정 이사님 이야기를 수도 없이 들었습니다. 친구가 아니라 형제라고요. 그리고 만일 자신에게 무슨 일이 생기면 다른 사람은 믿지 않아도 정 이사님이라면 믿어도 좋다고 했습니다. 그런데 막상 일이 이렇게 되고 보니 김영환은 마치 자신에게 무슨 일이 생길 것을 알고 있었던 것 같다는 생각이 드는 군요."

더 이상의 대화가 필요 없는 일이다. 그들은 김영환이 미처 못다한 일을 힘을 합쳐 꼭 이루기로 했다. 그리고 김영환이 죽었던 자리로 갔다. 세 사람은 그곳에서 술을 따르며 김영환의 넋을 위로하고, 그의 죽음이 헛되게 하지 않기 위해서라도 반드시 이 일을 성공리에 마무리 짓기로 굳게 약속했다.

"앞으로 모든 것은 저와 여기 있는 주부장이 주도할 것이므로 김영환이 일하는 것과 크게 다르거나 어려움은 없을 것입니다."

정치수가 자신들이 일을 차질 없이 하겠다는 뜻을 밝히자 록펠러는 한 발 더 나갔다.

"저는 그런 염려 안 합니다. 오히려 중국이라는 생소한 나라에서 삼오통상이라는 아시아의 파트너를 얻어 함께 갈 수 있다는 것이 감사하죠. 저도 김영환이 죽었다는 소식을 들었을 때 형제를 잃은 것 이상으로 슬펐습니다. 포화가 하늘을 덮고 총탄이 비 오듯 하는 전장을 함께 누비면서 키운 우정입니다. 한번은 저와 영환이가 휘하 부대원들을 이끌고 한미 합동으로 밀림에 작전을 나갔습니다. 베트콩들과 한참 실랑이를 벌이다가 저와 영환이 휘하의 심상돈이라는 소대장을 비롯한 병사들이 베트콩을 추격하였는데 그것이 함정이었습니다. 우리가 베트콩에 포위되었을 때는 이미 본부로부터 철수 명령이 떨어진 뒤였습니다. 철수를 위해 본부에서 띄운 헬기가 도착했지만 영환이는 철수를 미루고 우리를 구했습니다.

당시 영환이와 함께 있던 병사들의 이야기에 의하면 본부와 충돌을 빚으면서까지 헬기를 공중에서 선회하도록 하고 만일 약속시간이 되어도 나타나지 않으면 자신을 버리고 가도 좋다고 했다고 합니다. 아마 그때 영환이가 이끈 지원병이 아니었다면 나도, 심상돈 씨도 어쩌면 이미 이 세상 사람이 아닐지도 모릅니다. 그런 김영환을 잃었으니 얼마나 슬펐겠습니까? 하지만 그에 못지않게 속상한 것은 그와 오랜 시간에 걸쳐 계획하고 다듬고 같이 밤을 새워 가며 노력한 사업이 시행을 얼마 남기지 않고 물거품이 될지도 모른다는 것이 너무 속상했습니다. 그러나 막상 이렇게 정 상무와 주 부장을 만나고 나니 여간 마음이 놓이지 않습니다. 비록 시간이 걸리겠지만 앞으로의 부품은 되도록 삼오통상이 국내에서 자체 조달하는 것을 원칙으로 하기 위해서 기술 이전과 설비에 적극적으로 협조하겠습니다. 물론 우선의 부품은 미국에서 조달해 줄 것이니 필요하면 요청하십시오.

그리고 중국 길림성의 공장이 완공되기 전에 부산에서 생산되는 제품도 우리 회사에서 오프닝 기념으로 판매하기로 김 이사와 약속했다는 것을 이미 아시겠지만 차질 없기를 부탁합니다. 이제 얼마 안 있으면 중국 전역에 들어설 우리 회사가 막상 무늬만 화려하고 알맹이 없는 회사가 되는 것이 아닌가 하고 많은 걱정을 했습니다. 중국전역에 유통망을 이용하여 점포를 개설하면서 점주들을 모집할 때 삼오전자의 물건이 들어오기로 되었다고 광고했습니다. 그런데 삼오의 물건이 조달되지 않아, 급한 김에 그 자리를 다른 제품으로 채운다면 오프닝부터 벌어지는 불신을 누가 막을 것인지를 생각하면 너무 갑갑했었습니다.

그렇게 되면 우리가 물건을 팔아서 남기는 이윤은커녕 우리 유통망을 믿지 못하게 되는 점포들과 그 소문으로 인해서 어쩌면 중국에서는 시작과 동시에 철수를 해야 하는 극한 상황이 올 수도 있는 일이었습니다. 그런데 삼오통상은 그 약속을 지켜주려고 이렇게 달려와 주었으니 저로서는 당연히 고마울 수밖에 없습니다. 사실은 김영환 때문에 삼오통상을 신뢰할 수 있는 계기가 되었지만, 김영환이 죽었어도 그와 다름없는 친구가 있고 또 이렇게 일이 전혀 끊임없이 이어질 수 있다는 것은 바로 그가 살아서 일을 하는 것과 다를 바가 없다고 생각합니다."

록펠러는 진심으로 고마워하면서 적극적인 동반자로 나갈 것을 굳게 맹세했다. 베트남에서 돌아오는 비행기가 아침 7시 50분에 김포공항에 도착했다. 마침 토요일이었고 정치수와 주원모가 출구를 나섰을 때는 8시가 넘어있었다.

"곧바로 회사로 가지. 토요일이니까 우선 대충 보고 겸해서 일을 마치고 우리가 계획한대로 일은 추진하자고."

"록펠러 그 친구 정말 김 이사님 살아계실 때처럼 우리와 동반자가 될까요?"

정치수의 말에 따라 택시에 오르자 주원모가 입을 열었다.

"내 판단으로는 충분히 협조적일거야. 막말로 우리가 거저 도와달라는 것도 아니고 유통마진 남겨주면서 같이 장사를 하자는 것인데 거부할 이유가 없지. 그리고 그 친구가 우리를 못 믿는다면 도와주지 않을 수도 있겠지만 이미 그 친구는 우리를 상당히 믿고 있다는 것이 느껴지더라고. 김영환을 믿는 만큼 믿는다고 했잖아. 자신의 목숨을 구해주었던 김영환을 믿듯이 말이야.

영환이 녀석이 나를 친구 이상의 형제라고 해 놓은 것을 보면 녀석은 항상 자신이 어떤 일을 당할지 모른다는 각오를 하고 이 일을 추진했던 것 같아. 그 대비책으로 다른 사람은 못 믿어도 내 말은 믿으라는 말까지 해 놓은 것을 보면 언제 무슨 일이 자신에게 닥쳐도 이 프로젝트만큼은 꼭 실현을 하고 싶었던 거지, 그러니 그 스트레스가 얼마나 컸을까?"

정치수는 앞을 내다보듯이 자신의 사후에도 일에 지장이 없도록 마무리를 한 김영환을 생각하며 다시 눈시울을 붉혔다.

"문제는 중국 현지에서 우리가 그 친구의 유통회사와 어떻게 일을 매끄럽게 해 나가느냐가 더 문제지. 그래야 그 관계가 지속될 수 있는 것이니까. 처음 한두 번은 친구를 믿고 거래를 시작할 수도 있지만 만일 그 거래가 계속 무언가 안 맞고 서로 엉킨다면 지속되기 힘든 것은 자네도 잘 아는 장사꾼의 생리 아닌가. 그러니까 열심히 하자고. 부산에서 만드는 초도 물건도 잘 만들어 보내고 길림성 공장도 빨리 완공하고 말일세."

정치수는 일반적으로 벌어지는 무역 이야기를 하면서 이 거래가 특별한 것이 아니라 일반적인 거래라고 생각해야 한다는 것을 강조했다. 만일 영환이의 덕을 보았던 사람이라고 생각해서 특혜를 받으려 한다면 그 거래는 자칫 위험해질 수 있다. 일반적인 거래라고 생각해야 서로 거래상의 예의와 신의를 지키기 위해서 노력할 것이고, 그렇게 된다면 거래는 순조롭게 진행될 것이기 때문이다. 그러다가 문득 생각난 것이 있는지 말을 이었다.

"주 부장. 내가 말 안 해도 알겠지만 이 일은 절대 비밀일세. 특히 유순명 사장에게는 말이야. 회장님은 내가 설득을 시켜 유순명에게 비밀을 지키게 할 것이니 그리 알게."

그들이 회사에 도착하자마자 정치수는 회장실로 향했다.

그리고 무슨 말로 어떻게 회장을 설득시켰는지 회장은 그날 아무 말도 없이 일찍 퇴근을 하고 말았다. 전에 회장이 해 왔던 태도로 보아서는 분명히 정치수와 주원모를 참석시키고 회의를 했을 것이다. 그것도 정치수가 베트남에서 만난 록펠러 이야기에 더 무게를 실어서 이야기를 할 분이다. 그런데 아무런 말도 없이, 심지어는 유순명에게도 말 한마디 하지 않은 채 퇴근을 한 것이다. 그러자 정작 몸이 달아오른 것은 유순명이었는지 정치수를 찾아왔다.

"아무리 내가 전자 사장으로 갔다지만 출장 다녀와서 인사도 없으니 섭섭하구먼."

한마디를 하고는 은근슬쩍 떠 보려고 하는 것 같았다.

"농담일세. 가보니 어땠는지 궁금해서 해 본 소리야."

정치수는 역겨움을 참고 대답했다.

"죄송합니다. 그렇지 않아도 정리 좀 하고 찾아뵈려고 했습니다. 김영환의 죽음은 오리무중이었어요. 록펠러라는 친구 김영환과 차 한 잔 나누고 바로 그 호텔 커피숍에서 다른 손님 만났더라고요. 그래서 김영환 혼자 나간 거예요. 죽기 한 시간 쯤 전에. 그 뒤는 아무도 아는 사람이 없었어요. 혹시나 해서 그 근처를 찾아다니며 마치 탐문수사라도 하듯이 뒤졌지만 아무것도 알아 낼 수가 없었습니다. 안타깝지만 어쩔 수 없었어요. 전에 티우 씨가 말했던 대로 무슨 질문을 해도 그들은 모른다는 대답으로 일관

하고 있었습니다.

하기야 자기 나라 경찰이 물어도 모른다고 대답한다는데 우리가 물었는데 대답을 해 줄 리가 없겠지요. 결국 김영환의 죽음에 관해서 무엇을 알아내려는 것은 포기하는 쪽으로 저도 마음을 굳혔습니다. 그래서 영환이 시체가 발견되었다는 곳에 주 부장하고 함께 가서 한국에서 가져간 소주 한 잔 부어놓고 실컷 울다왔습니다."

그러자 유순명은 무언가 정치수를 떠 볼 심산으로 자꾸 말을 시키려 했다.

"그래? 일본에서는 대접 잘 받았나?"

그러자 정치수는 지금 어떻게 대답을 하는 것이 옳은 것인지 이전에, 유순명이 듣고 싶은 말이 무엇인지를 알기에 그 대답해 주기로 했다. 그래서 마음에도 없는 소리로 답했다.

"네. 잘 받았습니다. 저는 그들이 영환이 조문 왔던 것에 대해 우리에게 인사하러 오라는 것이라고 오해를 했었는데 오히려 제가 영환이 사건으로 마음의 심려가 컸을 거라면서 저를 위로하고 달래 주려는 것이었습니다. 생각 이상의 대우를 받다 보니 미안한 생각까지 들더라고요. 물론 우리가 이제껏 미츠다상사의 도움으로 이렇게 성장할 수 있었다는 것에 감사도 드렸고요."

"그럼, 그렇게 해야지. 우리가 그동안 미츠다가 아니었다면 어떻게 오늘이 있을 수 있었겠는가? 자네도 알다시피 미츠다상사 같은 회사는 한번 연을 맺기도 힘이 든데 연을 맺었으면 끝까지 잘 가야지. 우리 체제는 차라리 지금이 낳을 수도 있어. 우리는 생산하고 미츠다는 팔고 말이야. 누구라도 먹고 살겠다고 혼자 다 가질 수 있는 것은 아니지 않는가? 서로 힘을 합쳐서 나눠 먹을 때 더 많은 것을 얻을 수도 있는 것 아닌가?"

정치수는 유순명의 뺨이라도 후려갈기고 싶었다. 자칫 일본에서 그네들의 음모를 듣지 않았다면 저 이야기에 자신도 동의하였을지 모른다. 하지만 지금은 결코 그러고 싶지 않았다. 언젠가는 반드시 자신이 할 몫이 있을 것이라는 것을 알고 있기에 그날까지는 모른 척하며 참고 지내기로 했다.

'이 이야기도 오늘 저녁이면 다나하시 귀로 들어가겠지. 그리고는 내가 어느 정도 승복하고 있다고 생각하겠지. 좋다. 너희들 마음대로 해봐라 욕심 많은 개새끼처럼 내 밥그릇 치워두고 남의 밥그릇 넘실거리는 그 추태를 계속 보여 봐라. 시작이 늦었다고 골인이 늦는 것은 아니니까.'

정치수는 마음속으로 다시 한 번 자신을 다독거렸다. 그러면서 속으로 김영환에게 말했다.

'영환아. 저런 놈이나 잡아가라.'

#10_정치수의 피격

베트남에 다녀오던 날 정치수가 회장에게 무슨 말로 어떻게 보고를 했는지 아무도 모른다.

정치수가 베트남에 다녀오던 날이 마침 토요일이었기에 회장이 일찍 퇴근했다고 생각할 뿐 이상하게 여기는 사람도 없었다. 그리고 다음 월요일 회장 주재 전 간부사원 회의가 열렸다. 그 자리에서 회장은 짧게 이야기했다.

"이번에 김영환 이사의 죽음으로 나 자신 깊이 깨달은 것이 있습니다. 모든 일에 대해 철저한 보안을 유지했어야 하는데 그렇지 못한 내 실수가 김 이사의 죽음을 가져 온 것 같아서 마음이 저립니다. 앞으로 이번 프로젝트가 성공할 때까지는 모든 기밀을 유지하기 위해서 점조직 식으로 담당 이사나 상무 혹은 담당 부서장에게 내가 직접 일일이 지시할 것입니다. 그러니 여러분은 내 의사를 존중해서 서로 타 부서의 일은 알려고도 하지 마시고 내 지시에 따라주시기 바랍니다. 이 모든 것이 우리 회사와 직원들의 안전을 위한 것이니 그리 알고 양해해 주시기 바랍니다."

이 말로 회의를 마치고는 더 이상 회의도 없었다. 그리고 곧바로 후속조치라고 하면서 삼오전자 생산관리 이사인 마호식을 길림 현지 공장 사장으로 급파하여 완공은 물론 생산라인 가동에 박차를 가하라는 지시를 했을 뿐이다. 그 후 회장은 중국 길림성의 공장 문제나 아니면 베트남의 김영환이 록펠러와 추진하던 사업에 관해서는 공식 회의석상에서는 일체의 언급 없이 모든 일을 직접 지시하겠다는 자신의 말대로 했다.

그러나 유순명을 놓아 둔 생태에서 그 일을 한다는 것은 분명히 무리였다. 이미 회장이 그 일에 관해서는 회의 소집도 안 한다는 것을 일본에서 알고 있을 것이다. 그들이 또 무슨 일을 꾸밀 수도 있다는 생각이 들 때쯤이다. 누가 꾸민 일인지 아니면 일이 그렇게 벌어진 것인지는 모르지만, 유순명이 거래처 사람들과의 관계에서 받은 뇌물에 대한 투서가 회장 친전으로 접수되었다.

금액 면에서는 많다고 할 수 없을 뿐만 아니라 차라리 적다는 표현이 옳을 액수이다. 웬만한 과장급 직원만 되어도 때가 되면 떡값 명목으로 얼마든지 받을 수 있는 금액이었음에도 불구하고 공식 접수가 된 이상 회장으로서도 묵과할 수는 없었다.

아무나 주는 뇌물을 받지 않는 것을 흔히 '아무 음식이나 먹으면 배탈 난다.' 는 표현을 쓰고 있듯이, 뇌물은 그 액수의 고하를 떠나서 반드시 탈나지 않을 것으로 골라 받아야 한다. 여러 가지 거래가 있지만 그 중 뇌물만큼 서로 신뢰가 두터운 거래는 없다.

그런데 희한한 것은 누군가에 의한 익명의 투서로 시작된 뇌물 공여자들이 한결같이 자신들의 뇌물 공여 사실을 시인해서 유순명 스스로 부끄러워 회사를 그만두지 않고는 배길 수 없는 상황으로 몰고 갔다.

결국 유순명은 스스로 회사를 그만두었다. 창업공신으로 누구보다 많은 일을 했고 누구보다 많은 고생을 한 유순명에게 회장은 몰인정하다 싶을 정도로 냉혹하게 철퇴를 내린 것이다. 유순명 사장이 회사를 떠나는 날 잠시 정치수의 방에 들렀다.

　　"이것은 분명히 보이지 않는 손이 우리를 죽이기 위해 벌이는 작업이야. 분명히 말하지만 목숨만 살려두고 팔 다리를 자르자는 속셈이네. 아마 다음 차례는 자네가 될 걸세. 조심하게나."

　　유순명은 진심에서 하는 소리였다. 그러나 정치수는 속으로 웃으며 절대 그런 일은 없을 것이니 걱정을 말라고 하면서도 겉으로는 명심하고 조심하겠노라고 천연덕스럽게 대답했다. 그리고 3개월 후, 나라가 온통 IMF구제 금융으로 떠들썩할 때 정치수가 주도한 전자제품은 무사히 선적을 마치고 중국 록펠러의 회사로 향했다. 그리고 정치수는 유순명의 자리를 이어 삼오전자 사장으로 영입된 백진철 사장, 주원모와 함께 중국 길림성 공장의 준공식에 참여하기 위해 비행기에 올랐다.

　　서울을 출발하여 길림성까지는 비행기도 갈아타는 등의 이유로 하루가 족히 소요되었다. 일단은 길림성에 도착하여 삼오에서 '요동 생산기지'로 명명한 공장까지는 한 시간 정도가 걸리는 거리였다. 이미 공장 내 숙소가 마련된 터라서 그들은 공장으로 향해도 좋았지만 그날은 그냥 길림성에서 쉬기로 했다. 그러자 회장의 특명으로 미리 길림 공장 사장으로 나와 있던 마호식이 숙소를 정하고 저녁 식사까지 안내했다. 저녁 식사를 마치고 다시 숙소로 돌아 왔으나 무언가 허전한지 아니면 들뜬 것인지 주원모가 먼저 이야기를 꺼냈다.

"아무리 피곤하다고 하지만 나가서 축배는 들어야죠? 그렇게 벼르고 벼르던 요동 땅 상륙인데."

모두 기꺼이 응했다. 그러나 정치수는 어제 저녁부터 무언가 허전하고 마음이 편치 않아 영 그럴 기분이 아니었다.

"나가시죠."

일행이 자리에서 죽 일어나자 정치수가 물었다.

"어디 갈 건가? 난 좀 쉬고 싶은데."

그러자 주원모가 권했다.

"상무님이 빠지시면 재미가 없죠. 함께 가세요."

"그럼, 자리 잡고 연락하라고. 지금은 영 그럴 기분도 아니고 피곤해서……."

"뭐, 자리 잡고 말고 할 거나 있어요? 길 건너 대포집이죠."

그럼 꼭 그리로 오시라는 말을 남기고 일행이 나갔다.

정치수는 담배를 피워 물었다. 깊숙이 한 모금을 빨아 들여도 가슴이 허전하기는 마찬가지였다. 다나하시 신야와 록펠러 그리고 회장의 얼굴이 잠시 스쳐지나갔다. 김영환과 돌아가신 부모님의 얼굴도 스쳐지나갔다. 아내와 아들의 얼굴이 스쳐지나갔지만 허전한 공간은 메울 수가 없었다. 지금 자신이 느끼는 이 허전함은 이루고 싶은 것을 이루지 못해서 생기는 것도 아니기에 그 무엇으로도 채울 수 없다는 것을 잘 알고 있다. 하지만 이대로 있다가는 자신이 너무 슬퍼서 펑펑 울기라도 해야 할 것 같았다. 이 허전한 공백을 메우려면 돌아가신 아버지가 다시 살아나셔서 엄청나게 효도를 잘해 드리거나, 죽은 김영환이 다시 살아나 그의 꿈을 이루는 것을 보아야 할 것 같았다. 하지만 모두가 불가능한 일이다. 그들에게 해 주고 보여 주어야 할 것을 못한 이 허전함을 도대체 무엇으로 채운단 말인가?

　시간이 흐르며 채우지 못하는 허전함이 그리움으로 변해 정치수의 눈에서 눈물이 흐르려는 순간, 전혀 생면부지의 사내가 문을 열고 들어섰다.

　"누구십니까?"

　정치수의 물음에 사나이는 일본어로 대답을 했다.

　"정치수 씨, 다나하시 신야 회장님의 선물입니다."

　순간 정치수는 정신이 바짝 들며 머리가 쭈뼛이 서는 섬뜩함을 느꼈다. 선물이라니? 사내는 안주머니에서 차가운 금속 냄새가 풍기는 총을 꺼내들었다. 그 총구가 정치수의 눈으로 들어오는 순간, 정치수는 아무 생각이 없었다. 다만 환청인지 모르겠지만 주원모와 마호식 일행의 왁자지껄하는 소리가 들리는 것 같았다. 그리고 머릿속에서는 김영환이 자주 술자리에서 외우곤 하던 그의 자작 시구가 부분마다 생각날 뿐이었다.

　북녘 반쪽을 잃은 것보다
　더 먼저 잃은 땅.

잃어버리고도 잃어버렸다는 사실조차 잊은 땅.

고구려 아들들이 절풍 쓰고 말달리고,

대조영이 지배했던 땅.

요동 땅

그 땅 찾으러 가자.

주원모 일행은 정치수를 뒤로 하고 나오면서 괜히 씁쓸했다.

"우리, 정 상무님도 그러신데 맥주나 몇 병 사가지고 호텔로 들어가서 마실까요?"

주원모가 더듬더듬 입을 열자 마호식은 자기가 먼저 얘기하려 했다는 듯 흔쾌히 받아 들였다.

"그거 좋은 생각이야. 우리가 아직 이곳 지리도 그렇고 여러 가지로 낯설기만 한데 여기서 괜히 술 마시다가 사고라도 날라 치면 그러니까, 몇 병 사들고 들어가자고. 그렇지 않아도 저녁에 심심하면 마시라고 내가 준비한 괜찮은 고량주도 있고 안주거리도 있으니까 독한 술 안 먹는 사람 위해서 맥주나 몇 병 사 들고 들어가자고."

호텔 바로 앞에 있는 중국식 편의점에서 맥주 몇 병을 사 들고 다시 호텔로 들어가려는데 호텔 주차장에 차가 한 대 마악 멈추고 있었다. 그쪽을 쳐다보던 주원모가 말했다.

"저 친구 장 부장 아녜요? 저 친구가 왜 왔지?"

공장 신축 중에 몇 번 다녀간 덕분에 장사봉을 잘 알고 있는 백

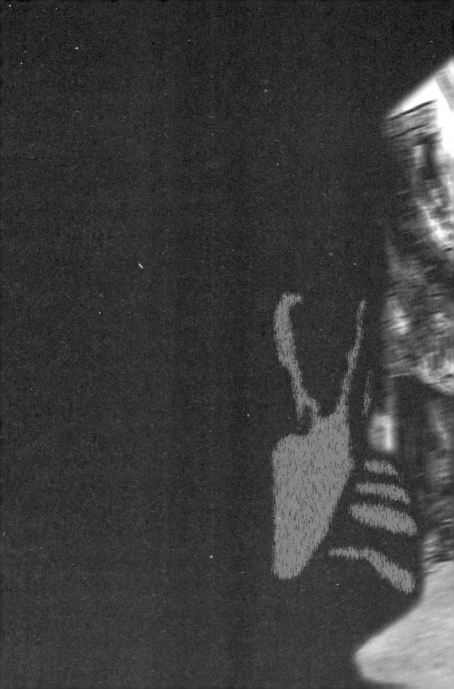

진철 사장이 그를 불렀다.

"장사봉 부장 맞네. 이봐, 장 부장."

차에서 내리던 사내가 재빠르게 뛰어왔다.

"자네가 여기 웬일로?"

"아! 그기요. 내레 혼재 생각해보니까섬두루 이곳 지리도 그렇고 여러 가지로 생소한 손님들끼리 머무시면 아무래도 길티요. 기래서 내레 혹시 도움이 안 될까 싶어스리 왔습네다."

먼 조국에서 온 낯선 이방인 아닌 이방인들. 비록 한민족이지만 육로로 달리면 열 시간도 안 되는 거리를 남의 나라 영공으로 돌아 온, 이방인처럼 낯설기만 한 그들끼리 놓아두는 것은 물가에 어린애 놓아두듯 불안하기만 하다는 소리였다.

"사람, 걱정하고는……. 아무튼 잘 왔네. 그렇잖아도 내일 일찍 들어가려면 차편도 그렇고 했는데 자네가 이렇게 와 주었으니 고맙네. 자, 들어가자고. 마침 우리도 간단히 상륙주 한 잔하려던 참이니까."

백진철이 장사봉의 등을 툭툭 치며 안으로 들어섰다.

"관리부장!"

마호식이 장사봉을 쳐다보지 않고 부르며 말을 이었다.

"자네의 역할이 중요하니 오늘 함께 하는 것이 더 의미가 있을걸세. 이제 우리 회사의 생산라인에 있는 우리 동포 노동자들은 자네가 돌봐 주어야하고 아울러 회사도 자네가 돌보는 거니까 말이야."

"어쨌든 잘 왔어요."

주원모가 장사봉의 등을 어루만지며 서로 와자지껄 웃고 이야기하며 정치수의 방문을 열려는 순간, 방문이 확 열리며 한 사내가 후다닥, 뒤도 안보고 복도를 뛰어 계단을 내려갔다. 열린 방문 사이로 보이는 방안은 깜깜했다.

"이게 뭐야?"

누군가가 다급하게 소리치며 방의 스위치를 넣는 순간 왼쪽 어깨를 오른손으로 누른 채 정치수는 미끄러지듯 벽에 기대 앉아 있었고 오른손 사이로는 피가 심하게 흐르고 있었다.

"앗, 이게 무슨 일이야! 잡앗!"

누군가가 소리쳤고 곧바로 주원모가 방문을 열고 뛰어나갔다가는 다시 들어왔다.

"사라졌어요. 뒤도 안 보여요. 그러나 저러나 이걸 어쩌죠? 왜 그런 거지?"

안절부절 하는데 의외로 장사봉이 침착하게 말했다.

"조용히들 하세요. 이거 중국 공안이 알아봐야 좋을 것 하나도 없습네다."

그는 상처를 살피며 이야기했다.

"총에 맞은 것 같은데……."

백진철이 피가 흐르는 정치수의 어깨를 보며 말을 이었다.

"장 부장은 이곳 공안이 알아야 좋을 것 하나도 없다고 하지만 이것은 엄연한 피격이니 공안에 알리고 어서 병원으로 갑시다."

그러나 장사봉은 고개를 저었다.

"아닙네다. 병원이라야 이 시간에 가봤자 기렇고 또, 이곳 공안이 알아서 좋을 일 하나도 없을 게 뻔합네다. 우선 제가 지혈을 좀 할 줄 아니까 응급조치를 하고 아는 병원으로 모시겠습네다. 생명에는 지장이 없을 듯 보입네다. 왜 이런 일이 났는지는 당사자가 깨어나신 후에 알아도 늦지 않습네다. 강도 사건이면 차라리 잊어버리는 게 우리에게 낫습네다. 중국 공안이라는 게 자국민이 외국인에게 저지른 범죄에는 너그럽기 그지없거든요."

열심히 손을 놀리며 장사봉이 말을 이었다.

"더더욱 우리 조선족에게는 더하지요. 조선족이라면 마치 자기네 속국인 다루듯 하니까요. 아무리 남에서 오셨다지만 그 사실이 그들에게 대접을 받는 데는 큰 도움은 안 될 겁네다.

자, 이제 피가 나더라도 글케 많이 나지는 않을 겁니다. 대충 지혈을 했으니까요. 우선은 아무도 모르게 제 차로 모셔가서 우리민족 병원으로 모시고 갑세다."

"그럼, 본사에는 알려야 할 것 아닌가?"

백진철의 물음에 주원모는 스치고 지나가는 영상이 있었다.

"아닙니다. 정 상무님 깨어날 때까지 그냥 기다립시다. 내일 행사는 해야 하니까 마 사장님과 백 사장님은 병원까지만 같이 갔다가 돌아오시고 저 혼자 병원에 있겠습니다."

그러자 장사봉이 말했다.

"주 부장님만 저와 같이 병원에 가시고 두 분은 아예 짐을 싸

가지고 지금 공장 숙소로 가십시오. 그것이 안전합네다. 마침 공장 앞을 지나서 병원으로 가니까 어서 서두르시지요."

아직 짐도 풀지 않았기에 챙기기는 쉬웠다. 우리 옛말에 의심 많은 사람을 '되놈 팬티 입었다.' 라고 하는 말이 있듯이 원래 의심 많고 거래질서가 엉망인 중국 호텔은 하룻밤이건 이틀 밤이건 예약만큼 요금이 선불인지라 체크아웃 할 것도 없이 그냥 가면 되었다. 모두가 차에 타자 백진철이 궁금한 듯 입을 열었다.

"아직도 의식을 못 차리는데 생명에는 지장이 없을까? 그리고, 주 부장은 뭔가 아는 게 있어요? 왜 본사에 마저 연락을 안 합니까?"

그러자 주원모가 대답했다.

"본사에 연락이 가면 당연히 정 상무님 집으로도 알릴 테고……. 또 영사관 통해서 사건이 접수라도 되면 장 부장님 말대로 공안이 알아 시끄럽고 등등 그런 거죠. 알기는요? 저도 몰라요. 다만 정 상무님 깨어나시면 알 일이지."

그때 운전을 하던 장사봉이 입을 열었다.

"제가 보기에는 충격이 심해서 의식을 잃으신 거지 생명에는 지장이 없을 것 같습네다. 저도 의학을 어깨 너머로 좀 배웠거든요. 지금 제가 모시고 가는 병원이 제가 일을 하던 곳입네다."

주원모가 말했다.

"그래? 지혈하는 솜씨가 보통이 아니라고 했더니 그랬군요. 좌우간 빨리 갑시다."

그러다가 문득 무언가 생각난 듯이 다시 물었다.

"참, 총소리가 안 났잖아? 그렇다면 소음기가 달린 총?"

주원모는 소름끼치도록 섬뜩한 영상을 보는듯 했다.

"소음기를 달 정도면 맘먹고 덤빈 놈인데……. 일반 강도는 아닌 것 아녜요?"

대상없는 물음에 장사봉이 대답했다.

"저도 그렇게 생각합네다. 아직 중국에 권총강도는 없거든요. 그래서 제가 공안에 알리는 것을 적극 말린 겁네다."

"그렇다면 표적살인? 범인이 소음기 달린 총을 썼다면 프로라는 얘긴데 우리가 들어오는 소리에 놀라 빗나간 게로군. 조금만 늦었어도……."

마호식도 파란 섬광이 머릿속을 스치며 심장이 멎듯 온 몸에 찬 기운이 돌고 있음을 느꼈다.

"도대체 뭐가 어떻게 된 겁니까?"

백진철이 다그치자 마호식이 대답했다.

"백 사장님. 나도 잘은 모르지만 분명 뭔가 있는 것 같소. 우리 조용히 정 상무님 쾌유나 빕시다."

#11_려인당(麗人堂)

　마호식과 백진철을 공장 숙소에 내려놓고 세 시간이 넘게 달려온 병원이라는 곳은 무슨 가정집 같았다. 어두운 주변이 그렇게 보이게 한 이유도 있겠지만 마을 한 가운데 자리 잡은 위치하며, 마치 우리나라 시골집처럼 지어진 모습이 영락없는 시골 넓은 가정집이었다.

　대문 한쪽 문설주 꼭대기에 붙어있는 10촉(watt)쯤 되어 보이는 희미한 불빛 아래로 병원 간판인 듯 보이는 것이 '麗人堂'이라고 쓰여 있는 것 같았다. 고구려의 끝 자인 '麗'와 사람 '人', 그리고 흔히 한약방이나 한의원에서 많이 쓰이는 집 '堂'으로 조합된 간판을 보니 조선족 한의원 같았다. 주원모는 정치수를 들러 업은 장사봉을 부축하며 대문을 젖히고 안으로 들어섰다.

　대문은 잠겨있지 않았다. 24시간 응급환자를 위해 열려 있으려니 생각하며 막 안으로 들어서는데 덩치 큰 사내 셋이서 어디선가 불쑥 나타났다. 순간 주원모는 흠칫 놀라며 무언가 심상치 않은 곳이라고 생각했다.

　"나요, 길림 갔던 한식이."

　장사봉은 암호처럼 짧게 자기를 밝혔다.

　"안채 환자요."

이것도 무슨 암호 같았다. 그러나, 그 암호 같은 짧은 말이 세 사내의 동작을 아주 민첩하게 만들었다. 한 사내는 마주보이는 대청 문을 열어서 장사봉이 들어갈 수 있게 하였고, 한 사내는 본채를 돌아 뒤채 쪽으로 사라졌고, 한 사내는 재빠르게 대문 밖으로 나가서 장사봉이 몰고 온 차를 담 뒤쪽으로 끌고 가더니 그 안의 짐을 챙겨가지고 다시 들어왔다.

"갑세다."

짐을 챙겨 들어온 사내가 대문을 닫고 주원모 앞을 걸어가며 따라오라는 듯이 주문했다. 그 사내를 따라 대청으로 들어서자 그 안은 상당히 넓었다. 아마 여기가 진료실인 듯싶었다. 진료기구며 약재함이며 잘 정돈된 것이 그것을 느끼게 했다. 그리고 대청 양 옆으로 쪽방처럼 문이 여러 개 있는데 그것은 입원실인 것 같았다. 대청을 지나 왼쪽으로 돌자 화장실이 나왔고 그 뒷문으로 나가니 살림집인 것 같은 집이 나왔다.

그 집을 돌아 뒷문으로 들어서자 그리 넓지는 않으나 깨끗하게 정돈된 세 개의 침상이 있었고 진료를 할 수 있는 시설하며 약재함까지 준비된 대청마루의 제2진료실이 이곳에 있는 듯했다. 아까 본채를 돌아 사라졌던 사내가 이미 거기에 와 있었으며 진료 의자에는 머리가 허옇게 서리 내린 칠순쯤 되어 보이는 사내가 앉아있었다.

"정치수 상무라고 저희 회사의 중요하신 분인데 총에 맞은 것 같습니다."

정치수를 침상에 바로 눕히며 장사봉이 입을 열었다.

"제가 응급 지혈은 했습네다. 잘 됐는지는 모르겠지만……."

그러자 그 노인은 놀라는 기색이 역력했다.

"총? 이 사람이 정치수 씨구먼."

그는 정치수의 어깨를 살피기 시작했다.

주원모는 이 사람들이 정치수를 알고 있다는 느낌이 들었다. 얼굴은 모르지만 그 이름은 적어도 알고 있었다. 정치수를 어떻게 알았는지는 모르지만 장사봉이 정치수라고 하자 그들은 얼굴을 보려 가까이 다가섰고 노인은 그 확인이라도 하듯, '이 사람이 정치수 씨구먼.' 하고 중얼거리지 않았는가?

"목숨은 괜찮네. 다행히 뼈를 직접 다치지는 않았어. 쇄골과 겨드랑이 사이의 근육을 관통했구먼. 그 충격으로 뼈도 조금 상하기만 했겠지만……. 근데 웬 피를 이리 많이 흘렸나? 충격이 심해서 정신은 잃었으나 괜찮을 걸세. 우선 환부를 가라앉히며 아무는 약을 처방하지. 내일 정오쯤이면 정신이 들 거야."

노인은 별일 아닌 듯 이야기했다. 그러나 별일 아닌 듯이 이야기하는 노인의 얼굴에는 별일 아닌 것이 아니라고 쓰여 있었다. 분명 이 사람들은 무언가 알고 있다. 이런 시골에 그것도 중국의 조선족이 사는 마을에, 대청에 있는 진료실보다 비록 크기는 작지만 더 훌륭한 비밀 진료실을 차려놓고 기다렸다는 듯이 정치수를 맞은 조직화된 모습은 단순히 일개 촌부나 시골 의사의 그것이 아니다. 또, 정치수를 위한 준비가 아니라 몇 번인가 저런 행동들을 했던 것처럼 일사분란하게 움직이지 않는가?

별일 아닌 듯 이야기하며 환부를 살펴보던 노인은 장사봉이 응급 처치한 지혈대를 제거하고 자신이 직접 메스를 들었다가 바늘을 들었다가 하며 수술 수준에 이르는 치료를 했다. 그 동안 정치수는 무의식중이면서도 아픔과 고통을 느끼는 듯 얼굴을 찡그리곤 했다.

한 시간은 족히 지났을까? 정치수로부터 눈을 떼지 못하던 주원모가 뒷문 열리는 소리가 나는 바람에 정신을 차리고 주위를 둘러보았다. 언제 나갔는지 장사봉이 먼저 와서 대기하고 있던 사내와 짐을 챙겨왔던 사내와 함께 들어섰다. 한 사내의 손에는 한약을 달인 탕기가 들려 있고 장사봉 역시 무엇인가 들고 있었다. 그때 노인이 막 치료를 마치면서 말했다.

"떠먹이게. 괜찮을 거야."

그는 의자에 푹 파묻히듯 주저앉으며 장사봉을 향해 말했다.

"한식이 자네는 환부에 그것을 붙여주게나."

장사봉이 손에 들고 있던 고약처럼 생긴 것을 으깨어 정치수의 어깨 앞뒤로 붙이고 붕대로 정성껏 감는 사이에, 한 사내는 정치수의 상체를 약간 들어 올려 장사봉의 손놀림을 적극 돕고 또 한 사내는 정치수의 입에 탕약을 떠 넣었다.

"너무 걱정은 마시오. 죽은 사람은 못 살려도 죽어가는 사람은 살릴 수 있는 약이니까."

노인은 그렇게 말하며 지그시 눈을 감았다. 눈 감은 얼굴에는 누가 보아도 만감이 교차하고 있었다. 저 정도 나이에 언뜻 보아도 범상해 보이지 않는 인품의 노인이라면 자신의 감정을 충분히 숨길수도 있을 텐데 그 감정을 드러내 얼굴에 만감이 교차하는 것을 보면 정치수의 사건이 노인에게 크게 충격을 준 것이 틀림없다는 생각이 들었다. 치료하느라 바삐 움직이던 사내들의 손이 멎자 노인이 지시했다.

"나가들 보게. 내가 손님과 좀 할 얘기가 있어. 그리고 손님 시장하실 텐데 간단히 주안상 좀 보아주고."

장사봉을 포함한 세 사내는 아무 말 없이 밖으로 나갔다.

"참, 가장 중요한 걸 잊을 뻔 했구려. 그 문이 화장실이오."

순간 주원모는 그동안 소변을 꾹 참고 있었음을 새삼 깨달았다. 정치수가 치료를 받는 동안 심각해서 내색도 못하고 있었는데 노인은 주원모의 얼굴 표정만 보고 그가 용변을 참고 있다는 것을 알아 챈 것이다. 역시 보통 노인은 아니라는 생각을 하며 얼른 노인이 가리키는 문을 열고 들어가니 양변기는 아니지만 수세식의 깨끗한 그러나, 아주 좁은 화장실이었다. 주원모가 오줌을 누고 나왔다.

"좁지요? 하지만 오줌 누고 똥 누는 데는 지장 없으니 불편하더라도 이해해 주시구려.

모르기는 몰라도 이삼 일 이상은 예서 생활하시든가 갔다가 다시 오시든가 해야 할 거외다. 저 양반은 의식이야 내일 정오경이면 돌아오겠지만 대엿새는 지나야 움직일 수 있을 거외다. 그

전에 움직이는 건 밥 먹고 화장실 가는 정도만 해야지 바깥출입
은 안 되오."

노인은 주원모에게 알아서 계획을 세우라는 듯 일러주었다.

"총 맞은 사람 만져보기는 꽤 오랜만이구려. 삼 년 전인가 북
조선에서 나오던 동포 이후 처음이니……."

노인이 말끝을 흐리는데 문이 열리며 소반에 국수와 나물 그
리고 술 주전자가 올라있는 조촐한 주안상이 나왔다. 장사봉은
아무 말 없이 그것을 탁자에 놓고 나갔다.

"자, 이쪽으로 오시죠. 우선 국수로 요기 좀 하고 안주는 볼 것
없으나 한 잔하면서 얘기합시다."

주원모는 노인과 마주 앉았다.

"이거 통성명이 없었군. 나는 유태진이오. 돌팔이 한의사죠."

노인이 내미는 손을 잡으며 주원모는 머리를 굽혔다.

"삼오의 주원모 부장입니다."

노인의 손은 따뜻했다. 비록 감촉은 억세고 거칠었지만 느낌
만은 아주 부드럽고 따뜻했다. 그런 느낌에 도취되어 손을 못 놓
고 있을 때 유태진이 잡았던 손을 빼서 수저를 들라고 손바닥을
위로 향해 살짝 올렸다.

"자, 이제 듭시다."

"아, 네……."

주원모가 약간은 무안한 표정으로 자리에 앉자 유태진이 주전
자를 들었다.

"아닙니다. 제가 먼저 올려야……."

"아니요. 나는 주인이고 주 부장님은 손님이신데, 그것도 먼 거리를 오신 귀한 손님이신데, 통일만 됐으면 반나절 거리지만 굽이굽이 돌아 하루를 오신 분인데 먼저 받으시구려."

더 이상 사양할 수 없어 주원모가 잔을 받고, 다시 유태진에게 따른 후 잔을 부딪쳐 건배했다.

"무릇 사내끼리 건배하여 잔을 비움은 뜻을 통하기 위한 거외다. 또한 뜻이 통하려면 서로가 마음이 열려야 하는 터. 내가 먼저 모든 것을 설명해 드리리다. 그전에 하나 묻고 싶은 데. 저 사람은 왜 총에 맞았소?"

"글쎄요? 저도 전혀 모릅니다. 아까 장 부장님 말로는 이곳에 아직 권총강도는 없다는데 어찌된 일인지……."

찰나, 김영환의 죽음이 주원모의 머리를 스치며 혹시 하는 생각이 들었다. 그 생각이 떠오르며 아까 사건 현장에서 소음기가 달린 총이라는 소리를 듣는 순간 자신에게 몸서리 쳐지게 다가오던 영상이 무엇인지 알 것 같았다.

"그래요. 나도 강도는 아니라고 생각하오. 그렇다면 누가 철천 지원수가 졌다고 이곳까지 쫓아와서 총을 쏴 댔을까요?"

유태진은 잠시 말을 멈추고 아직도 주원모의 표정이 복잡하게 일그러져 있는 것을 보며 잠시 시간을 보냈다.

"좋소이다. 이유야 본인이 깨어나면 알 터이니 그건 차치하고 내가 먼저 말하리다. 이곳에 들어오며 뭔가 느꼈을 텐데, 그대로

요. 우리는 이 지역을 관리하는 모든 중국 관리나 이곳 주민들에게 보통 한의원인 려인당으로 알려져 있으나 내실 한 구석에는 이런 방이 있는 비밀 조직도 겸하고 있소.

려인당이라는 뜻 그대로 고구려인들이 뭉쳐있는 곳이기도 하오. 내 비록 60년이 넘도록 고향땅을 밟아보지 못했으나 난 지금도 고향이 그립지는 않소. 이곳 역시 내 고향이나 마찬가지니까. 아니, 내 고향이니까. 내 고향은 지금의 서울 어디일거요. 원래 쪽발이 놈들이 나를 이곳으로 떠나게 한 열서너 살 때는 그저 광나루라 불리던 곳 근처였는데……. 그곳에는 산도 있었지. 온달 장군이 쌓았다는 산성이 있는 아차산이라고……."

옛 추억, 아니 정확히 말하면 무슨 이유에선가 열 서넛에 떠나야 했던 고향산천을 그리는 듯 잠시 말을 끊었던 유태진 노인이 다시 말을 이었다.

"그러나, 그 성도 결국은 고구려가 백제를 점령하려고 쌓았던 성이고 우리 동네 사람 모두는 우리가 조선족이며 조선족은 모두 백제도 고구려도 하나라고 믿었소. 우리네는 결국 이곳 요동땅도 고구려 땅이니 우리 고향이라 생각하오.

우리가 구태여 이 려인당에 모이는 까닭도 언젠가는 통일된 내 나라가 우리 고구려민을 내나라 국민으로 받아 줄 거라는 확신이 있기 때문이오. 작금의 중국이 제 아무리 잘 나간다손 치더라도 머잖아 본연의 모습으로 갈게요. 소수 민족을 언제까지 보듬겠소. 보듬는다는 표현보다는 무력으로 짓밟고 있다는 표현이 어울리겠지만……. 중국 역사에 무력으로 짓누르며 끌어간 중국이 길어야 얼마나 길었소이까? 중국이 서로 갈라서는 날이 오면 우리도 고구려 후손인 저 반도의 조국과 하나가 되겠지. 그 전에 조국이 통일되어야 할 텐데……."

유태진은 잠시 말을 끊었다가 무언가 작심한 듯이 이어갔다

"내 얘기만 하는 것 같소. 헌데 저분은 무슨 사연으로 총을 맞았는지 정말 짐작조차 못하겠소?"

"글쎄요, 집히는 것이 있기는 한데 복잡하게 얽힌 문제라 무슨 소설 같기도 하고, 또 딱히 그 일 때문인지도 모르겠고……."

김영환의 죽음과 정치수의 출생과 성장, 그리고 삼오통상의 어제와 오늘. 순간, 주원모는 그것들이 무슨 영화필름처럼 생생히 머리를 스쳐지나갔다.

"그게 뭐요? 어디 들어봅시다."

"그게 말입니다……."

주원모는 처음 김영환의 죽음부터 시작된 정치수와 삼오통상과 일본의 다나하시와 얽힌 이야기를 되도록 감정 섞이지 않게 하려고 노력하며 자세히 얘기했다. 얘기 중간 중간에 유태진은 놀라기도 하고 그럴 줄 알았다는 듯이 고개를 끄덕이기도 해 가며 주원모의 이야기를 들었다. 이야기를 하는 동안 족히 서너 시간은 지났을 것이고 어디선가 개 짖는 소리가 들리는 것 같았다. 그제야 말을 마친 주원모가 사방을 둘러보았으나 창이라고는 하나도 없고 단지 출입문 위에 걸린 시계가 여섯 시를 넘기고 있었

다. 유태진은 주원모가 무얼 궁금해 하는지 알아차린 듯 했다.

"정신없이 들어와서 모르겠지만 이곳은 엄밀히 말하면 지하요. 저 출입문을 나가면 밖으로 나가는 길이 오르막 경사지. 그리고 그 경사를 올라 문을 열고 밖에 나가 닫으면 여느 벽과 똑같아 이곳은 아무도 모르오. 하지만 통풍은 잘 되도록 해 놓았으니 그것 역시 걱정 안 해도 되오. 이곳에서 시간을 알 수 있는 것은 저 시계뿐이오. 벌써 아침이 오는구면. 어쩐지 아침 냄새가 난다 싶더니."

주원모는 아침이 오는 소리를 들었다 싶었는데 노인은 아침 내음을 맡고 있었다. 유태진은 말을 이었다.

"틀림없군. 놈들의 짓이야."

유태진의 얼굴은 굳어 있었다.

"안산회 놈들 짓이야."

그렇게 다시 한마디 하고는 입을 굳게 다물더니 아예 눈까지 감았다. 주원모는 유태진이 눈을 감고 있는 것이 그냥 감고 있는 것이 아님을 알 수 있다. 고생한 흔적은 역력하지만 그 고생한 흔적을 덮어버린 중후한 인품. 그 중후한 인품 위에 칠순은 되어 보이는 나이와는 전혀 어울리지 않는 굳은 의지와 견고함.

차마 누구도 범할 수 없을 것 같고 그 누구도 넘볼 수 없어 보이는 얼굴임에도 안산회라는 한마디로 숱한 번뇌가 그의 머릿속을 오가는 것이 확연히 그려지고 있었다.

궁금했다. 안산회가 도대체 무언가? 한참동안 얼굴만 바라보고 있는 주원모에게 노인이 입을 떼었다.

"지금 젊은 양반 이야기를 듣고 나도 놀랐소. 물론 젊은이야 더 놀라운게 많겠소만 내가 정녕 저 사람을 마주하리라고는 꿈에도 몰랐소. 우리는 마침 이곳 길림성에 남한 산업이 크게 들어선다기에 통일의 초석이 되려나, 아니면 적어도 우리 고구려 백성들이 다시 내 땅을 찾는데 도움이 되려나 해서 장사봉 씨를 그곳에 입사하도록 많은 노력을 했던 것뿐이지 이렇게도 직접 만나리라고는 생각도 못했소이다.

젊은이, 지금 저 환자의 모습을 보시오. 살아 있어도 축 늘어진 채 의식도 차리지 못하는 저 모습을. 저 모습이 바로 지금 우리 조국의 모습이오. 정부는 두 개로 갈려 남과 북에 따로 세워져 서로 으르렁 거리기만 할 뿐. 겉으로야 어떨지 모르지만 핵폭발 직전의 첨예한 대립 속에 실속은 쥐뿔도 없이 강대국들 앞잡이처럼 껍데기만 살아있는 나라. 그러기에 되놈들은 요동을 제 땅입네 하고 고구려는 제 놈들 속국이요 지방의 토호에 불과한 부족입네 하고, 쪽발이 놈들은 독도가 제 땅입네 해도 힘 하나 없이 축 늘어져 있소. 지금 조국은 마치 계모 밥 얻어먹는 전처의 자식처럼 배가 고파도 눈치만 슬슬 보며 아궁이 앞에서, 그것도 불 꺼져 차디차게 식은 아궁이 앞에서 부뚜막에 손 올리고 정작 밥이 들어 있는 가마솥은 열지도 못한 채 눈치만 보고 있는 모습이오.

저 사람의 부친 다나하시 신야가 바로 일본 극우 조직인 안산회 조직국장이고 배다른 동생 다나하시 도시오라는 자가 조직국

1부장으로 맹활약 중이오. 안산회 멤버들은 재력이나 권력이 대단해요. 일본 수상이 신사참배 안하면 밀어내겠다고 압력을 넣어 전범들이 우글거리는 야스쿠니 신사참배까지 시키는 그런 조직이오. 그런데 젊은이의 얘기를 듣고 보니 저 사람을 이용해서 대륙진출을 하려다가 오히려 당한 꼴이 되었으니 충분히 이곳까지 자객을 보내고도 남을 놈들이지."

주원모는 온몸에 소름이 끼치는 것을 느꼈다. 무섭다. 두려운 것이 아니라 무서웠다. 목숨을 잃거나 행여 자신이 해를 당할게 두려운 그런 무서움이 아니라 안산회라는 조직의 실체가 있다는 것이 무서웠다. 그 무서움은 더러움에 대한 환멸에서 오는 무서움이었다. 유태진은 말을 이어갔다.

"안산회 놈들이 칼을 뺐다면 그냥 물러서지는 않을 거요. 아마 여기로 총잡이를 보낸 이유도 한국이나 아니면 일본에서 일을 저지르면 복잡하니까 이곳을 택한 것일 게요. 중국 관리들은 만약 저 분이 죽었으면 강도 어쩌고 해서 우물쭈물 넘어갔을 것이니까 이곳이 수월했을 테지. 여기서 한국사람, 조선족 하나 죽는 거야 대수가 아니니까. 그 김영환이라는 분도 베트남에서 당했다고 하지 않았소? 그 놈들은 지금 자기네가 청맥회와 짜고 추진하는 일에 삼오통상이 큰 걸림돌이 될 거라고 결론을 내렸을 거요. 그래서 그 일의 선두에 서 있던 김영환 씨만 없애면 수월하리라 생각했는데, 생각지도 않게 정 상무가 그 자리를 채웠으니 반드시 죽여야 한다는 거지. 자기네 하는 일의 옳고 그름을 따지기보다는 그 일의 걸림돌이 무언가를 먼저 따져서 없애자는 것이 그들의 속내니까요. 제정신이 아닌 게지."

복잡하다. 무서움을 지나 복잡하다. 기껏 모시던 상사 한 분이 베트남에서 객사하셔서 황당하게 만들고, 그 장례를 끝내고 며칠 지나지도 않아 위령제 지내러 간다고 베트남 가다가 잠시 들른 일본에서는 무궁화 꽃과 사쿠라 꽃밭을 오고 가게 만들더니 이제는 그 장본인이 총에 맞아 눕지를 않나……. 지하실에 앉아 안산회, 청맥회 무슨 철부지 고등학생들 폭력조직 이름 같은 것들을 듣고 있자니 복잡해서 도저히 정리가 되지 않는다. 그런 주원모의 머릿속 사정은 나중에나 고려해 보겠다는 듯이 유태진은 말을 이어갔다.

"솔직히 우리 려인당으로서는 큰 소득이 아닐 수 없구려. 바로 그 안산회와 청맥회의 철부지 불꽃놀이에 찬물을 끼얹어 끄고 놈들을 깨부수자는 것이 우리 려인당의 이념이자 사업 목표였소. 그리고 그 한가운데에 삼오통상이 있고, 그 축에 정 상무가 있었는데 이렇게 그 축과 연결되었으니 말이오.

사실 우리 려인당에서도 끊임없이 정보 수집은 하고 있어요. 안산회와 청맥회에 깊숙이 들어있는 우리 내부자(정탐자, 첩자를 뜻하는 듯 했다)들의 전언에 의하면 남쪽과 무슨 심각한 문제가 불거지기 시작했는데 그 속내까지는 완전히 모르겠다는 거였죠. 그러던 중 '삼오통상' 공장이 이곳에 들어선다고 하기에 우리는 기회다 싶었었는데 정말 완전한 모습이 그대로 다가와 주었군요. 단군왕검과 고주몽 대왕께 감사할 일입니다."

유태진의 얼굴은 밤샘한 노인의 그것이 아니었다. 기쁨에 찬, 그러나 한편 큰일을 앞둔 결의에 찬 얼굴이었고 피곤함은 전혀 보이지 않는 얼굴이었다.

"젊은이, 주원모 부장이라고 했죠? 지금 내 얘기가 어리둥절 하리다만 시간을 갖고 내가 차츰 얘기를 해주면 분명 젊은이의 피 속에서도 이 일에 깊이 참여해야겠다는 각오가 싹트고 일어나 왕성하게 될 거요. 그 보다 먼저 내 잠깐, 한 십 분이면 될 거요. 나갔다 오리다."

수수께끼 같은 말을 남기고 유태진이 나갔다. 주원모는 혼자 중얼거렸다.

"안산회…… 청맥회…… 려인당……."

주원모는 눈을 크게 뜨고 정치수를 바라보았다.

그렇게도 존경하고 사랑하던 상사였는데, 내 부모만큼이나 좋아하고 내 형만큼이나 따르던 상사였는데 지금 의식도 없이 축 늘어져 있는 모습을 바라보니 이제까지 느낄 수 없던 불쌍하다는 생각과 가엾다는 감정이 겹쳐오며 눈물이 쏟아지기 시작했다. 차마 울 겨를도 없어서 울지 못했던 몫까지 쏟아내려는 듯 얼굴 전체가 눈물로 뒤범벅이 되고 있었다.

"자, 그만 우시고 조반 드시오."

언제 들어왔는지 유태진이 주원모의 어깨를 치는 바람에 놀라 얼굴을 팔소매로 훔치며 돌아서자 장사봉이 벌써 아침상을 탁자에 차려놓고 있었다.

"울지 마시오. 슬픔이야 울어야 풀릴지 모르지만 이 일은 슬퍼한다고, 또 운다고 해결될 일이 아니오. 싸워서 이겨야 해결될 일이오. 우선 아침을 드시고 좀 쉬시지요. 공장 일은 여기 장 부장이 가서 잘 해결할 거요. 드시고 좀 쉬신 후에 차근히 얘기하며 대책을 협의합시다. 저분이 깨어난 후에……. 내 비록 돌팔이 의사지만 정오가 좀 지나면 깨어날 성 싶소."

유태진이 얘기하는 동안 장사봉도 정치수에게 약을 떠먹이고 밖으로 나갔다. 그들의 움직임은 아무 말 없이 자신이 알아서 할 일을 하는 것처럼 보였다. 그러나 그것들은 철저한 조직 내에서 치밀한 계획을 세워서 하는 일들이었고 자신들이 세운 계획을 빈틈없이 이루어 내는 것으로 이미 모든 지시가 이루어졌고 장사봉은 그 지시대로 움직이는 것이리라.

#12_보이지 않는 손

아침을 먹은 후 언제 잠이 들었는지 모르게 잠이 들었던 주원
모가 눈을 떠 아주 짧은 순간 사방을 보았다. 유태진은 보이지 않
고 정치수는 아직도 누워 있었다. 시계는 두 시를 조금 넘게 가리
키고 있었고 어젯밤 본 듯한 건장한 사내가 혼자 탁자에 앉아 있
었다. 주원모가 몸을 일으키자 그가 주원모를 바라보며 말했다.

"일어나셨습네까?"

북쪽 억양이 깊게 배어있었다.

"아, 네. 그런데 지금이 낮입니까 밤입니까."

"아, 지금요? 낮 두 십니다."

오후 두 시였다. 새벽이 아닌가 싶을 정도로 깊은 잠을 잔 것이
다. 다시 한 번 정치수 쪽을 쳐다보자 사내가 입을 열었다.

"너무 걱정 마시라요. 조금 전 의원님이 다녀가셨시우다. 맥박
이랑 다 되돌아 왔시니까 곧 깨어날 거라고 하셨쉡니다."

주원모가 침상에서 내려와 신을 신었다.

"닦으시라요. 여기 물 있습네다."

사내는 닦을 물까지 준비해 놓고 있었다.

"시장하시지요? 식사 준비할 테니 조금만 기다리시라요."

"아, 아닙니다. 전혀 먹고 싶지 않아요. 지금 막 일어나서 그런

지 아무 생각도 없습니다. 신경 쓰지 마세요."

그러나 그 사내는 황급히 말리는 주원모의 말에 아랑곳 하지 않고 밖으로 나갔다.

"아니라요. 힘든 일이 있을수록에 기저 먹고 힘을 간직해야 되는 거라요."

주원모가 정신을 차리려고 얼굴을 닦고 수건으로 물기를 훔쳐내는 짧은 순간에, 이미 준비되었던 상이라도 들고 들어오듯 사내는 쟁반을 들고 들어왔다.

"변변치 않습네다만 많이 드시라요."

나물과 국, 김치가 전부인 반찬에 밀과 쌀을 섞어 지은 밥. 그래도 맛있게 먹었다. 이들이 정성을 다해 내게 대접하는 음식 아닌가? 지금 이곳에 살고 있는 동포들은 이보다 못 먹으면 못 먹었지 결코 자신을 홀대하는 것이 아니라는 것을 잘 알고 있다. 어쩌면 저들은 점심도 건너뛰든가 아니면 감자나 고구마 뭐 그런 걸로 끼니만 때울지도 모른다. 자기에게는 최고의 음식을 내어오는 것이 확실했다. 고맙다. 무엇보다 그저 같은 피가 흐른다는 그것 하나로 이렇게 대해주는 그네들이 너무 고마웠다.

주원모는 흐르는 눈물을 애써 감추며 밥을 먹고 수저를 놓았다. 수저를 놓은 주원모가 물을 마시자 사내는 잽싸게 쟁반을 들고 문 쪽으로 갔다. 그리고 문을 열기 전에 잠시 무언가 하는 것 같더니 문을 열고 나갔다. 이제껏 몇 명이 몇 번을 드나들어도 보지 못했는데 분명 무언가 행동을 했다. 지금까지는 정신이 없어서 살펴보지 못한 무엇이 분명히 있었다. 사내가 들어오면 한번 물어보리라고 마음먹으며 피곤을 이기지 못한 채 주원모는 다시 침상에 드러누웠다.

깜짝 놀라 일어나 시계를 보니 다섯 시가 넘어있었다.

"피곤하신 것 같아 안 깨웠습네다."

아까 그 사내가 탁자에 앉아 무슨 책을 읽다가 인기척이 나자 주원모를 바라보며 설명했다.

"저분은 세 시경에 잠시 의식이 들었었습네다. 그리고 다시 주무시는 겁네다. 의원님 말씀으로 의식은 돌아오신 거이고 지금은 주무시는 거랍네다. 아마, 긴 잠이 될지도 모른답네다. 오늘 밤이나 돼야 일어나실 것 같습네다."

긴 잠? 그래, 긴 잠을 자야 할게다. 죽음의 터널을 지나 왔는데 오죽 피곤할까. 하루 종일 비행기며 차에 시달리고 겨우 쉬어야 할 시간에 죽음의 여행을 시작했으니 그 충격이야 말도 못할 것이다. 아니 어쩌면 의식이 돌아와도 자신이 어젯밤 당했던 기억을 생각하면 절대로 일어나고 싶지 않을지도 모른다. 주원모는 그런 정치수가 불쌍하기 이전에 차라리 안쓰러웠다.

"의원님 말씀이 무의식 속에서도 아마 총 맞을 때의 충격으로 계속 시달리며 피곤이 더 쌓였을 것이랍네다. 다만, 아까 의식이 드셨을 때 탕약 한 사발 드시고 주무셨으니까 오늘 밤 많이 좋아질 거라고 하셨습네다."

사내는 친절하게 주원모의 궁금증을 해결해주고 있었다.

방금 주원모도 생각을 했듯이 그 충격으로 지금 잠을 잔다기보다는 충격을 완화하고 있는 것이다. 의식으로는 해결할 수 없는 충격을 무의식이 해결해 주고 있었다.

"그래요? 고맙습니다. 그런데 참, 아까 나가실 때 저 문 앞에서 무얼 하시는 것 같았는데?"

"아? 기거요? 신호 보내는 겁네다. 여기서 나가는 게 남의 눈에 띠면 안 되니끼니 우리끼리 방법이 있습네다."

그렇지. 이런 비밀 장소까지 마련할 정도라면 이미 어제 유태진 노인에게서 듣기는 했지만 이 조직, 려인당도 보통 조직은 아니라는 것을 다시 한 번 느꼈다. 그리고 이내 궁금증이 일어났다. 도대체 정말 무엇을 하는 곳일까?

주원모는 슬쩍 사내에게 입을 떼었다.

"저…… 말입니다. 려인당에 대해서 의원님한테 듣기는 했는데 솔직히 그때는 정신도 없고 또 무슨 소리인지 귀에 들어오지도 않고 해서 자세히 듣지 못했거든요. 통일 조국이 되면 고구려 땅을 찾아야 한다? 아니, 중국이 소수 민족들의 독립으로 다시 나뉠 때 우리는 적어도 우리 고구려의 옛 땅을 찾아야 한다. 그러나 지금 이대로라면 만주족인 청나라 후손에게 요동 땅을 고스란히 내 놓고 말 것이다. 그런 일이 있어서는 안 되기에 우리 민족이 뜻을 합해 모인 곳이다? 뭐, 그런 얘기는 들었는데 잘 이해도 안갑니다. 자세히 좀 들었으면 좋겠어요. 그리고 유태진 의원도 보통 노인은 아니신 것 같던데 그 분 이야기도 듣고 싶고요."

주원모의 의도를 충분히 알았는지 젊은이는 고개를 끄덕였다. 마치 얘기를 전부 해주겠다는 듯했다. 그러나 정작 사내의 입에서 나온 얘기는 그것이 아니었다.

"의원님께서 믿어도 좋은 분들이라고 얘기는 하셨습네다만, 그런 것을 말씀드리는 것은 제 소관 밖의 일입네다. 다만 유 의원님이 원래 지금의 남한 서울 사람이시고 그 분의 조상이 조선시대의 명의로 우리에게 알려지신 유자 의자 태자 쓰시는 의원이시라는 것은 제가 말씀드릴 수 있습네다. 유의태 의원님의 후손으로 대대로 의원이시다가 어릴 때 아버님이 독립군 자금과 또, 독립군 치료인가 뭐 그런 것에 연루되어 일본 헌병대에 끌려가셔서 돌아가신 후 이곳 만주로 어머님과 피신 오셨답네다. 어머님은 돌아가시고 의원님은 지금까지 이곳에서 살고 계시다는 정도만 말씀 드릴 수 있습네다."

그 대답을 들으며 주원모는 갑자기 그들의 생활에 대해 경이로운 마음이 들었다,

'모든 것이 비밀이고 누구에게 말을 할 수도 없는 이런 생활을 하는 것이 여간 힘든 일이 아닐 것이다. 그럼에도 불구하고 저들은 이런 생활을 한다. 도대체가 누구를 위한 생활을 하는 것인지 그 대답을 하라고 한다면 손에 잡히지도 않는 조국을 위해서 이렇게 어렵게 산다고 할 것이다. 그러나 이런 보이지 않는 곳에서 자신을 희생해가며 조국이라는 것을 위해서 살고 있는 저들의 삶을 과연 누가 알아 줄 것인가? 하기야 알아주기를 바란다면 저

런 생활도 못 할 것이다. 마치 우리의 역사에 수 없이 반복된 외세의 침략과 그 침략을 막아내기 위해서 누가 시킨 것도 아닌데 스스로 일어나 싸웠던 이름 없는 의병들처럼 그들은 단 한 가지 잃어버린 조국을 찾기 위해 저렇게 살고 있는 것이다.'

주원모는 자신이 이곳에 머무는 동안을 위해서라도 저 사람과 통성명이라도 해야겠다는 생각이 들었다.

"저는 삼오통상의 주원모 부장입니다. 어차피 며칠 묵을 것 같은데 통성명이라도 합시다."

주원모가 손을 내밀자 그가 손을 받아 정겹게 악수를 했다.

"저 같은 것 그냥 아무 호칭이나 부르시라요. 나중에 차츰 아실 테니까요. 여기서는 삼식이라고 부릅네다."

"삼식이요?"

"네. 이곳에서 일하는 사람 중에 제 나이가 셋째거든요. 그래서 삼식이라고 부릅네다. 우리끼리 이름은 중요하지 않습네다. 잃어버린 조국도 챙기지 못하면서 자신의 이름은 챙기는 것이 큰 의미가 없다는 것입네다."

순간 주원모는 통성명을 하자고 하면서 내밀었던 자신의 손이 부끄러웠다. 시계가 여섯 시를 조금 못 미쳐 가리키고 있었다. 밤이나 되어야 깨어날 수 있다는 정치수의 기침은 아직 시간이 더 있어야 할 일이고 그동안 그냥 앉아 있기에는 머리가 터질듯이 복잡한 생각들만 날 것이다. 그러나 저러나 오늘 공장에서는 행사가 있었을 텐데 행사는 잘 치렀는지도 궁금했다.

"혹시 아시는지 모르겠는데 오늘 저희 회사 행사는 어떻게 되었는지요?"

"네. 걱정 마시라요. 지금까지 맏형님 연락이 없는 것을 보면 아무 일 없이 순탄한 것 같습네다."

'맏형?'

주원모가 의아해하는 것을 눈치 챈 듯이 삼식이는 빠른 대답으로 받았다.

"아, 장사봉 형님이 저희 맏이십네다. 저희끼리는 그냥 맏형님으로 혹은 한식이 형으로 불렀었는데 그분의 이름이 장사봉인 것은 저도 이번에 알았습네다. 비록 친형제는 아니지만 나이순으로 첫째라 한식이였고, 둘째형은 다음번에 태어난 형이라 다식이 그리고 제가 삼식이고 어제 보셨는지 모르지만 키 작고 땡땡한 친구가 이곳에서 같이 기거하는 형제들 중 막내인데 그 친구는 막내라서 종식이라고 부릅네다. 아마 아침에 유 의원님께서 특별히 당부하시고 종식이 까지 따라 붙게 하였으니까 특별한 일은 없을 겁네다. 그리고 만약 무슨 일이 있었다면 벌써 종식이가 이곳으로 전별을 왔을테구요."

그나마 다행이었다. 그때 정치수가 움직이는 듯싶더니 소리를 버럭 질렀다.

"아냐! 아니라니까."

정치수는 소리를 버럭 지르며 일어나는 듯싶었는데 다시 잠들어 버렸다. 주원모는 정치수를 바라보며 무엇이 아닌지는 모르지만 그 얼굴에 쌓인 주름사이로 전에 정치수에게 들었던 소설같은 이야기들이 하나씩 정리되고 있었다. 새벽에 유 의원이 해준 안산회와 청맥회 이야기가 정치수의 이야기들과 엇물리면서 이건 분명 큰 사건인 듯도 싶었고, 아니 차라리 아무 일도 아닌데 큰 사건처럼 부풀어 오르는 것과도 같았다. 갑자기 김영환의 얼굴이 떠올랐다.

'북녘 반쪽을 잃기도 전에 잃어버린 땅. 요동 땅 찾으러 가자.'

김영환이 읊어대던 자작시 사이로 고구려의 대군이 말을 타고 달리고 있었다. 그 맨 앞에 장수가 한 사람 있는데 그 장수의 모습은 어디선가 본 듯한 모습이었다.

그래, 김영환의 장례식 때 김영환이 월남전 참전 시 그 휘하에서 가장 사랑받던 장교라고 하면서 조문을 와서 해병대 동지들과 함께 밤을 새우고 장지에까지 함께 갔던 사람인데 분명히 해병대 현역 장교로 보였다. 중령인지 소령인지 정확한 계급은 보이지 않았지만 그 복장은 모조리 고구려 군의 개량 한복처럼 생긴 옷으로 갈아입었고 머리에는 절풍을 쓰고 맨 앞에서 백말을 타고 용감하게 군도를 휘두르며 달리고 있었다. 그 뒤로는 수 없이 많은, 셀 수 없는 군사들이 따르고 있었는데 지금 이 말달리는 평야가 어디란 말인가?

논도 산도 없는 끝없이 펼쳐진 곳. 말발굽 먼지가 피어나는 것으로 보아 분명 초원도 아닌데 도대체 어디란 말인가? 우리나라 평야에는 낮은 구릉이 있거나 논이 있게 마련인데 저렇게 끝없이 펼쳐진 평야에 말발굽 먼지가 이는 곳이라면 어디일까? 그걸 확인하고픈 마음에 주원모는 발돋움하며 멀리 볼 양으로, 손을 들어 눈썹 끝으로 가져가다가 화들짝 놀라 일어났다.

꿈이었다. 언제 잠이 들었는지 모르지만 말달리는 평야를 꿈꾸다 멀리 본다고 손을 눈썹에 갖다 대려 손을 드는 헛손질 덕분에 잠을 깬 것이다. 벌떡 일어나 앉으며 아직도 잠이 덜 깬 자신을 느끼며 주위를 둘러보았다.

"많이 피곤하셨습네까? 잠꼬대를 하시는 것 같던데."

삼식이가 무슨 잠을 하루 종일 자느냐고 핀잔이라도 하듯 묻는 것 같았다.

"아유, 이거 죄송합니다. 무슨 잠이 이렇게 쏟아지는지 어느새 또 잠이 들었습니다."

"아닙네다. 죄송하기는요. 이곳에 계실동안 아마 지루하실 겝니다. 밖에도 못 나가시고, 하지만 그냥 쉬는 셈 치고 계십시오. 여기 이 책들이라두 읽으시면서요."

삼식이가 가리키는 곳에 있는 책들은 표지가 약간은 조잡한 것이 북한이나 이곳 만주에서 출판된 한글본이었다.

"내가 뭐라고 잠꼬대를 합디까?"

"길쎄요? 제가 꾼 꿈이 아니라 모르겠으나 '그래 달려, 달려.' 하시는 것이 마치 무슨 체육 경기를 보시는 것 같았습네다."

주원모는 다시 꿈 생각이 났다. 끝없이 펼쳐진 황야에 말발굽 먼지가 자욱이 일고 그 맨 앞에 해병대 장교가 해병대 군복 대신 절풍을 쓰고 고구려 군복을 입고 달리던 모습이…….

여덟 시가 훨씬 넘어 주원모가 저녁을 먹고 나서야 유 의원이 들어왔다.

"어떠시오. 지루하시오?"

유태진은 웃으며 들어와서 정치수의 맥을 짚어 보았다.

"곧 깨어날 것 같긴 한데. 맥도 좋아졌고……."

혼잣말을 하며 주원모를 보았다.

"그냥 앉아서 세 끼를 먹고 하루 종일 잠만 자는데도 도대체 뭐가 이리도 절 피곤하게 하는지……."

주원모의 두서없는 대답에 유태진은 빙긋이 웃었다.

"원래 잠이 쏟아지거나 피곤하다는 것은 육체보다는 정신이 좌우하지요. 물론 조국에서 이곳까지 먼 길을 오신 육체적인 피로도 컸겠지만 아마 그 보다는 저기 정 상무님의 모습에서 받은 정신적 피로가 더 컸을 겁니다."

유태진은 '남쪽' 이라거나 '남한' 혹은, '남조선' 이라는 호칭이 아닌 '조국' 이라고 확연히 말하고 있었다.

"조국에서 예가지의 거리도 상당히 먼 거리니까 피곤도 하셨 겠지만, 아마 그 보다는 정상무의 총 맞은 모습에서 받은 충격이 더 컸을 거라는 말씀이지요. 그 충격은 중추신경을 통해 몸속의 육체적 피로로 누적이 되고 그 피로를 풀어주지 못하면 병으로 이어지는 겁니다. 우리 주변에 흔히 있는 암환자를 보면 잘 알 수 있죠. 술 많이 마시고 밤 늦게까지 일한다고 위암, 간암 걸리는 건 아니잖습니까? 물론 걸릴 확률 면에서는 더 클지 모르지만 사실 스트레스 많이 받는 사람이 더 많이 걸리잖아요? 정신적 피로는 풀기가 힘들거든요. 육체적으로 힘든 거야 쉬거나 적당한 운동으로 풀 수 있지만 정신적으로 피곤해서 그것이 육체의 부분부분으로 스며들어 쌓이면 풀기가 아주 어렵거든요.

나라도 그렇습니다. 어떤 정책을 가지고 두 그룹이 서로 맞부닥뜨리면 해결점을 찾을 수 있어요. 하지만 근본적으로 사상이 다르면 나라가 두 동강 나죠. 국제사회도 마찬가지구요. 통상 마찰 같은 거야 서로 협의해서 타개할 수 있지만 사상이 다르면 그건 전쟁이라는 아주 무서운 결과를 초래하죠. 게다가 역사까지 개입되면 그건 걷잡을 수 없는 겁니다. 엄연히 존재했던 역사를 그대로 인정하지 않으려는 못된 사상이 개입되기 때문이죠. 존재한다는 것과 존재했었다는 무형의 커다란 가치를 무시하는 사상과 생각이라는 욕심 역시 보이지 않는 정신적인 것이기에 더 풀어나가기 힘들어지고 국제분쟁은 더 많이 일어나는 겁니다."

주원모는 다시 한 번 어려운 쪼가리를 붙잡았다. 매 쪽마다 어렵다. 유태진의 말 한마디 한마디가 단순하기 그지없는 자신에게는 안개 속에서 던져지는 선방의 선문답 같았다. 잠도 덜 깨고 안개가 자욱한 선방에 앉아 있는 수도승에게 던지는 큰스님의 선문답.

지금 자기가 있는 이곳은 선을 수행하는 선방이고 정치수, 유태진 등등 이 모든 일이 선의 화두 같았다. 화두의 어느 끈을 잡아야 풀릴 수 있을까? 엮인 실타래를 잘 풀려면 첫 오라기를 잘 잡아야 한다. 만약 첫 오라기를 잘못 잡으면 급기야 그 실타래는 어디선가는 끊어야 되는 불상사가 일어나는 것이다.

주원모는 지금 이 상황을 정의해서 인정하고 헤쳐 나가기에 벅차다고 생각하지만 첫 매듭만 잘 풀면 될 것도 같았다. 김영환의 죽음도 맞았고 정치수의 어려운 이야기를 듣고 해결하는데 한 몫이 되었던 자신 아닌가? 하물며 이런 정도야 못 풀어 낼 까닭이 없었다. 하지만 그러기에는 자신이 너무 변두리에 서 있다는 생각이 들었다.

사회학에서 말하는 '주변인' 같은 존재라고 느꼈다. 현실 안으로 깊숙이 들어가 현실을 받아들이고 느끼면서 끊임없이 변화를 추구해나가는 실체로서의 현대인이 아니라, 그렇게 살아가는 남들을 관망하며 발을 담그지 않고 그 상황을 구경하고 거기서 나오는 결과에 따르는 현대 주변인이라는 생각이 들었다.

"저…… 어르신, 솔직히 지금 제가 무엇인가에 홀린 듯 머릿속이 산만하기만 한데요. 저는 제가 아는 것은 다 말씀드렸는데 이곳 려인당에 대해서는……."

"얘기했잖소. 고구려 땅이 조국의 일부임이 분명하니, 북조선 체제가 붕괴되고 조국이 통일될 때 중국이 동북공정을 내세워 대동강까지 자기네 땅이라고 우겨대며 밀고 내려가기 전에, 내 조국 반도가 통일되는 그날 이 땅 요동까지 조국이 되어야 한다는 사명으로 힘을 합쳐 뭉친 단체라고."

주원모는 유태진의 짤막한 대답이 자신의 머리를 맑게 함을 느꼈다. 예전에 어떤 스님이 도탄에 빠져 배고프고 헐벗은 중생들을 자기 혼자의 힘으로는 구할 수 없다고 생각해 득도를 하기 위해 선방을 찾았다. 그곳에서 중생이 어찌해야 부처가 되겠냐는 선의 화두를 잡고 몇 날 몇 밤을 지새우며 끙끙 앓고도 깨우침을 못 얻다가 새벽바람에 살짝 우는 풍경소리를 들었다.

'그래, 저 풍경처럼 불어오는 바람을 맞으면 되는 거다. 이 업고를 피하려 한들 피할 수가 있는가? 풍경소리가 아무리 맑고 곱다 한들 바람 없이 울 수 있는가? 그 맑고 고운 소리를 혼자 듣고 싶어 구중궁궐 깊은 방에 아무리 잘 모셔둔들 풍경 소리가 나겠는가? 바람 한 가운데 있는 처마 끝에 달려야 제 소리가 나거늘.'

스님은 벌떡 일어나 다시 가사장삼을 챙겨 헐벗고 굶주린 중생 속으로 향했다는 얘기처럼, 자신의 머리가 맑아짐을 느꼈다. 려인당은 고구려 땅의 주인들이 모여 남북이 통일되는 그날, 남과 북 그리고 요동 땅까지 통일을 이루는, 진짜 삼국통일을 이루기 위한 곳이지 더 이상은 아니었다.

그때, 정치수가 고개를 들었다. 눈을 떠서 주위를 살피는 듯싶더니 주원모를 보고는 힘없는 목소리로, 그러나 대단히 반갑고 한편으로는 안심된 목소리로 물었다.

"주 부장, 여기가……?"

주원모는 황급히 정치수 곁으로 다가가 손을 잡고 흐르는 눈물을 삼켰다.

"상무님, 깨어나셨군요. 도대체……."

그때 유태진이 주원모의 어깨를 토닥였다.

"자, 조금만 더 기다리며 흥분을 가라앉힙시다. 아직 환자분은 기력이 쇠한 상태니."

정치수는 주원모의 손을 꼭 잡았다. 어디로 갈 생각일랑 아예 말라는 듯, 그리고 천천히 입을 열었다.

"도대체 여긴 어딘가? 그리고 주 부장은 여길 어떻게 와 있고, 또 저분들은……."

아직은 총 맞은 공포에서 해방되지 못한 정치수의 불안감이 역력히 드러나고 있었다.

"걱정 마십시오. 여기는 조선족이 경영하는 한의원입니다. 그리고 이 어르신이 의사시구요. 저분은 도와주시는 분이예요. 자세한 얘기는 제가 나중에 드리겠지만 우선은 이곳은 안전하고 믿어도 되는 곳입니다. 상무님께서 의식을 잃으신 하루 동안 제가 많은 것을 들어서 알았는데 우리 장사봉 부장님이 연관된 곳이기도 하니까 마음 푹 놓으세요."

그제야 안심이 되는지 주원모의 손을 쥐었던 정치수의 손에서 약간은 힘이 빠지는 것 같았다.

"내가 하루 동안 의식을 잃었다고? 그렇다면 행사는? 나머지 식구들은?"

"걱정 마세요. 백 사장님과 마 사장님 등 모두 참석하러 가셨어요. 그리고 혹시 일이 있을까봐 이곳 유지이신 이 어르신과 장사봉 부장이 대책도 세우시고 이곳 공안에도 손을 쓰셔서 아무 일 없도록 하셨어요. 걱정 마세요."

그때였다. 비밀 문이 열리며 종식이라 불리는 사내가 들어서서 유태진에게 무언가를 이야기하고 나갔다.

유태진은 밝은 표정을 지었다.

"행사는 잘 끝났답니다. 그리고 만약을 위해 장 부장은 그곳에 남고 종식이 혼자 왔는데 또 갈 거라는군요. 그곳에 있는 식구들은 이곳의 보안을 위해 이곳에 오지 않기로 했답니다."

주원모가 정치수에게 통역 아닌 통역을 했다.

"지금 나간 분이 장 부장님과 함께 오늘 행사장에 가셨던 분이거든요. 차츰 설명해 드리겠지만, 지금 말씀 드릴 수 있는 것 하나는 안심하셔도 된다는 겁니다. 행사도 잘 끝나고 모두 안전하고 별 이상은 더 이상 없을 거라는 겁니다."

"그들이 노린 것은 나였으니까. 하지만 나를 노린 것은 어쩌면 삼오를 붕괴하려는 건지도 모르지만."

"아니에요. 삼오가 아니라 대한민국을 노린 거겠죠."

"대한민국?"

힘없던 정치수가 갑자기 눈이 휘둥그레지며 몸을 일으키려하다 통증이 심한지 어깨를 잡으며 도로 누웠다.

"제가 쓸데없는 말을 했나봅니다. 차츰 설명해 드릴 테니 우선 기운부터 차리세요. 참, 앉으시겠어요?"

정치수가 일어나 앉고 싶다고 해서 일으켜 벽에 기대 앉혔다.

정치수의 등을 벽에 기대 앉히며 주원모가 이야기했다.

"상무님은 우선 건강이 중요하니 회복부터 신경 쓰세요."

"자네가 얘기 안 해도 다 아네. 건강은 저절로 때가 되면 회복이 되겠지만, 저 총부리를 어찌 거두나? 그래, 맞아. 자네 말대로 저 총부리는 대한민국을 겨눈 거야. 단순히 이 정치수나 삼오가 아니라 대한민국을 겨눈 거야."

정치수는 나지막한 소리로 이야기를 이어갔다.

"자네 처음에 내 얘기 듣고 못 믿겠다는 투였지? 하지만 지금은 어떤가? 이제 무언가 알겠나?"

"알죠. 알구 말구요. 고구려 땅."

"고구려 땅?"

"김 이사님이 찾아야 한다고 외치시던 땅, 내 땅, 고구려 땅. 잃어버리고도 잃어버린 사실조차 잊어버린 땅, 내 땅, 고구려 땅."

풍경소리를 듣고 하산했던 이름 모를 스님보다 더 맑고 명쾌해진 주원모는 김영환이 살아생전 읊조리던 자작시 한 구절로 모든 대답을 하고 있었다.

#13_정치수의 장례식

눈물어린 고구려 땅이라는 한마디로 모든 이야기를 끝낸 주원모는 자신의 머리가 맑아진다는 것을 피부로 느끼고 있었다. 풍경소리를 듣고 속세를 택한 바로 그 스님이 자신이 되어야 한다는 것을 주원모는 알고 있다. 비록 자신이 승복을 입고 있지는 않지만 이 자리에서는 그 스님이 되어야 한다는 것을 누구보다 잘 알 수 있는 지금이다. 이 자리에서는 자신이 나서야 모든 것이 풀릴 수 있는 자리다.

"차츰 알게 되겠지만 얘기를 좀 해 주세요. 지금까지 이사님께서 겪으신 모든 것을, 그리고 왜 이 자리에 누워 계신가를……."

그러자 정치수가 잠시 망설이는 모습을 보였다. 주원모는 자신이 이미 한 이야기를 정치수가 다시 하고 싶지 않을 수도 있다는 생각이 들었다.

"잃어버린 고구려를 찾는 길은 지금으로서는 이분들 밖에 없습니다. 소위 조국의 지식층들은 해바라기, 아니 자신의 이익을 위해서 이분들이 발휘하는 열정을 결코 발휘하지 않을 겁니다. 정치권 역시 외교 관계 등등 어려운 표현을 하면서 실천하지 않을 거고요. 그러나 이분들은 아무런 이익도 추구하지 않고 오로지 잃어버린 조국을 찾는 일념에 차 있는 분들입니다. 이사님께서 의식을 잃고 계시는 동안 제가 알아낸 모든 것이 그것입니다. 더더욱 우리가 장사봉 부장이라고 알고 있는 그 사람은 이곳에서는 한식이라고 불리는 이곳의 아주 핵심 멤버였고, 바로 고구려 중흥을 위해 우리 삼오통상의 현지 공장에 취업을 한 것이더라구요."

장사봉의 이야기가 나오자 정치수는 마음이 열리는 것 같았다. 주원모를 못 믿어서 마음을 열지 않은 것이 아니라 죽음의 긴 터널을 지나 왔으니 믿을 수 없었을지도 모를 일이다. 정치수가 입을 열기 시작했다. 정치수와 유태진이 주고받는 이야기가 끝날 무렵 주원모는 흥건히 고인 눈물 뒤로 반짝이는 눈동자에 이글거리는 힘이 실려 있었고, 삼식이는 그저 모든 것을 들었으나 모른 척 앉아있었다.

"그래요? 역시 제가 이름은 몰랐지만 그런 단체가 실제로 있긴 있었군요."

정치수의 출생과 성장, 그리고 삼오의 어제와 오늘은 물론 김영환의 죽음과 록펠러와의 사업을 위한 요동 생산기지 설립까지 모두 듣고 난 유태진이 안산회와 청맥회를 낱낱이 파헤쳐주었다. 그러자 정치수는 고개를 끄덕이며 나지막하게 자신이 추측하고 있던 일들이 현실이라는 것을 깨달았다.

"내가 이름 없이 짐작만 했던 실체가 안산회라……."

그러나 그 말에 개의치 않고 유태진은 이곳 려인당까지 자세히 얘기해 주었다. 그러자 정치수가 말했다.

"부끄럽습니다. 당사자인 저도 제 배 불리기에만 급급하고, 제 명예 회복과 체면유지에만 급급해 출생을 숨기고 들통 날까 쩔 쩔매기만 했습니다. 여러분들 앞에 그저 부끄럽기만 합니다."

그러자 유태진이 위로했다.

"부끄럽긴요. 무릇 과일도 때가 되어야 익는 법. 이제 때를 만 나신거죠. 이제부터 시작입니다. 그러나 저러나 시작을 하려면 이 일을 어찌 풀어야 할지……."

유태진이 혼잣말처럼 중얼거리듯 하는 이야기를 가만히 눈 감 고 듣던 정치수가 물었다.

"제 몸이 완쾌되려면 얼마나 걸릴까요?"

"다행히 뼈는 직접 다치지는 않았지만 총알이 관통할 정도니 충격은 있었거나 아니면 금이 갔을 수도 있소이다. 지금은 근육 통증 때문에 알 수 없고, X—Ray라도 찍어 보면 알 수 있으나 여 기에 그런 시설은 없고……. 뼈만 이상 없다면 두세 달, 그러나 뼈에 금이 갔다면 너덧 달은 지내셔야 완쾌될 겁니다. 다행히 어 깨와 겨드랑이 사이니까, 석 달 지나면 거동하는데 큰 불편은 없 을 것 같습니다."

"석 달이라……."

정치수는 중얼거리듯 입을 여닫으며 지그시 감은 눈 사이로 무언가 계산을 하고 있었다.

"석 달……."

다시 되 뇌이던 정치수가 눈을 번쩍 뜨며 물었다.

"참, 이 일은 본사에도 알렸나?"

주원모가 대답했다.

"아닙니다. 아직 어찌해야 좋을지 몰라서……."

"잘했네. 선불리 알렸다가는 수습할 수 없이 일이 커지기만 할 수도 있지. 하나씩 계획을 세우며 수습해 나가자구. 여기 유 어르신이 계시니까 자문도 구할 수 있고."

"자문이랄 거야 없지만 내 늙은 소견으로 오늘 낮에 생각을 해봤는데 인간 정치수는 이제 그만 여기서 생을 마감한 것으로 해야 될 것 같소이다."

유태진은 정치수와 주원모의 놀라는 모습은 아랑곳하지 않고 말을 이었다.

"만약, 정 상무님이 계속 살아 있다면 놈들의 추적이 이어질 것입니다. 그러나 일단 죽은 것으로 마무리 짓는다면 놈들은 정 상무님은 뒤로 젖히고 다음 단계로 넘어가겠지요. 그 다음 단계가 무엇일지는 모르겠지만."

그 말에 정치수는 문득 식구들이 걱정되었다.

"혹시 우리 아내나 아들에게 무슨 해를 입히지는 않을까요?"

유태진은 단호히, 그리고 아주 자신 있게 대답했다.

"그런 일은 없을 것입니다. 청맥회든 안산회든 시작은 잘못된 놈들이지만 지저분한 꼬리를 달지는 않습니다. 그게 매너가 깨끗해서가 아니라 공연히 목적 이외의 일을 저질렀다가 일이 복잡해져서 꼬리라도 잡히면 일을 그르치기 때문이죠. 그러니까 아마 식구들에게는 손대지 않을 겁니다. 다만 삼오통상에 어떤 해는 끼칠 수 있을 수도 있을 겁니다. 단기간이나 혹은 누가 봐도 눈에 보이는 그런 식이 아니라 소리 소문 없이 하려고 무언가 일을 꾸미겠죠. 그건 시간이 걸릴 일이니까 제 놈들도 머리 좀 쓸 겁니다. 제 생각입니다만, 정 상무님이 일단은 여기서 생을 접는 것으로 하고 소식을 접할 수 있는 귀만 열어두면 적절히 대처해 나가며 복수의 장을 꾸며 나갈 수도 있을 것 같습니다."

주원모가 놀라 물었다.

"그럼, 상무님은 법적으로도 죽는 겁니까?"

"아닙니다. 사망신고는 필요 없어요. 본디 그런 무리들은 보이는 것만 중요시하지 법 따위는 나중에 따지거든요. 낮에 제가 해부용 시체가 필요하다고 공안에 슬쩍 뒷돈을 주었더니, 마침 어제 객사한 조선족 시체가 한 구 있다고 했어요. 탈북자인 듯싶었는데 총상은 있어도 쓸 만하다며 필요하면 대충 알아서 처리하라고 하더군요. 보았더니 탈북하다 총에 맞기는 했지만 정통으로 맞지는 않아서, 여기까지 도망 와서 죽은 것 같았습니다. 그 시체를 이용하면 될 성 싶은데……."

유태진의 말을 듣던 정치수는 고개를 끄덕였다.

"좋습니다. 저도 감을 잡았습니다. 주 부장, 우리가 귀국하기로 예정한 것이 모레지?"

"네, 모레가 맞기는 한데 무슨 말씀을 하시는 것인지 도무지 알 수가 없네요."

"그럼 자네는 지금 공장으로 가게. 가서 일단은 내가 병원에서 죽은 걸로 소문을 내. 물론 백 사장님과 마 사장님께는 설명을 하고. 본사에는 알리지 말게. 아마 총잡이가 근처 어디선가 내 소식을 궁금해 하고 있을 거야. 지금 유 어르신과 같이 가서 내 시체를 가지고 가라고."

"시체요?"

"아까 마련해 두셨다는 그 시체가 지금부터는 정치수야."

주원모는 눈이 휘둥그레졌다.

"아니, 그 시체를 어떻게 한국까지 가져가요?"

그러자 정치수가 빙긋이 웃으며 대답했다.

"한국까지가 아니라 일단은 공장에 가지고 가서 그곳 근처 병원에 안치해 두고 빈소를 차리라고. 참, 유 어르신 그 시체가 제 시체라고 이곳 공안이 서명해줄까요?"

"의원인 내가 사망 진단을 내리고 이곳 공안이 서명 날인하면 되니까, 될 겁니다. 이곳은 돈으로 안 되는 일이 없습니다. 게다가 공안 역시 이름도 없는 시신에 이름을 달아 서류를 신청하면 서명을 하는 순간 짐 하나 덜게 되는데 오히려 좋아 할 겁니다. 원래 공산당이라는 것이 서류는 확실히 해야 하거든요. 특히 중국 공산당은 더 그렇습니다. 장개석 몰아내고 마오쩌뚱이 집권한 이유를 아시지 않습니까? 장개석이 미국으로부터 원조 받은 무기를 최 측근들이 마오쩌뚱에게 헐값으로 몰래 팔아넘긴 겁니다. 그 결과 장개석은 패배한 거구요. 그래서 그런지 공산당 애들은 서류를 아주 중요시해요. 그 덕분에 부패와 부정의 골이 깊어 가는 지도 모르죠. 그러니 그런 것은 걱정 마십시오."

"좋습니다. 유 의원님이 그렇게 해주시면 그 시체는 내가 되는 거야. 그리고 내일 본사로 전화를 걸어서 내가 총 맞아 죽었다고 회장님께 직접 보고를 해. 놈들이 도청할 수도 있으니까 잘 된 일 이야. 다만 우리 집에는 알리지 말라고 해. 집사람 충격이 클 테 니 자네가 가서 직접 설명한다고. 그리고 모레 회장님께 단독으 로, 아니지 마 사장님은 이곳에 남을 테니까 백 사장님과 둘이 회 장님을 만나서 이 일을 설명해 드리고 3년 후 내가 찾아뵙는다고 전해. 그동안 우리 집 사람과 아들이나 잘 보살펴 주십사고 내가 직접 편지를 써 줄게. 그러면 믿으실 거야. 그리고 우리 집 사람 에게도 똑같이 전하고. 다만 비밀이 새나가면 내가 정말로 죽을 수도 있다고 전해."

"그럼, 상무님은요?"

"나는 이곳에서 몸을 다듬은 뒤 일을 계획할 거야."

"일이요?"

"그래. 그건 나중에 설명할게. 그리고 자네는 옛날 김영환 이 사 때처럼 우리 집사람과 내 아들 데리고 내 시체를 인수하러 막 바로 되짚어 오게."

"이리로 와요?"

"아니, 지금부터는 장사봉 부장을 연락책으로 두고 내가 필요 한 사항은 장 부장을 통해서 연락할걸세. 그리고 내 장례식도 치

르도록 해. 화장을 하라고. 아마 우리 집 사람과 상의를 하면 무
슨 방법이 생길거야. 정식으로 내가 죽었다고 저 쪽발이들이 믿
고도 남을 수 있도록 장례를 치를 수 있는 방법을 만들어 낼 수
있을 거란 말일세."

정치수가 힘든 듯이 말을 이어가자 유태진이 말을 받았다.

"상무님 부인께도 그 정도 설명하고 위장된 죽음이라고 하면
아마 납득하실 성 싶군요."

그 소리를 듣는 주원모의 귓가에 풍경소리가 들렸다. 유태진
과 정치수의 말 한 마디 한 마디가 풍경소리로 들렸다.

그때, 문이 열리며 삼식이가 들어섰다.

"준비 다 됐습네다."

그러자 유태진이 말했다.

"자, 주 부장님 시작하시죠. 아까 그 시체에 수의를 입혀 입관
하고 다 준비하였습니다."

유태진은 삼식이에게 받은 서류 봉투를 주원모에게 건넸다.

"마침 우리 종식이가 아직 떠나질 않아서 준비를 다 맞췄습니
다. 같이 돌아가시면 됩니다. 그리고 이곳은 잊으세요."

유태진의 말을 들으며 주원모는 혼자 중얼거렸다.

"밤중에 엉겁결에 시체 안고 가는데 생각이 나겠습니까?"

유태진과 정치수는 중얼거리는 그 소리를 들으며 빙긋이 웃었
다. 주원모는 삼오통상 요동 생산기지 근처 병원 영안실에 빈소
를 차린 후 다음날 급거 귀국하여 모든 것을 정치수의 지시대로

했다. 회장과 정치수의 아내도 기꺼이 그 뜻을 이해해주고 따르기로 했다. 만일 그대로 안 되면 정말 정치수가 죽는다는 말에 두 사람은 바짝 긴장하며 주원모에게 모든 것을 맡겼다.

회장은 정치수를 살릴 수 있다면 무엇이든 할 테니 말만 하라고 하면서 돈은 얼마든지 써도 좋고 주 부장은 다른 일 안 해도 좋으니 3년이든 5년이든 정 상무의 안전만을 위해 일하라고 지시했다. 그리고 비록 위장 장례식이지만 정말 장례를 치르는 것처럼 해야 한다면서, 정 상무의 장례식은 회사장으로 소홀함 없이 치를 것을 당부했다.

주원모는 정치수의 아내 최수정과 고등학교 1학년인 아들 정중식, 그리고 회사 직원 두 명과 함께 정치수의 시신을 인도하러 중국으로 향했다. 정말 죽은 것 이상으로 슬퍼해야 한다는 유태진의 지시를 받은 장사봉은 빈소에서 이틀 밤낮을 꼬박 지내며 슬픔을 부추겼다.

"우리 조선족을 먹여 살리려고, 이 먼 곳에 공장을 세우고 준공식에 오셨다가 돌아가신 우리의 정 상무님이야 말로 이 땅 조선족 모두의 영웅이십니다. 우리 함께 슬퍼해야 합니다."

병원 영안실은 김영환의 베트남보다 나을 것이 하나도 없었다. 최수정은 지금 이곳의 시체가 자기 신랑의 시체는 아니지만, 자신이 김포공항에서 이곳까지 오며 겪은 고초와 이곳 사정을 보고 해외 출장 시에 고생했을 정치수를 생각하니 북받쳐 오르는 눈물을 가눌 길 없어 정말 자기 신랑이 죽은 것 이상으로 슬퍼

울었다. 이 열악한 환경에서 적어도 3년은 숨어 지낼 남편을 생각하니 죽은 것 이상으로 아니, 그 몇 배 더 가여워 한없이 울었다. 모자의 울음은 전염처럼 조객들 모두의 눈시울을 적셨고 정치수는 그렇게 죽은 사람이 되어가고 있었다.

이틀 후, 정치수의 시신이 공항에 내릴 때 공항에는 회장 이하 수많은 임직원이 그를 맞으러 나왔고 정치수의 시신은 김영환 때와는 다르게 곧 바로 성당으로 옮겨졌다. 성당의 장례식도 김영환보다는 조촐했고 특히 신부님의 애도 강론에 정치수라는 이름도, 요한이라는 세례명도 들어가지 않은 채 죽은 형제라는 호칭만 사용되었다.

그 까닭은 최수정의 이야기를 들은 신부님께서 '비록 정치수가 아니라도 죽은 사람을 위해 장례미사를 해 주는 것은 좋은 일이니 허용할 수는 있지만 하느님께 드리는 제사에 거짓으로 이름을 넣지는 말자,'고 하신 까닭이었다. 어쨌든 화장한 유골을 납골당에 안장한 후 회장은 김영환의 유족에게 했던 이상으로 정치수의 유족에게 대우한다는 발표를 끝으로 정치수의 이름 석자는 사람들 머리 저 편으로 사라져 가고 있었다.

#14_고주몽의 딸, 몽골 시 왕모 알랑-고아

10년 전 자신이 죽을 수밖에 없었던 상황을 생각하며 스스로 자신을 죽였던 일을 생각하자 정치수는 기가 막히기도 하면서 한편으로는 이제 벌어질 새로운 상황이 조금은 두렵기 조차했다. 그때 오영택이 물었다.

"무슨 생각을 그리 깊이 하십니까. 정 선생님?"

오영택이 정치수가 자신과 대화하다가 갑자기 아무 말 없이 생각에 빠져들기에 무언가 생각할 것이 있어서 그런가보다 하고 두어 시간 정도 자신 나름대로 할 일을 했다. 하지만 골똘한 생각의 끈을 놓지 않는 것 같아 그냥 놓아두고 싶어도, 이제 자신이 밖에 나가 볼 일이 생겨 어쩔 수 없이 물어본 것이다.

"아, 예. 제가 뭣 좀 생각하느라고 그랬는데 너무 오래 생각을 했죠? 죄송합니다."

"아닙니다. 생각하실 일이 있어서 생각하시는 것은 좋은데요. 제가 좀 갈 곳이 있어서 함께 가실 것인지 아니면 그냥 여기서 생각을 더 하실 것인지 여쭈려고요."

"갈 곳이라니요?"

"오늘 이 고을에 마을 축제가 있는 날입니다. 이제 곧 춤판이 벌어질 것인데 혹시 함께 가시지 않을까 해서요."

"축제요? 그리고 춤판이라고 하셨습니까? 같이 가보죠. 제가 이러는 것이 뭐 새삼스러운 것도 아니고 그냥 지난 날 생각 좀 하느라고 그런 것이니 중요한 것도 아니에요."

정치수는 이곳 마을의 식구들이 벌이는 축제를 같이 즐기고 싶었다. 아니, 같이 즐기고 싶기도 했지만 우리 민족들이 즐기는 축제의 모습이 조국의 그곳과 이곳에 사는 동포들과 어떻게 다른지 보고 싶었다. 정치수가 오영택과 함께 간 곳은 우리나라 시골 동네 큰 마당 같은 곳이었다. 마치 우리나라 60~70년대 동네 대동제가 열리던 그런 마당이었고, 모이는 모습이나 멍석을 깔아 만든 무대 등 모든 것이 고향의 그것처럼 보였다. 그리고 모여든 악기 역시 북과 장구, 꽹과리, 징 그리고 날라리와 피리 등 우리의 그것과 다른 것이라고는 없었다.

그들이 연주하는 민요가 우리와는 조금 다른 것 같았지만 결국 그 가락은 같은 맥이었다. 그리고 춤사위가 정도를 더해 흥이 돋워지면 돋워질수록 장단을 맞추는 주변 청중들의 덩실거리는 모습 역시 하나도 다를 것이 없었다. 게다가 춤을 추는 사람들과 어울려 장단을 맞추면서 어깨춤을 추다가는 '덩더둥, 덩더둥' 하면서 빙글빙글 돌았다. 우리가 '덩더꿍, 덩더꿍' 장단을 맞추는 것과 다를 것이 없었다. 그때 오영택이 다가오더니 물었다.

"어떻습니까? 조국에서 하는 축제의 모습과 좀 비슷합니까?"

"똑 같다는 표현이 맞을 것 같습니다. 그리고 저기 저렇게 모여서 양동이에 양은 그릇 하나 띄워놓고 같은 그릇으로 몇 모금

씩 돌려가며 막걸리를 마시는 모습이나 깍두기 하나 집어 우걱 우걱 씹으며 사는 모습이 그저 똑같다고 할 수 밖에 없습니다. 더 더욱 춤사위에 맞춰 장단을 맞추는 모습이나 어깨를 들썩이며 '덩더둥' 하고 장단을 맞추는 것도 똑 같다는 생각입니다. 다만 우리나라에서는 '덩더둥' 이 아니라 '덩더꿍' 하지만요."

"그것은 우리 북쪽의 함경도 사람들이 'ㄷ' 발음을 많이 하는 까닭이지요. 참, 그러고 보니 문득 생각난 것이 있습니다. 학술적 으로 가끔 만나는 남쪽 국어학자 한 사람이 있는데 서로 뜻이 통 해서 친구처럼 지내는 사이입니다. 그 친구 말에 의하면 저 '덩 더둥', 즉 '덩더꿍' 이 참 의미가 있는 말이라고 합니다. 고려 정 읍사에 후렴으로 '덩더둥셩' 이라는 말이 나오는데 그것이 바로 지금의 '덩더둥' 이 되었다는 것입니다. 그 친구의 이야기를 간 추려 보면 이렇습니다.

고구려 광개토왕 비문을 보면 우리가 흔히 알고 있는 고구려 시조의 이름이 '추모' 라고 기록되어 있습니다. 우리는 당연히 주몽이라고 알고 있지요. 그렇다면 왜 광개토대왕 비문에서는 '추모' 로 기록되어 있는 것이 우리에게는 '주몽' 으로 알려져 있 을까요? 그리고 '추모' 와 '주몽' 중에서 어느 것이 맞는 말일까 요? 그러나 그것은 중요하지 않다는 것입니다. 누가 보아도 고구 려 최고의 황제 중 한 분이신 광개토대왕의 능비를 만들면서 오 기를 했다고 할 수는 없을 것입니다. 더더욱 자신들의 시조 이름 을 오기했다고 볼 수는 없다는 것이지요. 어느 것이 옳은 것이냐

하는 논란을 위한 논란은 그만 두어야 한다는 것입니다. '추모' 와 '주몽' 의 발음이 그렇게 다르지 않다는 것에 주안 한다면 간단한 것입니다. 일단은 우리말과 중국 문자인 한자가 서로 표현하는 방법이 다르기 때문에 같게 표현할 수 없었다는 거죠. 원래는 '주몽' 도 '추모' 도 아닌 그 중간 쯤 되는 발음일 텐데 각자 표현하는 사람에 따라 자신이 쓰고 싶은 표기를 했을 겁니다. 음차를 빌려 표현하면서 본래의 발음과 똑 같이 표현할 수 없는 것은 당연한 것이니까요. 선생께서도 아시다 시피 중국은 요동 땅에 살고 있는 코리(Khori)민족을 고려(高麗)라고 표기했습니다. 그리고 요하 북방에 사는 모든 민족을 하나로 묶어 사람이라는 뜻의 몽골어 '훙누' 를 자기들과 다른 북방 종족이라고 해서, 오랑캐요 종이라는 뜻의 흉노(匈奴)라고 표기 한 것을 보면 쉽게 알 수 있는 일입니다.

다음으로 언어는 시대와 사회 상황에 따라 변한다는 것이죠. 이렇다 할 우리 문자로 기록된 역사도 없이 구전되거나 혹 한자로 전해지던 역사가 복합적으로 어우러지면서 표기를 하는 사관이 자신의 의견을 첨가했을 것이라는 겁니다. 정말 일리가 있는 이야기입니다. 그런 차원에서 보면 '덩더듕셩' 이라는 우리 민족의 후렴이 현대로 오면서 '덩더둥' 으로 바뀐 것은 하나도 이상할 것이 없다는 거죠. 어차피 언어라는 것은 세월이 지나면서 그 시대와 지역에 맞게 바뀌는 것이니까요. 마찬가지 논리로 'ㄷ' 을 많이 발음하는 북쪽과는 다르게 남쪽으로 가면서 '덩더꿍' 이 되었다는 것입니다.

그런데 그 노래가 고려시대에 정리되었지만 당대에 생긴 노래가 아니라 그 전부터 있던 노래일 가능성이 크다는 겁니다. 그것은 고구려시대 아니면 그 이전부터 우리 민족 고유의 가락으로 전해지는 노래일 거라는 거죠. 그러나 그 시대 역시 중요하지는 않습니다. 어느 시대의 노래이던 간에 그 노래의 후렴이 이곳에 '덩더둥' 이라고 살아 있다는 것은 이곳이 우리 땅이라는 확증을 주는 것입니다. 그 땅에 존재하는 언어는 그 땅에 살던 민족을 이야기하는 것으로 그것보다 더 중요한 증거는 없습니다."

정치수는 자신이 1997년 미국에 다녀 온 친구에게서 한 장의 신문을 받아 들고 그의 이야기를 듣던 생각이 났다.

"그래요. 그렇지 않아도 저도 제 친구에게 장소는 다르지만 주제는 비슷한 내용의 이야기를 들은 적이 있습니다."

정치수는 자신이 들은 이야기를 오영택에게 해 주었다. 미국 뉴욕에서 발행되는 한글판 주간 신문 썬데이 뉴스지 1997년 11월 첫 주인지 둘째 주인지에 실린 글이었다.

홍길동이 조선에서 뜻을 이룰 수 없음을 알게 되자 부하들을 이끌고 가서 세운 이상국가인 '율도국' 이 '울릉도' 가 아니라 일본 '오키나와' 라는 사실을 주장한 학설을 그에 뒷받침되는 비석 탁본과 함께 싣고 있었다. 단순히 하나의 학설로 치부하기에는 그 주장하는 내용이나 탁본까지 너무 논리 정연하게 정리되어 있어 정설이라는 표현이 옳은 주장이다. 하지만, 중요한 것은 그 학설을 뒷받침 해주는 '스모'에 관한 이야기다.

'스모'는 흔히 일본의 국기라고 불릴 정도로 최고 인기 있는 운동일 뿐만 아니라 그 최고 지위인 와코즈나에 오르면 영웅 이상의 대접과 영예를 한 몸에 받아 누리는 일본식 씨름이라는 것은 다 안다. 그런데 이 스모의 시작이나 혹은 선수들이 공격을 안 하고 멈칫거리면 '교지'라고 불리는 심판은 '핫께요이'라고 외치고 그래도 시원찮으면 '노곳따'라고 경고성 발언을 외친다.

이 어원을 살펴보자. '핫께요이'는 일본식 발음이지만 이것은 우리 함경도 사투리 '하기요' 즉 '어서 하여라'라는 말이고 '노곳따'역시 '놀고 있느냐'라는 말이다. 억지처럼 들릴지 모르지만 글로 쓰지 않고 일본인이 발음하는 것을 들으면 '핫께요이'를 축약하여 빠르게 함으로 '하끼요'로 들린다. 실제 함경도 사투리가 된소리가 많은 것을 감안하면 '하기요'를 함경도 사람이 발음하면 그것 역시 '하끼요'에 가깝다. 두 지방 사람이 글로 표현한 '핫께요이'와 '하기요'를 동시에 발음하면 거의 같이 들린다. '노곳따'역시 마찬가지다.

이런 근거로 볼 때 홍길동이 그 부하들과 함께 오키나와로 건너가 '율도국'을 건설하고 그곳에서 체력 단련을 위하여 씨름을 운동으로 채택하였는데 그것이 약간의 변화를 거쳐 오늘의 '스모'가 되었다는 주장은 상당히 신빙성 있는 것으로 보인다.

약간의 유추를 더하자면 '스모'역시 '씨름'을 그대로 발음하지 못하는 일본인들의 발음상의 문제나 '씨름'이 고어로 전해졌던 것을 유추한다면 우리의 '씨름' 이 '스모' 가 된 것이라는 주장이 분명 억측만은 아닌 것 같다.

어떤 언어가 그곳에 정착했다는 것은 어느 경로든 그곳에 들어와 오랜 세월 뿌리를 내린 것은 당연하다. 그리고 만일 자생된 언어가 아니라 유입된 것이라면 세력을 잡은 누군가가 이 언어를 사용했기에 일반 민중에게 크게 보급될 수 있었다는 것이 일반적 통념이다. 따라서 홍길동이 '율도국' 을 '울릉도' 가 아니라 '오키나와' 에 세우고 '활빈당' 이 그곳을 지배했었다는 것은 거의 확실해 보인다. 그것은 일본의 역사라는 것이 소위 무력으로 우세한 자들이 지배한 역사라는 것을 근거로 볼 때 홍길동과 활빈당의 무예라면 충분히 가능했을 것이다. 언어의 현존이 가장 큰 증거라고 그 친구는 역설을 했었다. 정치수의 이야기를 듣던 오영택은 약간 고무된 표정으로 말을 이었다.

"그렇지 않아도 요즈음 일본의 양심 있는 학자들은 백제 왕조가 일본 왕실의 선조라는 것이 공식적으로 인정되고 난 후 연구들을 활발히 한다고 들었습니다. 역사의 진실을 찾자는 것입니다. 하지만 그렇게 역사적인 진실이 밝혀질수록 극우파들은 오히려 더 난리를 치고 있다는 것입니다. 일본의 역사라는 것이 우리의 역사에서 벗어나고 나면 아무것도 없으니까요.

그러나 그런 것들을 알고 있으면서도 이곳에 살고 있는 우리들은 이렇다 하게 힘을 보탤 수가 없습니다. 물론 모든 조건이 열악하다는 것이 그 첫 번째 핑계죠. 하지만 더 중요한 이유는 지금 우리가 속한 곳이 바로 중화인민공화국이지 대한민국이 아니라는 것입니다. 아무리 나라와 조국을 위해 일을 하고 싶어도 우리의 국적이 중국인 이상 조국을 위해 아무것도 할 수 없다는 것입니다. 그저 학자의 양심으로 한마디 할 수 있을지 모르지만 그렇게 하기까지도 여간 어려운 것이 아닙니다.

동북공정에 반대하는 발언을 했다가는 언제 죽을지, 아니면 아무도 모르는 어느 곳으로 갈지 모르니 그런 용기를 낼 수가 없는 것이지요. 더더욱 요즈음은 몇 년 전부터 추진하는 새로운 공정 때문에 그 감시가 더 심합니다. 전에는 선사시대로 인정했던 하·상·주 세 나라의 창설과 멸망연대를 밝히는 단대공정(斷代工程)을 끝내고 나서 그것에 이어 삼황오제를 역사시대로 인정하려 한다는 것입니다.

그것은 결국 요순시대까지 역사시대로 만들어서 중국 역사를 일만 년으로 끌어 올리려는 것이지요. 그리고 이것을 중국 역사의 근원을 캔다는 의미로 탐원공정(探源工程)이라고 불렀습니다. 이 공정을 시작하기 전까지 중국은 만리장성을 넘은 동쪽 민족은 미개한 민족이라고 치부했습니다. 그래서 동쪽 오랑캐라는 의미로 동이(東夷)라고 부른 기록이 역사에 많이 있지 않습니까? 그런 가운데 억지로 만리장성 동쪽의 국가들을 중국의 변두리 제후국가로 만드는 동북공정을 완성했죠.

그런데 만리장성 동쪽 요동지방에서 황화문명보다 시기적으로도 앞서고 훨씬 발달한 신석기문화가 잇달아 발굴되는 겁니다. 기원전 5500년 문화까지 출토되었어요. 황화문명을 기조로 삼은 자신들의 역사보다 훨씬 발달한 유적들이 나오자 중국은 동북공정이 날조된 것임을 스스로 인정하게 된 겁니다.

당황한 중국은 대책마련에 급급했습니다. 그리고 기껏 내린 결론이 요하 주변의 사해문화와 홍산문화를 자신들 문명의 기본으로 삼자는 것이었습니다. 하지만 요하 일대에서는 빗살무늬토기, 고인돌, 적석총, 비파형동검 등의 유물이 대량 발굴되었죠. 그것들은 한반도에서 주로 발굴되는 유적들로 몽골—요동—한반도로 이어지는 북방문화를 잘 말해주고 있죠.

그런 역사적 사실을 잘 아는 중국인들인지라 역사를 왜곡한 것이 만천하에 드러나게 되자 천벌을 받을 짓을 계획합니다. 내친김에 기왕 역사를 왜곡하려면 확실하게 하자고 결론을 내리는 겁니다. 삼황오제를 역사시대로 인정해서 중국 역사를 일만 년으로 하는 동시에 문명의 근원도 황하가 아닌 요하로 하자는 겁니다. 왜 굳이 역사를 일만 년으로 끌어 올리고 요하문명론을 내세우겠습니까?

당연히 아시리라고 믿지만 남한에서 고조선이라고 부르는 전(前) 조선과 환국의 역사까지 자신들의 것으로 만들려는 속셈입니다. 시대를 가리지 않고 우리나라 역사를 송두리째 자신들의 것으로 만들려는 것입니다. 그렇게 되면 그 역사에 뿌리를 두고 있는 고구려와 대진국 발해의 역사는 저절로 자기네 역사가 되어 동북공정이 완성된다는 속셈이겠죠.

그런데 그게 어디 역사만 가지려고 하는 짓이겠습니까? 지금 자신들이 잠시 차지하고 있는 이 요동 땅을 내놓지 않고 북조선 땅까지 핥아대겠다는 더러운 속내를 드러내 보이는 거지요. 그런데도 말 한마디 못하면서 학자라고 하는 제가 부끄러울 뿐입니다. 다만 일본에 관한 일이라면 전에는 그래도 발언을 할 수 있었는데 그나마도 요즈음은 꺼리는 분위기랍니다."

오영택은 '우리역사바로세우기'에 아무런 기여를 할 수 없다는 것을 안타까워하고 있었다. 그런 오영택을 보면서 정치수는 진심으로 부끄러웠다. 중국은 비록 자신들의 그릇된 야욕을 채우기 위한 것이지만 집요한 노력을 하고 있다. 하지만 우리는 그런 중국에 맞서서 무엇을 하고 있는가? 마음만 먹으면 할 수 있는 환경에 있으면서도 아무도 알아주지 않는 일을 굳이 할 이유가 없다는 생각으로 살아왔던 자신의 지난날들이 부끄러웠다.

비단 자신뿐만이 아니라 그런 사실들을 알고 있으면서도 아무런 행동도 하지 않고 있는 이 나라의 모든 이들을 대신해서 사과하고 싶었다. 특히 소위 사회 지도층이라는 사람들이 잘못한 것을 대신 사과하고 싶었다. 그들이 알면서도 아무런 행동도 안했다면 그것은 역사 앞에 죄를 짓는 일이요, 만일 몰라서 아무 조치도 못하는 거라면 그것은 더 부끄러운 일이다. 하지만 그것이 오영택에게 무슨 위로가 될 수 있다는 말인가? 차라리 행동하고 싶어도 할 수 없는 오영택에게는 자신이 이번 여행에서 들은 이야기를 전해주는 것이 나을 것 같았다.

"오 선생님께서 그렇게 안타까워하시니 편안한 환경이 허락하는 저희들이 아무것도 하지 못해 부끄럽네요. 하지만 그렇게 안타까워하시는 마음을 세상이 알아가고 있는 것 같습니다. 물론 우리 조국이 먼저 해야 할 일이지만 이제 곧 조국도 움직일 것입니다. 흐르는 국제 정세의 파고에 맞추는 것이지요. 제가 이번 여행에서 듣고 느낀 바로는 이미 중국과 일본을 제외한 세상은 바른 역사를 갈구하고 찾아 세우려고 노력한다는 느낌을 받았어요. 제가 이번 여행에서 듣고 느낀 것들을 말씀드리죠."

오영택의 눈동자가 희망에 번쩍이는 것을 보며, 정치수는 이번 여행에서 자기가 겪은 것들을 이야기하기 시작했다. 어쩌면 생의 마지막이 될지도 모르는 여행이라 최대한 구석구석, 갈 수 있는 곳은 모두 가 보기로 했다. 유목민들의 마음의 고향으로 마음속에 살아 움직이는 산, 사냥감이 풍부하여 하늘의 뜻이 임하는 땅이라고 받들어 추앙한다는 몽골인들의 보르칸산, 헨티아이막 북부에도 들렀다. 우리의 가슴속에 영원한 고향으로 자리 잡은 맑고 넓은 물줄기인 '아리수' 역시 돌아보았다. 압록강을 출발하여 또 다른 '아리수'로 옛날에는 우리의 압록강이었으나 지금은 그저 '요하'라 불리는 '랴오허강'과 '흑룡강'을 거쳐 지금 자신의 처지로는 발 딛기가 곤란한, 원초적인 '아리수' 바이칼호 가장 가까운 곳까지 들렀다.

그동안 몇몇 몽골 역사학자들을 만났고 그들을 통해 몽골의 시 왕모라고 일컫는 알랑-고아가 고주몽의 딸이 확실하다는 것을 몇 번이고 확인할 수 있었다. 그리고 그것은 5년 전 자신이 이곳을 방문할 때와는 사뭇 달라진 몽골의 분위기와 경제적 여건 때문인지 몽골인 자신들이 스스로 확인시켜 주었다.

자국의 역사에 대해서 무엇인가 좀 아는 사람들은 하나같이 대한민국 사람이라고 하면 '솔롱고스' 즉 무지개의 나라이며 '고올리' 즉 고려 혹 고구려 사람이라고 부르면서 형제의 나라에서 온 사람이라고 반가워했다. 그들이 정치수를 형제의 나라에서 온 사람이라 하며 반가이 맞은 이유는 단 한 가지였다. 그들이 시 왕모로 추앙하는 알랑-고아라는 몽골 시조 신녀가 바로 고구려 시조인 고주몽의 딸이라는 것이다.

"우리 몽골의 근원이 되시는 분은 시 왕모 알랑-고아입니다. 알랑-고아의 '고아'는 미인이란 의미이고 '알랑'이란 '아랑설화'의 그 '아랑'이라는 말입니다. 그리고 알랑-고아의 아버지는 몽골어로 코릴라르타이-메르겐이라고 하는데 이 뜻은 '코리족의 선사자(善射者)'라는 의미입니다. 이 선사자라는 말은 바로 주몽(朱蒙)을 일컫는 말로 활의 명인이라는 뜻이죠. 다시 말해서 알랑-고아의 아버지는 대한민국의 선조, 고구려를 건국한 고주몽(高朱蒙:코리족의 명궁)입니다. 알랑-고아의 아버지 메르겐은 사냥을 잘하는 사람입니다. 그는 아름다운 여인 바르고진을 아리수에서 만나 알랑-고아를 낳습니다. 메르겐이 바르고진을 만난 원조 아리수는, 지금은 우리들이 마음대로 갈 수 없어 안타까워하는 바이칼호입니다.

그런데 메르겐을 시기하는 사람들이 많았습니다. 메르겐이 사냥을 하지 못하도록 계속 방해하는 무리들이 나타납니다. 물론 그들과 싸울지라도 얼마든지 이길 수 있는 메르겐이었지만 그는 자신을 따르는 사람들은 물론 자신의 동족들이 죽는 것을 원하지 않았습니다. 그래서 메르겐은 사람들을 모아 코릴라르라는 씨족을 만들어 성스러운 산 보르칸으로 이동합니다. 그 알랑-고아의 다섯 아들 가운데 막내가 보돈차르-몽카크이고, 그의 후손 가운데 칸 중의 칸 테무친, 곧 칭기즈칸이 나왔습니다. 결국 칭기즈칸 역시 고주몽의 후손이라 그리도 용맹했던 것입니다."

그리고 그들은 정치수의 이해를 돕기 위하여 설명을 덧붙이는 것을 잊지 않았다.

"우리가 말하는 코릴라르는 코리족(고리족:고리국의 사람)에서 갈라져 나온 부족의 명칭입니다. 바로 이 코릴라르(Khorilar)라는 말에서 고려(Korea:高麗)가 나왔다고 합니다. 그리고 주몽이 코리족에서 일단의 지지 세력을 이끌고 남으로 이동하여 나라를 세운 뒤 국명을 코리의 한 나라임을 나타내기 위해 고(高:으뜸) 구리(Kohri)라고 부른 것이지요."

결국 그들은 지금 현재의 상황이 어떻든 간에 우리 대한민국과 몽골은 고주몽의 후손으로서 형제임이 분명하다고 했다. 비록 자신들은 고주몽의 아들이 아니라 딸의 자손이지만 분명 같은 할아버지의 자손이라는 것이다. 그들은 자신들의 마음속에 영원히 살아있는 시조 칭기즈칸이 알랑-고아의 후손이기에 우리와 같은 조상의 후손이라는 것을 강조했다. 뿐만 아니다. 전 세계 어느 나라 어느 국민보다도 우리 국민과 몽골인들은 너무 닮아서 구분이 안 될 정도이며 언어 역시도 알타이어라서 그런지 많은 유사점을 가지고 있다는 것도 강조했다.

그런 연유로 우리에게는 형제의 나라라는 표현을 아끼지 않는 몽골인들이, 바로 국경을 대고 있는 중국에게 형제의 나라니, 형제니 하는 소리는 하지 않는 것이다.

게다가 정치수가 만난 어느 몽골 학자는 자기 나름대로 한국의 민요인 아리랑을 풀이해서 들려주기조차 했다.

아리랑의 여 주인공은 바로 알랑—고아입니다. 우선 '알랑'의 운율을 위해 '알랑'에 'l'를 첨가 해 '아리랑'이 된 것으로 보면 쉽게 이해가 가죠. '아라리요' 역시 '알랑이요'에서 받침을 빼 보면 '아라리요'가 되니 그것도 그럴듯하지 않습니까? 아시다시피 알랑—고아의 남편 도본—메르겐은 아들 둘을 남겨놓고 죽고 맙니다. 알랑—고아에게는 커다란 충격이 아닐 수 없었죠. 지금처럼 보험이 있는 것도 아니고, 또 몽골이 정착하여 농사를 짓는 농경문화도 아니고 떠돌이 유목민으로 여자 혼자서 두 아들을 키울 것을 생각하면 얼마나 안타까웠겠습니까? 자신을 남겨두고 간 남편이 애가 타도록 그립기도 했지만 조금이나마 원망스럽기도 했을 것입니다.

제가 알기로는 한국에서도 옛 부터 지금까지 먼저 세상을 하직한 장부를 그리며 많은 아녀자들이 사모곡을 노래했습니다. 그러나 그것은 장부를 그리며 당사자가 노래한 것도 있지만 많은 경우 그 애틋한 사연을 전해들은 당대나 후대 시인들이 그 사연을 담아 대신 노래 한 경우도 많습니다. 마찬가지 맥락에서 알랑-고아가 직접 부른 사모곡이라고 할 수도 있겠지만 애가 타는 알랑 고아의 심정을 누가 대신 노래해 주었다고 볼 수도 있는 것이죠. 여기서는 이 노래가 알랑-고아 자신이 직접 노래했느냐, 또 당대에 어떤 시인이 대신 노래를 해 주었는지 또는 후대에 그 심정을 읊어 준 것인지는 중요하지 않습니다. 다만 중요한 것은 왜 아리랑의 주인공을 알랑-고아라 했는지가 중요한 것입니다. 우선 노랫말 적인 관점에서 이렇게 한번 생각해 봅시다.

원래의 뜻	노랫말
(나는) 알랑이요 알랑이요 알랑이요, 알랑을 두고 간다. 나를 버리고 가시는 님은 십리도 못가서 발병난다.	아리랑 아리랑 아라리요, 아리랑고개를 넘어 간다. 나를 버리고 가시는 님은 십리도 못가서 발병난다.

알랑을 두고 가는 것을 알랑이라는 고개를 넘어간다고 표현했다면 더 멋진 표현 아니겠습니까? 자신은 보내기 싫어 자신이 고개가 되어 막았는데도 자신을 넘어가 버렸다. 가신 님 보내기가 얼마나 안타까우면 그런 표현을 썼을까요? 또

나를 버리고 가면 십리도 못가서 발병이 난다고 하였습니다. 이것은 가시는 님에게 발병이 나서 두고두고 고생을 하라는 뜻이 아니었습니다. 십리도 못가서 발병이 나면 더 못 갈 터이니 내가 가서 모셔 오리라는 뜻으로 제발 가지 말아 달라는 바람의 표현이었죠. 또 당대나 지금이나 저희 몽골족은 유목민이니 발병이 나면 이동을 못하는 것을 뜻함으로 발병은 매우 위중한 병이었을 것입니다.

뿐만 아니라 발병이 난 당사자도 문제지만 가족 중 하나가 발병이 났다고 그 사람은 버리고 나머지 가족만 이동할 수도 없는 노릇이고 보니 어떤 사람, 특히 가족 중 가장이 발병이 난다는 것은 온 가족이 걱정하고 고통스러워해야 할 정말 큰 일이 아닐 수 없었을 것입니다. 당신이 나를 버리고 떠난다는 것은 바로 그렇게 큰 고통이 따르는 것이라는 애절한 표현이었던 것이죠.

다음은 역사적 관점에서 봅시다. 얼핏 아리랑의 주인공이 알랑-고아라고 하면 그럼 대한민국 민요가 아니라는 것이고 몽골 민요라고 하는 것이냐고 반박할 수도 있습니다. 그러나 그것은 한 가지만 알고 두 가지는 모르는 소리입니다. 몽골 시조모인 알랑-고아가 바로 고주몽의 딸이라는 것은 이미 정설처럼 굳어가고 있는 것이 현실입니다. 알랑-고아가 고구려를 건국한 고주몽의 딸이라는 것은 우리 몽골 사람들은 물론 한국에서도 이미 많은 학자들이 인정하는 것입니다. 이것은 또한 단순한 설화가 아니라 두 나라 사람들은 닮았다고만 하기에는 부족할 만큼 너무 똑같이 생겼을 뿐만 아니라 유전자적으로도 거의 일치한다고 합니다. 두 나라 사람들이 모두 태어날 때 엉덩이에 표식처럼 가지고 태어나는 반점만 보아도 알 수 있습니다.

그 반점은 전 세계 50억 인구 중 우리 몽골인들과 대한민국에 살고 있는 한민족, 그리고 인디언들에게 밖에 나타나지 않는 것 아닙니까? 그런 관점에서 보면 고주몽의 딸로서 아들 유리왕이 적통을 잇자 몽골족으로 분리해 나간 알랑—고아를 아쉬워하던 고구려의 충신이자 시인이, 그 와중에 신랑을 잃고 혼자 살게 된 알랑—고아를 안타까워하며 노래한 것이라 추측해 보는 것도 가능할 겁니다.

또 아리랑의 역사가 흔히 짐작하는 연대보다 훨씬 이전 즉, 고구려가 B.C 37년에 건국되고 유리왕이 B.C 19년에 취임했으니 그것을 기준으로 볼 때, 기원전부터 불러 내려온 노래라고 한다면 그 또한 심한 억측일까요?

이야기를 들으면서 정치수는 새삼 자신에게 요동의 진짜 주인이 우리나라라는 이야기를 해 준 학자가 생각났다. 몽골인들과 같은 조상인 고주몽의 후손인 대한민국. 그렇다면 이미 요동 땅의 역사를 아는 사람들은 모두가 고주몽의 후예가 대한민국이니 요동은 대한민국 땅이라는 것을 인정하고 있었다. 다만 중국만 거부할 뿐이다.

친한 친구이자 동료인 김영환은 10년 전인 1997년 그가 죽기 전에 틈만 나면 고구려에 대한 이야기를 마치 향수처럼 풀어 놓으며, 고구려 땅이 우리 땅이니 우리가 반드시 그 땅을 차지해야 한다고 이야기 했었다. 그리고 지금 총칼을 들고 들어 갈 것도 아니니 먼저 자리를 차지하고 앉아야 한다고 했다. 그때만 해도 정치수는 김영환이 주장하는 것이 일리는 있는 말이지만 이루어지기 어려운 주장이라고 생각했다.

그러나 지금은 아니다. 김영환의 그 주장은 확실한 것이고 또 반드시 이루어져야 하는 일들이다. 그래서 지금 자신은 자칫 자신의 마음에서 흐트러질 수 있는 일에 대한 각오를 다지려고 이번 여행을 하면서 김영환과 대화를 했던 것이 아닌가?

정치수는 문득, 축제를 즐기는 군중들 틈 사이로 어렴풋이 다가오고 있는 김영환을 만나고 있었다.

#15_정치수의 부활

　이튿날 정치수는 백두산에 오르기로 했던 자신의 계획을 수정하여 그냥 길림성의 려인당으로 향했다. 그동안 려인당에 머무르면서 여러 번 백두산에 올랐던 이유도 있다. 하지만 그보다 마치 길림에 무슨 일이 있을 것 같은 불안한 마음이 자꾸 들어서 빨리 돌아가 봐야 할 것 같아서였다.

　정치수가 서둘러 돌아온 길림성에는 주원모가 와 있었다. 그를 만나면서 정치수는 이제 귀국할 때가 되었다는 것을 느낄 수 있었다. 그것은 무슨 대화를 해서가 아니다. 싱글벙글 웃고 있는 주원모의 얼굴에 그렇게 쓰여 있었다.

　"상무님, 이제 귀국을 하셔야 할 때가 되었습니다. 드디어 우리가 기다리던 물건이 성공하였답니다. 그리고 그 성능은 아마 지름 30m 안의 것들은 모조리 쓸어버릴 수 있을 것이랍니다. 높이로는 최소한 20층 건물은 흔적도 남지 않을 것이고요."

　"정말 어려운 일을 그 친구 해냈군. 사실 부탁을 해 놓고도 긴가민가했는데 말이야. 물건이 나왔다면 당연히 귀국을 서둘러야겠군. 어쩐지 백두산에 오르기로 했던 계획을 취소할 정도로 무슨 일이 있을 것 같더니만 정말 잘된 일이야."

　정치수는 귀국을 서둘러야겠다는 말과 함께 6년 전으로 돌아가고 있었다. 자신을 장례 지내게 하라는 지시를 내리고 난 후 정치수는 3년 동안 아무도 만나지 않았다. 오로지 려인당에서 건강을 회복하며 자신의 몸만들기에 전념했다. 다행이라면 다행인 것은 총 맞은 자리가, 비록 관통되었다고 하지만 1년이 지나면서 완전히 회복되어 새 살까지 돋아나는 바람에 상처 문제로는 더 이상 고민을 하지 않아도 되었다.

문제는 자신이 무엇을 어떻게 해야 되는 지를 가늠할 수가 없었다. 그래서 단지 유태진이 하는 일을 도와주면서 그에게 침술은 물론 처방하는 방법을 배우며 시간을 보내다가 결국 무술을 배워 체력 단련까지 했다. 그러나 날이 갈수록 자신이 이렇게 숨어 산다는 것은 결국 목숨이나 연명하기 위해서 살아 있다는 것과 다를 것이 하나도 없다는 생각이 들었다. 여러 가지로 방법을 모색하던 중 3년이 지난 후에 비로소 주원모가 중국 출장을 오게 될 때 한번 만나게 해 달라고 했다. 그리고 주원모를 만나서 심상돈 이야기를 꺼냈다.

"그러니까 이 이야기를 심상돈에게 해 주고 도움을 받게나."

"상무님 장례식에까지 다녀갔는데 상당히 놀랄 겁니다."

"물론 그렇겠지. 하지만 이것이 정부에서 공식적으로 하는 일도 아니고 심상돈 역시 자신이 드러내 놓고 할 수 없을 지도 모르는데 그렇게 쉽게 끝날 일은 아니야. 더더욱 누가 보아도 테러를 하기 위해서 만드는 폭탄인데 아무리 신무기 연구하는 일을 하고 있다고 해도 그리 쉽게 만들지는 못할 걸세. 여러 가지 조건을 갖추기 위한 시간만 해도 1~2년은 그냥 소비할 수 있을 거야.

비록 우리나라 무기 제조 기술이 좋다고는 하지만 여러 가지 조건을 갖춰야 하는데다가 운반상의 문제까지 고려한다면 시험에서 완성까지 2~3년은 소비될 것이고. 하니까 앞으로 5~6년을 기다려야 제대로 생긴 물건이 나올 수 있겠지.

하지만 아무리 생각해도 이 방법 밖에는 더 이상의 방법이 없으니까 자네가 심상돈을 만나서 이 이야기를 하고 내가 협조를 구하는 것이라고 이야기를 하게나. 물론 내가 전하는 영상 편지도 보여주면 더 믿음이 갈 것이야. 그리고 그 친구 아마 거절은 하지 않을 걸세. 자네도 알다시피 심상돈에게는 김영환이 생명의 은인인데다가 그 역시 김영환처럼 민족의식이 투철한 친구잖아. 영환이 원수도 갚고 조국을 위한 일이니."

정치수는 주원모의 캠코더에 직접 영상을 녹화했다.

"심상돈 후배, 이 영상 편지를 보면서 아마 무슨 도깨비장난을 보는 것 같을 수도 있을 것이네. 하지만 이것이 진실일세. 이미 주원모 부장에게 이야기를 들었겠지만 지금 우리는 일본의 극우 조직인 안산회와 중국 청나라의 잔재들이 만든 소수 민족주의자들의 극우 조직인 청맥회가 맺은 밀약 아래서 어쩔 수 없는 고통을 당하고 있는 중이네. 그들은 자신들만의 논리를 내세워 우리를 괴롭히고 있는 것이지.

안산회는 우리 회사, 특히 그중에 나를 이용해서 자신들의 중국 진출 꿈을 손쉽게 이루려고 하고 있다네. 우선 우리 회사를 지원해서 중국 진출을 성공적으로 끝내면 자신들이 그 모든 것을 송두리째 집어 삼켜서, 손 하나 대지 않고 중국에 진출하려던 것이었네. 그런데 김영환이 그 계획을 눈치 채고 마침 중국의 상권으로 진입하려던 미국의 록펠러와 손을 잡고 자신들을 배제할 계획을 세움으로써 계획에 차질이 생기자 김영환을 죽이고 나를 내세운 것인데, 나 역시 그들의 음모를 알아차리고 김영환이 추진하던 록펠러와의 계획에 동참하자 나까지 죽이려고 했던 것이네. 다행히 나는 죽지 않고 살아서 이렇게 새로운 계획을 세워 그들에게 복수를 하려고 하는 것이니 도와주게나.

그리고 청맥회는 우리와 직접 관계는 없다고 할 수도 있어. 하지만 사실은 고구려가 중국 역사라고 우기는 프로젝트를 만드는 주역이 바로 저들일세. 그들이 고구려 땅을 우리나라에 내 주면 자신들은 영원히 설 자리가 없다는 것을 알고 있거든. 중국이 다시 갈라지는 날에는 자신들은 만주라 일컫는 요동 땅을 차지해야 그나마 청나라를 다시 재건할 수 있다는 생각으로 안산회와 비밀리에 약속을 한 거지. 만일 일본이 독도 영유권을 비롯한 우리나라와의 여러 가지 분쟁을 시작한다면 자신들은 자신들의 중국내 조직을 동원해서 일본을 지원하거나 상황이 여의치 않으면 최소한 중국내에서는 언급을 하지 않게 한다는 거지.

그리고 그 반대급부로 안산회가 중국이 갈라져서 소수 민족들이 각기 자기네 땅이라고 주장하는 영역을 차지하고 여러 나라로 갈라질 때, 만주라 불리는 요동에는 청나라 후손들이 자리를 잡도록 일본 정부를 움직여서 적극 지지해 준다는 밀약을 맺은 것이네. 그뿐만이 아닐세. 그들은 자신들의 조직에 이익을 남기기 위해서도 밀약을 맺었지.

1. 안산회가 중국 상권의 일부를 지배하기 위해서 한국 회사를 이용하여 들어오면 일단은 그것을 묵인한다.

2. 어느 한 순간에 청맥회 조직을 이용해서 중국에 진출한 한국 회사를 스스로 자멸시켜 그 회사가 안산회의 수중에 떨어질 수 있도록 도와준다.

3. 청맥회가 일정 지분을 나누어 받는다.

그렇게 계획하고 물망에 올려 직업을 추진하던 그 한국 회사가 바로 삼오통상이었네. 그런데 삼오통상이 안산회가 아니라 미국의 기업과 손을 잡았다네. 아무리 청맥회 인맥이라고 하지만 만만한 한국의 회사라면 몰라도 상대가 미국 회사가 되면 건드리기 힘든데 그 둘이 손을 잡은 것이라네. 그러니 안산회로서는 청맥회 앞에서 개망신을 당한 꼴이 된 것이지. 한국회사를 떡 주무르듯이 할 것처럼 장담해 놓았는데 그들이 자신들을 배제하고 미국 회사를 택한 것이네. 시작하자마자 등덜미를 물렸으니 청맥회 입장에서는 안산회가 얼마나 우스워 보였으며 그런 안산회를 어찌 믿을 수 있느냐는 생각까지 들지 않았겠나?

개망신을 당한 안산회로서는 삼오통상이 자신에게 등을 돌리는 주역을 수행한 내게 총부리를 겨누고도 남을 정도로 화가 났겠지. 김영환이 이 계획을 시행하는 것을 알고 그의 가슴에 총탄을 꽂았듯이 말일세. 그렇다면 내가 죽어주는 것이 나는 물론 우리 회사를 위해서도 우선은 좋은 일이 되겠다는 생각으로 스스로 나를 죽인 것이네.

그러나 이제 다시 살아나야 되겠네. 지금쯤이면 이미 나는 죽었다고 생각한 저들이 무언가 새로운 계획을 세워 그것을 시작하려고 꿈틀거릴 때라는 생각이네. 하지만 섣부르게 나서겠다는 것은 아니고 이제 내가 살아 있다는 것을 우선 저들에게 알리고 난 후 나 나름대로 계획을 짜서 움직일 것이네. 다만 자네는 이 편지를 가지고 찾아가서 도움을 청하는 우리 주원모 부장의 청을 들어 준다면 내가 천군만마를 얻는 기분으로 일을 할 수 있을 것이네. 물론 자네의 도움이 없다면 이 계획은 처음부터 다시 시작해야 할 것이네. 비록 시작은 나 개인의 것일지 모르지만 결국 그것은 영환이의 죽음에 대한 복수도 되는 것이고 종국에는 나라를 위한 결과가 될 것이니 부디 부탁을 들어 주기 바라네."

녹화된 정치수의 영상편지를 들고 주원모가 심상돈을 만났을 때 심상돈은 처음에는 놀라서 아무 말도 못했다.

"있을 수 없는 일을 또 만납니다. 하지만 엄연한 사실이라는 것이 더 놀랍고요. 도대체 이 이야기가 어디에서 끝이 날지는 모르지만 왜 이렇게 어려운 삶을 살아야 하는 민족으로 태어났는지 모르겠습니다. 좋습니다. 제가 하는 일이 단순히 선배님께 도움이 되는 일이라고 해도 도와 드려야 할 판인데 김영환 선배님의 복수도 할 수 있는 일이고 종국에는 나라에 도움이 되는 일이라고 하니 해 보겠습니다.

그러나 아마 시간은 상당히 걸릴 겁니다. 이 일을 다른 사람에게 맡길 수도 없는 것이고 그렇다고 지금 제게 부여된 일을 마치지 않고 시작할 수도 없는 것은 물론 이런 무기를 개발해 보겠노라고 사업승인을 얻어서 정식으로 해야지 숨어서는 할 수 없습니다. 시험을 하지 않아도 된다면야 자리 내놓고 처벌당할 각오하고 슬쩍 어찌 해본다고 할 수도 있지만 그렇게 할 수도 없는 일이니까요. 이런 무기라면 사업승인은 받을 수 있을 겁니다. 하지만 개발에 성공을 해도 이런 무기를 하나 몰래 만들어가지고 나올 수 있다는 보장이 없습니다. 어느 정도 확신이 든 후에 시험용으로 두개를 만들어 어찌한다면 몰라도. 어쨌든 사업승인에 개발에, 성공하는 것까지 몇 년이 걸릴 수도 있습니다. 절대 서두르시면 안 되는 일이라고 전해 주세요."

이야기를 전해 들었을 때 그것은 이미 정치수도 예상을 하고 있던 일이었다. 다만 자신은 시간이 걸릴 것이라는 것은 예상하고 있지만 그런 무기가 자신의 손에 쥐어지기 전에 다나하시 신야가 죽지 않을까 하는 것이 걱정이 될 뿐이었다.

물론 다나하시 신야가 죽는 것이 안산회의 존립에는 전혀 큰 영향을 주지는 않는다. 하지만 정치수 자신이 다나하시 신야를 만나기 위해서 일본을 찾는 것과 그렇지 않고 다른 사람을 만나기 위해서 일본을 찾는 것은 차이가 많다. 만일 정치수가 자신의 지난날을 뉘우쳐서 다나하시 신야에게 항복을 하러 간다고 하면 다나하시 신야는 안산회 모든 핵심 멤버들을 한 자리에 모을 것이다. 자신의 아들이 이렇게 항복을 하고 들어온다고 과시하기 위해서라도 그럴 것이다. 그리고 정치수는 그 기회를 이용해서 자신이 하고자 하는 일을 한꺼번에 끝낼 수 있다. 하지만 만나는 상대가 바뀌면 그 조직은 정치수를 만나는 의미를 잃을 수도 있어, 일시에 붕괴시키는 것이 힘들 수도 있다.

정치수는 그 소식을 전해 들으며 다나하시 신야가 오래 살기만을 바랐다. 그로부터 1년여가 지난, 그러니까 정치수 자신을 제사 지낸지 5년째가 되던 해였다. 회사 일을 포함해서 정치수와의 유일한 연결통로인 까닭에 중국을 자주 다닐 수밖에 없던 주원모가 출장을 와서 전해 준 소식은 심상돈이 사업승인을 받아 본격적으로 개발을 시작했다는 것이었다. 그리고 일단 무기를 개발하는 것은 어렵지 않은데 그 성능과 정확성을 테스트하려면 시간이 걸린다는 이야기를 다시 전해 온 것이다. 정치수는 자신이 입국할 시기가 왔다는 것을 느꼈다. 죽은 지 5년 만에 주원모를 통해 회장님에게 귀국할 뜻을 정했고, 일단은 거처를 경기도 가평의 한 전원주택으로 정한 뒤 귀국했다.

물론 지난 5년 동안 정치수가 길림성에서 은둔 생활만 한 것은 아니다. 길림성에 또 하나의 공장을 세웠을 뿐만 아니라, 다시 한 번 록펠러와 합작한 다국적 기업으로 동남아 유통망을 탄탄히 구축하는데 크게 기여했다. 삼오통상이 등을 돌리자 안산회는 한국의 소기업 두 곳을 선택해서 막대한 투자로 탄탄히 자리 잡게 한 뒤, 길림성에 한국기업 명의로 현지 공장을 세웠다.

려인당의 정보망을 통해 정보를 입수한 정치수가 주원모에게 지시하여 두 기업을 자신들과의 거래로 유도를 함으로써 안산회의 그늘에서 벗어 날 수 있도록 했다. 안산회가 그 곳에 여차하면 자신들의 발주를 끊어 버린다고 으름장을 놓을 때, 삼오통상이 탄탄한 유통망을 바탕으로 그 두 공장에서 생산되는 물량을 소화해주면서 안산회의 으름장이 의미를 잃게 만든 것이엇다.

그런 정치수의 능력과 끈질긴 호흡을 회장은 인정하였고, 정치수가 귀국을 한다고 하자 당연히 까닭이 있을 것이라고 하면서 무조건 정치수의 의견을 존중해 주라고 지시했다. 그리고 정치수가 귀국을 하고 며칠 지나서 정치수와 이건용 회장, 백진철 사장은 물론 주원모와 심상돈이 한자리에 모였다.

"그럼 이제 제가 나서야겠습니다."

정치수가 나선다고 하자 회장은 깜짝 놀랐다.

"자네가? 만일 자네가 나섰다가 일은커녕 다치기라도 한다면 아무 일도 안 되지 않나? 이제는 일본 쪽도 자네의 생사에는 관심도 없는 것 같으니 자네는 그냥 집에서 처와 중식이와 지내면서 후면에서 조정하는 것이 낳지 않겠나?"

이건용 회장은 일도 중요하지만 정치수를 더 걱정했다.

"아닙니다. 가만히 생각해 보면 저들은 제게 겁만 주려고 했는지도 몰라요. 그래서 저희가 더 이상 자신들의 일을 방해하지 못하게 하는 선에서 일을 마무리 짓고 새로운 음모의 파트너를 찾으려 한 것인지도 모릅니다. 그 결과로 제가 길림에 있을 때 우리 업체 두 곳을 만날 수 있었던 것이고요. 더 자세한 것은 제가 전면에 다시 나타나면 알 수 있겠지만 저들은 저를 죽이지는 않을 겁니다. 더 더욱 제 아내나 중식이는요."

정치수는 자신이 나설지라도 저들이 결코 자신에게 해를 끼치지 못할 것이라는 것을 알고 있었다. 설령 자신은 몰라도 자신의 아들이나 아내에게는 더더욱 그럴 것이다. 정치수는 왜 자신이 나서야 하는지를 말하기 시작했다.

"이미 들어서 아시겠지만 제 출생과 성장, 그리고 저를 둘러싼 이야기들이 오늘 이 자리를 만들게 한 것이 사실입니다. 하지만 제가 려인당의 정보망을 이용해 파악한 바에 의하면 안산회에는 이제 저나 삼오통상 같은 것은 그리 중요하지가 않습니다. 그들은 이제 삼오통상 특히 그중에 저를 이용해서 이루려던 자신들의 목적을 다른 라인을 이용해서 이루기 위해서 끊임없이 노력하고 있다고 합니다.

거두절미하고 이 자리에서 여러분들이 가장 중요하고 궁금하게 생각하는 것을 말씀드리겠습니다. 5년 동안 제가 각고의 은둔 생활을 하면서 수집한 정보에 의하면 안산회는 이제 독도 문제를 수면 위로 끌어 올리려고 하고 있습니다. 이제껏 물밑 작업을 아예 수면 위로 끌어 올리겠다는 것이죠. 저를 로비스트로 내세우는 것을 포기한 후 적당한 다른 로비스트를 찾고 있다고 합니다. 안산회는 우선 무엇보다 시급한 것이 독도를 차지해야 한다고 일본 정부를 압박하는 것입니다.

아니, 정확히 말을 하자면 독도가 자기네 땅이라고 우기는 것은 일종의 쇼입니다. 영유권 문제는 일본 정부를 앞세워 그 표면에 깔아놓고 자신들은 독도 근해의 지하자원 개발권을 얻자는 것이 목적입니다. 정부끼리는 마치 독도가 국제 분쟁지역으로 몰릴 것처럼 협박해 가면서, 이면으로 독도 근해 개발을 한일 공동으로 한다며 구렁이 담 넘듯이 목적을 이루자는 겁니다.

비록 무자비한 양아치들이라지만 그네들은 결코 무식하다고만 할 수는 없습니다. 정신적으로 결핍된 극우주의자라 그렇지 그들도 엄연한 기업가입니다. 자기네 일본만이 아시아의 유일한 지도자 국가이어야 한다는 사상을 갖게 된 여러 가지 이유 중의 하나는 바로 자신들의 기업이 아시아의 여러 가지 이권 사업을 손아귀에 넣겠다는 얄팍한 술책입니다. 그들은 총리가 신사참배를 하도록 만들어 2차대전 종전 때까지 지배했던, 동남아 지배에 대한 향수를 일본 전역에 확장시킴으로써 자신들의 극우주의를 정당화시키고 있습니다. 또한 그들은 '아다라시' 즉, 새로운 교과서라고 부르는 극우주의 왜곡된 역사 교과서를 각 학교가 채택하게 함으로써 일본이 아시아를 정복해야 한다는 야욕의 도장으로 만들고 있습니다. 아시아 정복의 꿈만 살아난다면 자신들이 저버린 윤리와 도덕은 시나브로 희석되어지고 아시아 곳곳에 일장기를 꽂는 순간 저절로 국민들의 칭송을 받고, 그와 함께 자신들의 기업도 무럭무럭 성장할 것이라며 자신들끼리 합리화시키고 있는 것입니다.

그뿐 아닙니다. 그들은 차기 일본 총리가 누가 되었든 마음에 들지 않으면 일거에 정치자금은 물론 모든 지원을 일시에 끊음으로써 총리를 무력화시킬 것입니다. 이미 그들의 조직은 법을 초월하는 한계까지 와 있습니다.

물론 청맥회는 성격이 조금 다릅니다. 그들은 현재의 중국이 반드시 몇 개의 나라로 나누어 질 것인데 그때 전 국민의 1%도 안 되는 만주족이 중국 중원을 지배했던, 옛 청나라의 영예를 누려보겠다는 민족주의자로 구성된 단체인데 이들의 만주국 건설에 제일 장애가 되는 것을 조선족으로 여기고 있습니다.

새로운 나라가 생기면 지금 상황으로도 요동 땅에서는 조선족이 강세를 보이는데 대한민국의 기업들이 대거 진출하고 고구려와 대진국 발해의 역사를 들고 나와 정통성을 따지고 든다면 자신들이 요동 땅을 지배할 수 없다는 것을 누구보다 잘 알고 있는 것입니다. 막강한 힘을 가진 그들은 결국 중국 정부를 움직여 동북공정이라는 사업을 시작한 것입니다.

중국이 동북공정을 시작하자 그 배후세력이 누구인가를 알아내기 위해서 안산회는 총력을 기울였습니다. 바로 그 동북공정이야 말로 중국이 대한민국의 역사를 허물어뜨리고 대한민국의 자존을 침해하려는 것임을 쉽게 간파했기 때문입니다. 안산회로서는 그 배후 세력을 알아내고 그들과 손을 잡으면 자신들이 일을 도모하기가 훨씬 쉽다는 것을 단숨에 알았습니다.

안산회는 중국 동북공정의 진의가 바로 통일 대한민국을 겨냥한 것이라는 것을 알았습니다. 지금 그들이 고구려를 자기네 역사라고 우기는 진의를 알아낸 것입니다. 한반도가 통일이 되는 그날이 오면 반드시 대한민국이 역사바로세우기에 들어갈 것이고 그렇게 되면 당연히 고구려 역사를 들고 나와 요동 땅의 영유권을 주장할 것이 빤한 이치거든요. 그 때 고구려 역사가 자기네 역사라고 왜곡해 놓은 것을 중국은 카드로 내 놓는 것입니다.

그래서 지금의 북한 땅까지가 고구려 땅이었으니 그곳까지 껄떡거리겠죠. 그러다가 자신들은 요동에 머물고 말 것이니 대한민국도 더 이상 요동 땅에 대한 미련을 버리라고 중재안을 내세울 겁니다. 그런 중국의 생각을 알아내고 그 배후 세력이 청맥회라는 것을 알게 된 안산회가 밀약을 제기한 것입니다.

대한민국 기업들이 요동 땅에 진출을 하더라도 자신들이 투자해 놓은 자본을 휘둘러 만주국을 세우는데 방해가 되지 않게 하겠다는 것입니다. 또 요동 땅의 영유권과 고구려사는 물론 발해사에 대해 일본 정부가 관여하지 않도록 힘을 쓰겠다는 것입니다. 그 대가로 독도 문제에 관해서 중국 정부도 함구하도록 해 달라는 것이 그들의 밀약이었는데 서로 맞아떨어진 겁니다."

정치수는 여기까지 이야기한 후 지그시 눈을 감았다. 만감이 교차하리라. 모두가 그런 생각을 하고 있기에 정치수가 다시 입을 열 때까지 누구 하나 자세를 흐트리거나 말을 꺼내지 않았다.

"제가 먼저 안산회와 청맥회의 밀약을 말한 것은 우선 그것을 알아야 판단에 도움이 되리라 생각해서입니다. 그동안 꽤 오랜 세월을 저 자신과 싸우며 알아낸 것을 전부 말씀 드리자면 한이 없겠으니 우선 안산회와 청맥회의 노선이나 배경은 여기까지만 하고 나머지는 차츰 이야기하기로 하겠습니다."

정치수는 숨을 고르듯이 자신이 그동안 유태진의 려인당에서 기숙하며, 일을 도와주며 의술도 배우고 또 유태진의 뛰어난 무예를 전수한 일들을 크게 비중두지 않고 가볍게 이야기했다. 다만 5년이라는 긴 세월 동안 깨달은 것 중 가장 큰 것이 바로 그리움이라는 것이 얼마나 무서운 것인가를 알았다고 하는 대목에서는 눈물이 고여 눈을 반짝이게 했다.

아내와 자식에 대한 그리움, 친지와 친구에 대한 그리움, 회사와 동료에 대한 그리움 그러나 무엇보다 그리웠던 것은 이 넓은 요동 땅을 활개치고 다니는 삼오통상의 정치수가 가장 그리웠는데 예기치도 못했던 일로 길림의 려인당 테두리 안에서 5년을 보내노라니 자신이 살아있다는 그 자체가 믿기지 않을 정도로 답답했다. 그 답답함은 자신이 열심히 일하던 옛 모습을 그리워하게 하였으며, 그 그리움이 사무치다 못해 이정도 은둔했으면 되지 않았나 생각하고 밖으로 나가고도 싶었다.

하지만 자신의 은둔이 목숨을 건지기 위한 단순한 은둔이 아니라 무언가 꼭 하기 위해서 필연적으로 겪는 은둔의 시간이라며 일을 준비하기 위한 기간으로 생각하고 더 열심히 의술을 익히고 체력을 단련하고 무예를 익혀야 한다고 자신을 타일렀다는 것이다. 대입시험을 준비하는 학생도 최소한 12년은 자신을 버리는데 나는 이것도 못 참는가를 수없이 반문하며, 일에 대한 그리움은 바로 이것도 일이라고 자신을 토닥거리며 더 열심히 배워야 한다고 스스로를 달랬다고 했다.

"회장님, 그들은 제가 머리를 조아리고 다시 나타나면 저를 죽이거나 해치기보다는 저를 이용해서 무언가 일을 꾸미는데 더 신경을 쓸 겁니다. 그 이유는 이미 아시다시피 그들이 우리 회사를 택한 이유가 우연한 것이 아니라는 것입니다."

"물론 나도 알지. 하지만 지금도 나는 지금까지 우리 앞에서 벌어진 모든 일들이 그런 치밀한 계획 하에 꾸며지고 있는 것이라고는 전혀 실감 나지를 않는다는 것이 솔직한 심정이네. 우리가 내 조국을 재침략하는 그들의 도구가 되었다는 것을 인정하고 싶지 않다는 말이지. 그렇게 치밀한 계획으로 우리 회사에 접근했고 또 우리 회사 내부에 유순명이 같은 프락치까지 만들다니…… 결국 김영환은 이런 그들의 음모를 눈치 챈 까닭에 죽은 것 아닌가? 그럼 왜 그것을 죽기 전에 얘기하지 않았지?"

이건용 회장은 김영환의 죽음이 다시 한 번 안타까움으로 떠오르며 부하만도 못한 자신을 질책하고 있었다. "아마 영환이는 회사 내에 누군가가 다나하시의 프락치 노릇을 한다는 것 까지 알고 그게 누군가를 찾는 중이었을 겁니다. 그래서 아무도 못 믿으니 섣불리 얘기할 수가 없어 심지어는 저에게까지 말을 못하고 우회적 암시만 던져주고 떠난 것 같습니다."

"우회적 암시?"

정치수의 말에 회장이 의문의 꼬리를 달았다.

"네. 이대로 일본 놈들 따까리 노릇만 하다가는 모조리 잃어버리게 될 거라고 늘 입버릇처럼 이야기했습니다. 우리 자체가 홀로서야 한다고 했던 그것들이 이미 다나하시의 모든 속셈을 눈치채고 있던 것 같습니다. 또 종국에는 록펠러에게, 자신이 무슨 일을 당하거나 하면 나를 자기처럼 믿어도 좋다는 말을 남긴 것만 보아도 영환이는 이미 자신의 위험까지 알고 있었는지도 모릅니다. 다만 영환이는 안산회 같은 거대한 조직까지는 몰랐고 다나하시의 경제적 욕심에서 벌어지는 일들로 봤던 듯 하구요."

회장은 고개를 끄덕였다.

"그래? 그렇다면 내가 잘나서 이렇게 삼오를 일궜다고 생각한 게 정말 부끄럽구만. 우리 사우들이 열심히 일해 준 것도 물론 있겠지만 그보다는 쪽발이들의 야욕도 모르고 있던 내가 마냥 부끄럽기만 하구먼. 좋네. 내가 도와줄 것은 무엇이든 말하게. 내 사재를 전부 털어서라도 기꺼이 돕겠네. 그리고 혹시 필요한 일이 있으면 시켜주게. 목숨을 담보라도 해야 할 일이라면 내 그리 함세."

회장은 정말 자신이 부끄러웠다. 비록 잘못된 충정이나마 쪽발이들은 자기네 나라를 위해서 그렇게 치밀한 계획을 세우고 사업을 하는데 자신은 아무것도 모른 채 돈 버는 일만 해온 것이 부끄러웠다. 비록 떳떳이 돈을 벌었다고는 하지만 도대체 아무 생각도 없이 당장 돈을 벌 수 있는 일에 만족해하던 지난날들이 부끄러웠다.

회장은 이제라도 늦지 않았으니 자신이 할 수 있는 일이라면 기꺼이 정치수를 도우리라고 생각하자 문득 김영환이 떠올랐다. 그런 전후 사정을 감지하고 일본의 손에 놀아나지 말고 홀로서기를 해야 한다고 아무도 알아주지 않는 외침을 하면서 얼마나 나를 원망했을까?

일본 사람들은 기업을 하면서도 사전에 그런 치밀한 조직을 갖추는데 나는 정작 기업을 한다면서 역사바로세우기운동 하나에도 참여하지 못했으니 그런 내가 얼마나 가련해 보이고 돈만 아는 수전노처럼 보였을까? 그리고 그 말을 해 보았자 아무도 믿지 않을 테니까 스스로 자작시를 지어 그렇게 외쳤건만 듣는 이 없이 허공을 메아리 칠 때 얼마나 허무했을까?

비록 김영환의 말년이었다고는 하지만 김영환의 의견을 받아들여 준 것이 그나마 조금은 위안이 되었다. 물론 그 일로 인해 김영환은 죽었고 정치수까지 총에 맞아 죽다가 살아났다. 하지만 그 모든 것은 김영환이 그렇게 하고 싶었던 일을 한 것이니, 차라리 그 일들을 안 하고 살아 있는 것보다는 하다가 죽은 것이 행복할 것이라고 스스로를 위로해 보았다. 회장은 진심으로 김영환의 넋과 살아있는 정치수 앞에서 자꾸만 작아지는 자신을 보았다.

#16_반격의 시작

　정치수는 5년 동안의 려인당 은둔생활을 마치고 귀국하여 가평에 거처를 정하고 회장, 심상돈 등과 이야기를 나눈 며칠 후, 직접 다나하시 신야에게 전화를 걸었다.

　"저 정치수입니다. 회장님께서 보내주신 선물을 제대로 받지 못해서 이렇게 살아 있습니다."

　순간, 다나하시가 무언가에 큰 충격을 받아 멈칫하는 것이 눈에 보이는 것 같았다. 하지만 큰 조직을 움직이는 수장답게 군더더기 없는 간략한 대답을 했다.

　"그래. 네가 죽지 않았다는 것 알고 있었다. 우리가 네게 생각할 시간을 주고 있다는 것도 알고 있으리라고 생각한다."

　"저도 근 5년여 긴 세월동안 여러 가지 생각을 해 보았습니다만 도저히 꼬리가 잡히지를 않아 이렇게 전화 드렸습니다."

　정치수는 다나하시가 무어라 말하는지 들어보려고 자신의 생각이 아직 꼬리를 잡지 못해 전화를 했노라고 엄살을 부렸다.

　"근간 한번 넘어 오너라. 내달쯤 오지 그러니? 만나서 네 생각도 들어봐야 나 역시 네가 말하는 꼬리라도 잡을 성 싶구나."

　정치수의 말을 받아 넘기는 목소리는 차분했지만 당황하는 기색이 역력했다. 정치수가 설령 죽지 않았다는 것을 알고 있었다손 치더라도 먼저 전화를 해 왔다는 것에 놀랐을 것은 충분히 짐작할 수 있다. 다나하시의 대화 투가 항상 먼저 어떤 계획이나 상황을 제시하는 편인데 지금은 기껏 정치수의 말에 대답만 하는 꼴이다. 그도 준비되지 못한 갑작스런 상황에 봉착해 있음을 나타내 주는 것이다.

정치수는 확신이 들었다. 이들은 내가 죽은 줄로 알고 있었다. 지금 저 허세는 나를 죽이지 못한 것에 대한 놀라움도 되겠지만 일편 내가 영원히 자기들 궤도를 벗어 날 수도 있음을 알고 있기에 두려워하면서 부리는 허세다. 정치수는 이 허세를 잘 이용하면 목적을 이루기 위한 또 다른 유리한 정보통이 될 수도 있다는 생각이 들자 짐짓 두려운 목소리로 물었다.

"제가 비록 목숨은 건졌지만 두려움은 떨칠 수가 없었습니다. 제가 무엇을 했는지는 잘 알고 있지만 어떻게 제게 총을 겨누십니까? 제가 아들이라고 하지 않으셨나요?"

그러자 다나하시는 정치수가 두려움에서 해방되려고 전화를 했다고 믿었는지 아니면 일단은 자신과 만나 볼 요량으로 하는 말인지는 모르지만 부드러운 목소리로 대답해 주었다.

"내달 8일 회사로 오너라. 기다리마. 괜찮겠니?"

정치수는 어차피 올 것은 와야 하고 그래야 자신의 계획도 실행에 옮길 수 있기에 좋다고 대답하고 전화를 끊었다.

전화를 끊고 정치수는 깊은 생각에 잠겼다. 자신이 세운 계획대로 흘러가고 있다. 그러나 만일 다나하시 쪽에서 자신이 무언가를 복수하려고 노리면서 고의로 접근하는 것을 눈치챘다면 이번에는 자신은 정말 목숨을 잃을 것이다. 그렇게 되면 자신이 죽는 것은 두렵지 않지만 자신이 계획한 모든 것은 실행할 수 없게 된다. 그날은 정말 실수를 해서는 안 되는 날이었다.

다음달 8일.

정치수가 다나하시 신야 회장의 사무실에 들어섰을 때, 거기에는 다나하시 도시오 사장은 물론 거의 5년 전 김영환의 죽음 후에 도시오 사장을 만나러 미츠다상사에 왔을 때 같이 앉아 있던 얼굴들은 다 모여 있었다.

"오랜만이군."

다나하시 신야 회장의 인사에 정치수는 좌중을 둘러보며 머리를 깊이 숙여 한꺼번에 인사했다. 친하게 지냈던 마츠모토 사장이 자리에서 일어나 악수를 청했다.

"역시 정 상은 회장님의 피가 흐르긴 흐르는군요. 우리 같으면 겁이 나서라도 이렇게 여기 못 나타날 거요. 한데 정 상은 먼저 전화를 주시고 이렇게 나타나셨잖습니까? 보통 대담한 것이 아니죠? 다나하시 가문의 피가 흐르는 까닭에 이렇게 당차고 배짱이 좋은 것 아니겠습니까? 정말 부럽습니다."

마츠모토가 손을 놓자 이번에는 그 옆에 앉아 있던 곤도와 이노우에가 다가오며 각기 악수를 청하고 자기 자리로 돌아가며 한마디씩 던졌다.

"역시 피는 못 속여."

"대 일본 제국의 자식인데 어련 하려구."

그러나 그 말끝에는 다나하시 신야의 마음을 사는 선수를 마츠모토에게 빼앗겼다는 아쉬움이 짙게 배어 있었다. 그들이 자리로 돌아가자 다니쿠치와 가다오카가 다가와 악수를 하며 완전히 뒷물하고 남은 물 삼킨 듯한 표정으로 씁쓸해하며 말했다.

"정 상, 지금부터요. 이제 점점 때가 다가오고 있소."

"우리는 충분히 정 상을 이해하오."

늦었으나 우리도 이렇게 충성하고 있다는 인사로 눈도장을, 아니 귀 도장을 찍으려 안간힘 쓰고 있었다. 우스웠다. 정말 하릴없는 짓거리에 신경 쓰는 바보 같은 존재들. 하지만 자기들 딴에는 이런 의식이 의리의 표현이고 다나하시에 대한 충성의 표시이리라. 또한 새롭게 정치수를 동지로 받아들일 수 있다는 표현이기도 하면서, 우리가 이렇게까지 환대를 하는데 네가 우리에게서 등을 돌리면 이번에는 가차 없다는 경고이기도 하리라.

정치수는 자신이 이 사무실에 들어설 때 여러 가지 시나리오를 그려 보았는데, 그중에는 없던 이 상황에 약간은 당혹하면서도 애써 태연함과 더불어 약간은 겁먹은 표정으로 얼굴을 관리하려고 노력하고 있었다.

"형님, 앉으시지요."

다나하시 도시오 사장은 깍듯이 형님이라고 부르며 앉을 것을 권했다. 정치수는 자신이 오늘의 이 자리를 그려봤던 시나리오와 상황은 다르지만 내용은 같이 가고 있음을 알 수 있었다.

정치수는 두 세 개의 시나리오를 그려보았다.

우선, 첫째는 다나하시 회장과 도시오 두 명과의 만남이었다.

자신의 죽음을 믿었던 안 믿었던 그들은 정치수의 본심을 떠보기위해 여러 가지 방법으로 접근할 것이다. 그 중 한 가지가 정치수를 환대하며 '죽이고자 한 것은 본심이라기보다는 주변의 조직에 의한 압력 때문이었다.' 고 회유하는 것이다. 정치수가 어디까지 알고 있나 떠보며 되도록이면 자기들 손 안으로 들어오도록 유도하는 것이다. 다음은 두 명 모두 정치수에게 배타적으로 대하여 겁을 주면서 정치수의 본심을 알아내려 할 것이다.

둘째 시나리오는 지금처럼 많은 사람이 모여서 정치수를 맞는 것이다. 거기에서는 청문회 식으로 정치수에게 이 사람 저 사람이 어우러져서 겁도 주고 회유하면서 정치수의 속내도 알아내고 되도록 자기네 편으로 끌어넣으려고 할 것이라고 생각했다.

마지막 시나리오는 거의 가능성은 없는 것이지만 아예 정치수를 더 이상 가치 없는 사람 취급을 하고 언젠가는 죽여 버리겠노라고 잔뜩 겁을 주어 정치수가 위축되도록 한 후 돌려보내는 것이었다. 그런데 지금의 시나리오는 정치수가 생각했던 전자의 두개를 그럴 듯이 합쳐 놓은 것이었다. 정치수는 이 상황을 대처할 자신이 생겼다. 잔뜩 겁먹고, 부담스럽고, 그러면서도 한편은 어리둥절하게 짓던 표정을 고마운 표정으로 바꿨다.

"이렇게 환대해 주시니 무어라 몸 둘 바를 모르겠습니다. 정말 감사합니다."

얼굴이 상기되고 감격스럽고, 정말 고마워 어쩔 줄 모르는 표정을 지으며 일본 사람들이 하는 그대로 손을 앞으로 모으고 허리를 연신 굽혀가며 몇 번이고 감사의 인사를 했다.

"형님, 그만 됐습니다. 앉으시죠."

도시오 사장이 정치수를 말리며 회장과 마주보는 자리에 앉을 것을 권했다. 다나하시 신야 회장이 탁자의 저 끝에 앉아 있고 90도로 꺾인 탁자 양 옆 길이로 세 명씩 앉아 있고 회장의 맞은편이 비어 있었는데 그 자리를 권했다.

이것은 정치수가 생각했던 시나리오의 복합 아닌가? 다만 이렇게 모두가 환대를 하며 청문회 형식까지 복합적으로 이어가리라고 생각하지는 않았어도 이미 모든 시나리오에 대한 준비를 해온 터이고 거울을 보며 표정 관리까지 연습해왔다. 정치수는 감격스러운 표정으로 조심스레 자리에 앉았다.

"네가 이렇게 늦게나마 자리에 앉으니 내 마음이 흡족하구나."

다나하시 신야 회장은 정치수를 바라보며 아주 흐뭇한 표정을 지었다. 그러나 그 흐뭇한 표정 뒤에는 의심으로 가득 찬 경계의 빛이 배어있는 그런 표정이었다. 정치수가 유태진의 려인당에서 무예와 한방의술을 익히며 인간의 심리에 의한 표정과 관상을 함께 배운 것이 유용하게 쓰이고 있었다.

다나하시 신야는 말을 이었다.

"다행히 여기 우리 동지들이 너를 이해하고 너의 모든 잘못을 덮어주기로 했다. 누가 뭐래도 네 몸속에는 위대한 일본인의 피가 흐른다는 이유 때문이다. 다만, 앞으로 너의 행동 여하가 이 동지들이 또다시 너의 가슴에 총을 겨누느냐 아니면 너를 우리 혈맹의 핏속에 함께 흐르게 하느냐를 결정지을 것이다. 오늘 네가 이 자리에 온 것은 이미 어떤 각오가 있어서일 텐데 무슨 마음으로 이 자리에 왔는지 우선 들어 보자꾸나."

정치수는 자신의 각오를 듣고자 하는 이 질문이 당연히 처음 나올 것을 예상했던 터이지만 준비되어 있던 답변이라는 인상을 주지 않기 위해 잠시 망설이듯 하다가 입을 열었다.

"저를 이렇게 용서해 주시고 환대해 주시니 무어라 감사의 말씀을 드려야 할지 모르겠군요. 제가 무슨 각오 같은 것을 할 입장도 아니고 그저 다만 한 가지 제 가족의 안녕을 위해 이곳에 나온 것입니다. 제가 숨어 지내는 동안, 또 이 자리에 있는 지금 이 순간까지도 저 죽는 것은 괜찮습니다만 아내와 자식은 안전하게 지키고 싶습니다. 그래서 오늘 이 자리에 이렇게 나왔습니다.

어려우시겠지만 허락해 주실 수 있다면, 그동안의 모든 기억과 사건들은 제 가슴에 묻어 무덤까지 가져갈 테니 가족과 조용히 살 수 있도록 허락해 주십시오. 이 약속은 꼭 지키겠습니다."

정치수는 전형적인 일본어 투로 자신이 섣불리 충성을 맹세해서 저들의 의심을 사서 받거나, 저들에 대한 반감을 드러냄으로써 대사를 그르치지 않기 위해 연습한대로 말했다. 조용한 은둔 생활을 하겠노라고 읊조리는 투의 구걸 섞인, 그러나 확실한 어조로 말했다. 순간 초점을 한군데 맞추지 않고 땅에 고개를 떨어

드린 채, 얼핏 살핀 다나하시 신야의 얼굴과 나머지 인간들의 얼굴에는 야릇한 희색이 돌고 있었다. 꽁지 잘린 여우에게 보내는 야릇한 미소 같았다.

화려한 꼬리를 자랑하는 여우의 꼬리가 잘렸다면 분명 볼품없을 것은 당연하다. 마찬가지로 삼오통상을 등에 업은 채 김영환의 뜻을 따라 탈 미츠다상사를 외치며 길림성까지 갔다가 한 방의 총탄에 고개 숙이고 가족의 안전을 구하는 정치수가 그네들 눈에는 그렇게 보였으리라. 아울러 그네들은 이 꼬리 잘린 여우에게 자기네 야욕으로 얼룩진 검정 꼬리라도 달아주면 분명 그 꼬리에도 만족할 것이라는 계산이 서고 있는 것이리라. 다나하시가 다시 입을 열었다.

"가족의 안녕이라……. 그렇지. 누구든 가족의 안전을 위해서는 그런 결심을 할 수 있겠지. 헌데, 그렇게 가족의 안전이 걱정되었다면 어떻게 그 긴 세월을 숨어 지낼 수 있었나?"

정치수는 이 부분이 이렇게 빨리 질문되어 준 것에 대해 감사했다. 이 질문이 주어지면 여기에서 다나하시 신야의 마음을 꺾을 수 있다고 준비해온 터였다.

"제 가족은 제가 살아 있다는 것이 발각되면 저를 잡기 위한 미끼는 될 수 있어도, 제가 죽었다면 안전할 것을 믿었던 까닭입니다. 회장님께서는 저를 죽이기도 망설이셨겠지만 제 아들은, 제가 살아서 자꾸 거스르지 않는 한, 죽이지 않으실 것을 확신하고 있었습니다."

"내가? 왜?"

다나하시 신야의 물음에 정치수는 고개를 들어 그의 눈을 쳐다보며 또박 또박 말했다.

"자식인 저는 아버지의 뜻을 거슬러 어쩔 수 없이 죽어야 할지 모르지만 아무 죄도 없는 손자는 죽이고 싶지 않으실 것이고 오히려 손자를 걱정하실 거라고 생각했습니다. 자식은 품에 안고 손자는 눈 속에 넣어도 안 아프다고 하지 않습니까? 전, 회장님께서 친손자를 결코 해치지 않으실 거라는 것을 확신해서 저만 죽은 듯 숨어 살면 가족은 안전할 것을 확신했습니다. 그러나 제가 죽은 듯 숨어 살자니 너무 가족이 그리웠고, 특히 아들 녀석이 보고 싶어 미칠 지경이라 차라리 이렇게 나타나 저의 잘못을 빌고 그냥 조용히 살게 해주십사 애원해 보는 것입니다."

아직 손자가 없는 다나하시 신야에 대한 정보를 미리 알고 대처한 정치수의 계산은 적중했다. 다나하시 신야는 똑바로 쳐다보는 정치수의 눈을 피하기라도 하듯 눈을 지그시 감은 채 고개를 약간씩 끄덕이며 얼굴에 감회마저 담고 있었다. 정치수가 아들 중식이를 '친손자'라고 표현하자 다나하시는 그 부분에서 잠시 눈을 떠 놀라는 기색마저 보이며 뿌듯한 감회에 젖는 것이 분명했다. 이것을 정치수가 노렸던 것이다. 이미 지난 달 가평에서 삼오통상 회장이 정치수 가족의 안위를 걱정할 때 자신 있게 그들이 안전할 것이라고 한 이유도 바로 이것이었다.

비록 자신은 거부하고 있지만 정치수가 다나하시의 친아들인

이상 자신의 아들 중식이는 확실한 친손자다.

다나하시 신야는 정치수가 자신의 아들로 자신과 일본에 맹종하기를 누구보다 원했다. 그렇게 만들기 위해 설득하다가 자신과 일본의 아들임을 거부하며 그 틀을 벗어나자 총부리를 가슴에 들이 댄 것이 아닌가? 그런데 정치수가 스스로 그의 아들이요, 더 더욱 그 손자가 바로 중식이라는 것을 직접 입으로 이야기한다면 이것은 어떤 말로 충성을 맹세하는 것보다 더 확실한 충성의 맹세요 항복인 것이다. 그것을 정치수는 계산하고 있었다. 팔십이 되도록 손자는커녕 손녀도 없는 늙은이에게 손자라는 단어를 들먹여 주면, 자신의 어떤 사과나 앞으로의 계획에 대한 설명과 맹세보다 확실하게 그네들의 마음을 움직여 파고 들 것이라고 확신했던 정치수의 계산은 적중했다.

"그렇지. 피는 물보다 진한 법이니까. 내가 군이 아무 잘못도 없는, 또 아무것도 모르는 내 손자의 목숨을 거둘 이유가 없지."

다나하시 신야는 비록 혼잣말처럼 했지만 또렷하게 그리고 좌중 모두에게 들으라는 듯 정확한 목소리로 얘기했다.

"그러나 아무리 피가 물보다 진하다고 하더라도 사나이는 조국의 큰 앞 날을 위해, 피눈물을 가슴 가득 채우면서도 자식의 목숨을 거둘 수도 있는 것이다. 이번에는 네가 빨리 정신을 차렸으니 다행이지만 앞으로는 두 번 다시 용서는 없다."

정치수는 고개를 조아리며 황공해 하는 어투로 이야기했다.

"용서해 주신다니 이제 부터는 정말 지난번에 죽은 것으로 하고 조용히 살겠습니다."

"그래? 지난번에 죽은 것으로 하고 조용히 살고 싶다? 물론 그렇게 할 수도 있겠지. 하지만 그것은 대 일본의 피가 네게 흐르는 것을 스스로 망각한 것일 뿐더러 우리 다나하시 가문의 수치에 가까운 일이다. 물론 지금 당장이야 어렵겠지만 차츰 마음을 가다듬고 기회를 보아가며 조국과 우리 동지들에게 진 빚을 갚는 것이 더 사내다운 행동이라고 본다. 네가 정녕 과거를 뉘우치고 떳떳이 살겠다면 조국과 동지들에게 빚을 갚기 위해서라도 네게 맡겨지는 의무에 충실할 생각은 없는 게냐?"

정치수는 고개를 들어 그를 쳐다보았다.

"그리 큰일은 아니다. 차츰 알게 될 것이고 작은 일부터 주어질 것이다. 물론, 네가 철저히 보안을 지키고 우리 조직에게 신뢰를 쌓아 갈수록 더 큰 일이 주어지겠지만. 만일 이번에도 배신하면 너 뿐만 아니라 가족 모두가 무사하지 못할 것이다."

정치수는 짐짓 점점 더 감당하기 힘들다는 표정을 지었다.

"내가 너무 성급히 말을 꺼냈나 보구나. 네 의사도 들어보지 않고. 하지만 난 네 입으로 말했듯이 네 아버지다. 내가 너에게 무슨 일을 시킨다는 것이 한국의 법을 어기는 간첩행위 같은 것은 절대 아니니 걱정마라. 평범한 기업인이라면 누구라도 할 수 있는 것을 네가 해주면 된다. 나나 우리 동지들은 한국에서는 아무래도 자유로운 기업 활동이 힘들어서 삼오를 키워 왔는데 등을 돌리기에 몇 개 기업을 선발해 타진해 보았는데 그리 쉽지만은 않더구나. 네가 그 일을 해 달라는 거지 어려운 주문은 아닌 게다. 물론 지금 이 자리에서 대답하기는 힘들 것이고 또, 네가 하고 싶어도 당장은 여러 가지 여건상 힘들 것이다. 하지만 네가 마음만 먹어 승낙한다면 모든 준비는 나와 우리 동지들이 해 줄 것이다. 시간을 갖고 생각하자. 자, 이제 모두 식사하러 갑시다."

일방적인 다나하시 신야의 이야기와 함께 일행은 자리에서 일어났다. 그들이 식사와 토의를 위해 향한 곳은 예외 없이 그 온천이었다. 정치수가 출생의 비밀을 직접 당사자에게 듣고 무궁화와 사쿠라 꽃 사이를 헤매며 너무 만개하다 못해 썩어버린 사쿠라 꽃향기에 취해 버렸던 그 온천이었다.

온천에 도착한 정치수는 지난번과는 다르게 정문에서 출입문까지의 거리와 출입문에서 중앙 홀까지의 거리, 그리고 온천 내부의 상황과 시설물 사이의 거리는 물론 내부 2층과 1층 중앙 홀과의 거리까지 아무도 모르게 걸음 수로 계산하고 있었다.

분명 그들은 이 온천과 무슨 연관이 있다. 자신을 처음 이곳에 데리고 와서 다나하시 신야에게서 자신의 출생에 관한 이야기를 듣게 하고 오늘 자신이 항복을 선언하자 또 데리고 온 곳이 이곳이다. 그렇다면 결국 자신이 일을 벌일 곳도 이곳이 될 가능성이 크다는 것은 충분히 짐작할 수 있는 일이었다.

#17_고백성사

    그날 온천에서 마츠모토를 비롯한 그 자리에 참석한 모든 이들이 정치수를 치켜세우며 역시 일본인은 위대하고 다나하시 가문의 피는 못 속인다고 핏대를 올리며 입에 침이 마르도록 분위기를 띄워 올렸다. 정치수는 마지못해 하는 말처럼 대답했다.

    "능력은 없지만 저를 믿고 일을 시켜 주신다면 이 한목숨 어차피 죽은 것으로 생각하고 조국을 위해 최선을 다할 것이며, 조국 앞에 다시는 배신하거나 태만하지 않을 것입니다."

    정치수는 '나의 조국은 대한민국'이라고 속으로 외쳤다. 너희들이 내게 일을 시켜 준다면 나는 그 일을 조국 대한민국에 바칠 것이다. 그러기 위해 나는 이렇게 너희들 앞에서 멀리 뛰기 위해 움츠리는 개구리 모양으로 있는 것이며 너희가 내게 검은 꼬리를 달아 준다 해도 나는 하시라도 그 꼬리를 싹뚝 잘라 내 조국에 바칠 각오를 하고 있는 것이라고 마음 속으로 다짐했다.

    정치수가 거짓 항복을 한 몇 달 후, 정치수는 마츠다상사와 그 동지라고 일컬어지는 사람들이 활동 자금을 비축하기 위해 한국 내에서 그들과 거래되는 모든 거래의 커미션을 챙기는 합법적 대행회사의 실제 주인이 되는 일이 첫 임무로 주어졌다.

    그러나 그들이 그렇게 정치수에게 많은 돈을 벌 수 있게 해 준 이유는 다른 것이 아니다. 친일파 후손들이 아직 자기네 이름으로 찾지 못한 땅을 찾도록 소송비용을 부담해 주고 땅을 찾으면 그때 이자 없이 돌려받으라는 것이었다. 아니, 설령 땅을 찾고 돌려주지 않아도 괜찮으니 모든 친일파 후손을 찾아내 땅 찾기 소송을 주선, 알선해 주고 언젠가는 또 다른 친일파들의 거대한 세력을 결집해 보라는 것이다.

선조가 친일파라는 게 밝혀지는 것만도 부끄러울 텐데 누가 그런 소송을 하겠냐는 생각이 들어 정치수는 속으로 웃었다.

그러나 막상 그런 생각으로 일을 시작한 정치수는 놀랐다. 소송비용은 문제도 아니고 또, 자기 선조가 친일파라는 것은 그들에게는 부끄러운 것이 아니었다. 땅을 찾을 수 있다는 그 한마디, 어디가 당신 선조의 땅이었다는 그 한마디만 들어도 그들은 신이 나서 정치수가 어떤 말을 하기도 전에 소송비 끌어들여 땅을 찾겠다고 덤벼들었다.

정치수는 기가 막혔다. 도대체 이 나라의 백성이라면서 어쩌면 저렇게도 뻔뻔스럽게 나올 수 있단 말인가? 선조의 잘못을 부끄러워하거나 사죄해야 한다는 일말의 자각도 없이 그냥 부끄러운 유산일지라도 땅만 찾으면 된다는 식으로 덤벼드는 모습을 보면 그 아비에 그 자식이라는 속담이 절로 생각났다. 게다가 더 웃기는 것은 친일파의 후손이 선조의 땅을 찾는데 일부가 1심에서 승소한 판결이 나왔다.

정치수는 허탈했다. 김영환의 죽음이 헛된 것이고, 수많은 독립투사들의 죽음이 헛된 것이라는 생각이 밀려왔다. 비록 자신이 앞장서서 일을 추진해 주기도 전에 그네들 스스로 날뛰어 찾아낸 자기네 가문의 치욕스런 땅이지만, 마치 정치수 자신의 치부를 들춰내기라도 한 듯 치욕스럽기만 했다. 차라리 지난 번 길림성에서 죽었던 편이 나았다는 생각이 들 정도로 자신이 치욕스러웠다. 그런 일들을 하며 2년여 시간이 흐른 뒤 정치수는 다나하시 신야의 전화를 받았다.

"축하한다. 이제 조직은 너를 완전히 믿을 수 있을 뿐만 아니라 너에게 새로운 임무를 부여할 것이다. 3일 후 일본에 오너라."

그러나 그 전화를 받으며 정치수는 일본에 갈 기분도 아니었고 더 더욱 이런 기분 상태로 자신이 일본에 간다면 이제까지 어렵사리 감춘 자신의 속내가 드러날 것 같아 시간을 늦추고 싶었다. 구실을 찾다가 문득 아들 중식이의 군 입대가 생각났다.

"그런데 아들이 열흘 후 군에 입대합니다. 중식이 군 입대는 보고 갔으면 하는데요."

정치수가 어렵게 말을 꺼내자 다나하시가 흔쾌히 대답했다.

"그래? 아니, 그렇게 중요한 일을 이제야 이야기 하나? 그렇다면 당연히 입대 후에 와야지. 일도 중요하지만 그리 촌각을 다투는 일이 아니니 당연히 내 손자 잘 보내고 와야지. 돈은 내가 일본에 오면 줄 테니 얼마든지 써서라도 행복한 열흘을 만들어 주거라. 물론 며느리도 함께 하겠지만. 그럼 보름 후로 약속하면 되겠니?"

오히려 이건 명령이 아니라 정치수의 기분을 헤아려 주는 물음이었다.

"네. 그 정도면 충분합니다."

"그래, 그럼 보름 후로 하마. 그리고 내일부터는 너에게 일절 이곳에서 연락 못하게 할 테니 일일랑 모두 잊고 며느리와 손자 데리고 여행이라도 다녀와라. 꼭 그래야 한다. 보름 후에 보자."

다나하시 신야와 통화하며 마치 구토라도 할 것 같았다. '며느리, 손자'라고 할 때 정치수는 정말 구토가 나오는 것을 가까스로 참다가 결국 화장실에 토하고 말았다. 승소한 친일파 자손들의 뱃속에 있는 욕심과 뻔뻔함과 짐승보다 못한 양심의 감각을 대신 토해주기라도 하듯이 모든 것을 토해버렸다. 제 놈들 선조 때문에 이 나라의 얼마나 많은 백성이 죽어갔는가? 그 못된 친일파 놈들 때문에 징병과 징용까지 이어지고 정신대로까지 이어지며 무려 36년간의 고통이 얼마나 컸단 말인가? 제 스스로 자진은 못할지라도 그 선조 놈들의 피 묻은 땅을 찾아 뱃속에 집어넣겠다고 나대는 그 뻔뻔함과 그 더러운 욕심을 대신 토해주듯, 저 깊숙한 곳의 코를 찌르는 액체까지 모조리 토해 버렸다.

이튿날. 정치수의 제의로 최수정과 중식이 세 식구는 정말 여행을 떠났다. 2박 3일 일정으로 설악산 가족 여행을 제의하자 입대를 앞둔 중식이도, 아들을 군에 보내야 하는 최수정도 흔쾌히 응했고 그들은 설악산을 향했다. 설악산에 도착해 첫 밤을 보내고 이튿날은 속초 해변으로 자리를 옮겨 넓은 바닷바람을 맞으며 즐기다가 저녁에 싱싱한 횟감을 싸들고 소주 한 병을 곁들여 호텔방에서 가족 파티를 시작했다. 그때, 이미 굳은 결심을 했기에 이곳을 택해서 온 정치수가 입을 열었다.

"이제 중식이도 클 만큼 컸으니 알아야 할 일이고, 당신은 더더욱 진작 알았어야 할 일이었으나 내가 용기가 부족해 이제야 말하려니 하고 나를 탓하지 말고 들어 주구려."

정치수는 자신의 출생의 비밀과 성장, 그리고 다나하시 신야의 안산회와 김영환의 죽음, 자신이 그 김영환의 죽음으로부터 받은 충격과 결심을 록펠러의 도움으로 실행에 옮기자 자신을 겨눈 총부리, 자신이 총상을 입고 찾아가 치료를 받은 려인당, 그리고 려인당에서 알게 된 청맥회와 안산회의 밀약, 그 후 자신이 다나하시 신야를 찾아가 거짓 사과 후 얻어낸 임무와 오늘 날 이 땅에서 벌어지는 친일파 후손들의 작태를 모두 이야기해주자 아내와 중식이는 처음에는 놀라는 표정만 지었다.

그러나 이야기가 진행될 수록 그 충격은 도를 넘어 입만 벌린 채 아무 말도 못했다. 정치수의 얘기가 끝나고 한참이 지나서도 놀란 가슴에 아무 말도 못하던 최수정이 입을 열었다.

"여보. 지금 당신이 하신 말씀이 정말이라면 우리는 도대체 누구죠?"

그러나 기껏 어렵게 입을 연 최수정이 한 말은 그 한마디가 전부였다. 그리고 다시 입을 닫았다. 정치수는 무어라 말을 할 수 없었다. 다만 자신이 진작 이야기할 수 없었던 사정을 이해해 주기 바라는 마음뿐이었다. 한참의 시간이 지나서 눈가에 이슬이 맺힌 최수정이 다시 입을 열었다.

"좋아요. 당신이 제가 당신과 결혼하여 이렇게 중식이를 낳고 산 것은 인간 정치수가 좋아서였지 그 이상 아무것도 없으니까요. 당신의 출생이나 그 외 다른 것도 당신의 이야기를 듣기 전이나 듣고 난 지금이나 제게 있어서의 당신을 다르게 할 수는 없어요. 하지만 앞으로는 어떻게 되는 거예요? 당신이 이번에는 그냥 지날 수 있었지만 앞으로 무엇을 주문할지 모르잖아요?"

"그건 그렇지 않아. 이번에는 설마 어떤 친일 앞잡이 후손이 나설까 하는 생각에 그 일을 맡은 것이지만, 내가 불가능해서 못한다고 하면 그들은 그런 것으로 알고 시키지 않을 거야."

정치수는 최수정을 안심시키려고 자신은 다나하시 신야가 특별히 보살펴 주기에 괜찮다는 말까지 덧붙였다.

"다만 문제는 내가 이렇게까지 해가며 언젠가는 놈들에게 대한민국의 매운 맛을 보여줘야 하는데 그게 언제냐가 더 중요한 거야. 나 혼자의 힘으로는 힘들고 누군가, 아니 많은 사람의 도움이 필요할지도 모르는데 영 그런 자신이 없어. 마치 나 혼자만 그런 생각을 하는 것 같고……."

"여보. 우리 그냥 편히 삽시다. 정말 당신 말대로라면 다나하시 신야라는 그 사람, 당신 생부라고 우긴다는 그 사람에게 부탁해서 우리 그냥 조용히 살겠다고 합시다. 지난 과거야 어찌 할 수 없지만 앞으로라도 편해야 되지 않아요?"

최수정은 간절함이 가득 배인 목소리로 말했다.

"나도 그래야 된다고 생각하지만 한편으로는 나마저 그래서는 안 될 것 같아. 무언가 대한민국의 살아있는 모습을 보여주어야 우리 후손, 아니 당장 내 아들 중식이부터 쪽발이들이 우습게보지 못할 것 같거든. 독도든 요동 땅이든 그네들이 뜨거운 맛을 보지 않고는 계속 핥아댈 거야. 우리 땅 독도와 요동 땅을 핥아대는 그 더러운 혓바닥은 안산회 것이든 청맥회 것이든 끊어 버려야 해. 그리고 두 곳의 상황을 볼 때 안산회는 당장이라도 뜨거운 맛을 봐야 하고. 그래서 그들이 조용히 움츠리는 동안 단단히 준비하여 언젠가는 반드시 두 혓바닥을 모두 잘라버려야지.

이것은 비단 우리나라뿐 아니라 전 세계의 약한 나라들이 강대국들에게 당하는 서러움에 대한 본보기가 될 거야. 독도는 수천 년을 이어온 우리 땅이건만 일제 강점기에 쪽발이 자식들이 잠시 들여다 봐 놓고는 자기네 땅이라고 우기잖아. 그렇다고 우리 정부가 강하게 대응하지도 못하고. 요동 역시 중앙아시아는 물론 서역까지 기상을 드높이며, 우리나라가 코리아라는 이름을 갖게 한 고구려 땅이잖아. 그런데 그 땅이 그 후손인 우리에게 전해지지 않고 1860년 제정러시아와 중국이, 진짜 주인인 우리가 힘없는 틈을 이용해 자기네들 이익되는대로 합의 봐서 그어놓은 경계선 때문에 중국 땅이 되어버렸어.

단순히 땅만 잃은 것이 아니야. 이제는 고구려와 대진국 발해의 역사마저 자기들 것이라고 하면서 우리의 민족혼마저 빼앗아가려는 동북공정까지 완성단계에 들어갔어. 만일 이번에 내가, 아니 우리가 무엇인가 보여 줄 수만 있다면 힘없는 민족이 잠시 땅을 잃을 수는 있지만 결코 민족혼은 잃지 않는다는 본보기를 보여 줄 수 있을 거야.”

정치수의 절규에 가까운 소리를 들으며 최수정과 중식이는 침묵했다. 그러나 잠시 후 최수정이 조심스럽게 입을 열었다.

“그 마음은 충분히 이해해요. 하지만 당신이 그렇게 복수의 이글거리는 마음으로 불타고 있는 동안 우리 가정의 평화도 불타 버린다는 것을 생각해 봤어요?”

아내는 비록 조용하지만 애절하게 얘기했다. 그러자 정치수는 자신이 도를 지나쳐 당장 일어날 일도 아닌데 군에 가는 아들과 아내를 걱정 속으로 몰아넣고 있다는 생각이 들었다.

“이건 내 자신이 당한 것에 대한 복수가 아니라 누군가는 해야할 일이야. 그리고 너무 그렇게 걱정은 말어. 당장 무슨 일이 벌어지는 것도 아니니까. 다만 내 생각에 당신이나 중식이도 알아야 할 것 같아서 이렇게 얘기하는 거야. 이런 일이 내가 아니라 다른 어떤 경로로 당신이나 중식이가 알게 된다면 어디 가족의 믿음이 유지되겠어? 서로의 신뢰가 파괴되지. 당신과 결혼 후에 일어난 일이기는 하지만 곧바로 얘기 못해줘서 미안하구.”

정치수는 아내를 안심시키려고 일부러 목소리를 낮추며 당장 무슨 일이 일어나지는 않는다고 애써 강조하였다. 그러자 그때까지 아무 말 없이 듣고만 있던 아들 중식이가 끼어들었다.

"아빠. 이젠 아빠가 저를 어른으로 대해 주시는 거죠? 그러니까 저도 이야기해도 되죠?"

정치수는 자신과 최수정의 대화중에 침묵하고 있는 중식이의 생각이 그렇지 않아도 너무도 궁금하던 터였다.

"그래, 너도 이젠 어른이다. 네 생각을 얘기할 수 있지."

정치수가 아내에게 얘기할 때보다 더 부드러운 톤으로 말하자 중식이는 차분히 입을 열었다.

"아빠, 어떻게 태어나셨던 아빠는 아빠시구 할아버지는 돌아가신 우리 할아버지가 진짜 할아버지잖아요. 조국과 할머니를 유린한 자들을 아빠는 용서하시기 힘들겠죠? 하지만 용서할 수 있으면 용서해주세요. 마음으로부터 용서를 하시고 저들에게 평화적으로 매운 맛을 보여 줄 수 있는 방법을 찾아도 힘들 판에 용서를 못하는 심정에서 어떻게 평화적인 방법이 나오겠어요? 내가 아픈 것 이상으로 아프게 해주고 싶지."

정치수는 아들의 이야기가 마치 성당에서 신부님 강론 말씀을 듣는 것처럼 들렸다. 부쩍 자란 아들의 외모보다도 더 커 있는 아들의 정신이 자신의 키를 훨씬 넘고 있는 것이 눈에 보였다.

"이토 히로부미를 죽인 안중근 토마스는 조국을 위해 어쩔 수 없이 저격을 하셨기에 그것은 살인이 아니라, 조국의 생존권을 지키기 위해 자신의 몸을 던지신 순교라고 저는 생각하고 또 우리 천주교회도 공식적으로 그것을 인정하잖아요? 하지만 지금은 굳이 폭력만이 대답은 아닐 거예요."

정치수는 뜨끔했다. 일언반구도 없었는데 중식이는 자신의 훗날 계획을 꿰뚫어 알고 있는 듯이 말하고 있었다.

"누가 폭력 쓴다고 했니?"

"아빠가 폭력을 쓰신다는 게 아니라 다만 제 생각을 얘기한 거예요. 저는 아빠가 자랑스러워요. 이 나라 많은 어른들이 제 뱃속 채우기에 급급해 있는데 그래도 자신의 조국을 위해 무언가를 하시려는 분이 내 아빠라는 것이 자랑스러워요. 힘내세요. 반드시 아빠의 뜻이 이루어질 거예요."

중식이가 입대한 후 정치수가 일본에 가자 역시 일곱이 모여 있었고 제각기 한마디씩 수고했다는 인사를 아끼지 않았다. 심지어는 앞으로 한국에서는 친일파 구하기가 쉬워질 거라고 자기들끼리 농담까지 지껄여 가며 떠들더니 결국 다시 온천으로 갔다. 온천에 가서 식사를 한 후 두어 시간은 그냥 환담하는 분위기였다. 그러나 이야기 주제는 친일파 후손의 일부가 1심에서 승소 판결을 받은 이야기였다. 함께 떠들어야 하는 정치수는 속이 뒤집어 지는 것 같았지만 속내를 드러낼 수는 없었다.

그 두어 시간이 정치수에게는 이틀, 아니 두 달처럼 길게만 느껴졌다. 시간이 어느 정도 지나고 동물적인 욕구에 시달린 몇몇이 시중들던 여자를 하나씩 꿰차고 칸막이 방에 들어가서 제 놈들 욕심껏 구멍에 방사하고 난 후 서서히 2층으로 모여들었다. 모두 모이자 다나하시 신야가 입을 열었다.

"이제 다음 목표는 한국의 정치권이다. 다행히 이번 어업협정은 한국 관리들이 무지한 탓에 어영부영 넘어가 독도에 한 발자국 다가섰지만 문제는 지금 부터다. 한국의 정치한다는 사람들이 자기들 방식으로 생각해 준 덕분에 우리가 독도 그 자체를 탐하는 것이 아니라 독도 주변을 탐낸다는 것을 모르고 어업협정을 승인해 주는 바람에 고맙기는 하지만 진짜 시작은 지금부터다. 탐사가 아니라 개발을 하려면 지금부터가 중요한 것이다.

치수 너는 한국으로 돌아가면 다음 번 국회의원 선거를 대비해서 각 당의 중진쯤 되고, 당선 가능성 있는 자들에게 무차별 정치자금을 제공해라. 언젠가 우리 일본에 유리한 외교 법안을 비준 받으려면 꼭 필요한 것이다. 안산회가 일본 정부에 쏟아 붓듯이 해라. 우리나라나 한국이나 핵심만 잡으면 되니 우선 그 대상을 물색하고 유사시 이용할 수 있도록 자금을 투여해라."

정치수는 온 몸이 떨려오는 것을 금할 수 없었다. 비록 모두 알고 있는 안산회의 이야기였지만 막상 그 수장의 입에서 직접 그 소리를 들으니 무서움이 전율이 되어 온몸을 휘감고 있었다.

"많은 수에 적은 돈은 효과가 덜하다. 핵심 몇에게는 융단 폭격을 하듯 쏟아 붓고 나머지에게는 맛만 뵈어 주어라. 그들이 미끼를 물려고 날뛰어 핵심들이 일하기 좋게 만들어 주는 거다."

자신들이 일본 내각에 뻗었던 돈의 마술을 전수해 주려는 것이었다. 정치수는 한 시간 가까운 다나하시 신야와 다나하시 도시오의 비법 강의를 들었다. 반드시 거절하기 힘든 큰 액수로 지인을 끼고 접근하되 큰 대가는 내세우지 말고, 처음에는 사회사업이라고 둘러대서 상대방이 부담 없이 코를 꿰게 만들어 코뚜레를 낀 황소 다루듯 하는 법을 강의 들었다.

그리고 귀국을 하자 이 방법 저 방법으로 정치수에게 돈이 들어왔고 정치수는 나름대로 그 돈으로 벌인 사업상의 대상들을 적어 일본에 보고했다. 일본에서 안산회가 뜻하는 것과 다르기는 하지만 정치수 역시 그 돈으로 꾸준히 활동을 했기에 보고할 자료는 많았다. 다만 그 목적이 다른 까닭에 훗날이 되어도 안산회가 요구하는 효과는 얻을 수 없겠지만 그것은 걱정하지 않아도 될 일이다. 원래 뇌물이라는 것이 배달 사고가 나더라도 준 사람도 받은 사람도 확인하기 힘들다. 다만 그런 일들은 훗날 대가를 요구 했는데 그 효과가 나타나지 않을 때 배달사고가 난 것을 확인할 수 있다. 더욱이 이런 뇌물은 그 효과를 입증하려면 적어도 몇 년은 걸린다. 정치수는 그 효능을 입증하는 시간 안에 자신이 계획한 일을 마무리 지을 자신이 있었다. 그래서 평소 자신이 도와주고 싶었던 단체들을 도와주기도 했다.

자선을 하는 사람은 귀신도 못 잡아간다고 했다. 비록 내 돈은 아니지만 그런 돈을 자선사업에 쓴다면 하느님 보시기에도 좋을 것이라는 것이 정치수의 지론이었다.

#18_진짜 삼국통일

　　그런 지론을 바탕으로 정치수는 나름대로 계획을 짜서 실행했다. 어떤 식으로든, 그것이 사업상이든 아니면 친목단체이든, 안산회 조직과 어느 정도 발이 닿을 수도 있다고 생각되는 곳을 통하여 적당하게 자금을 뿌려가며 자신이 그들을 위해서 일하고 있다는 것을 보여주는 것이 우선이라는 생각을 했다. 그래서 나름대로 미츠다상사와 거래를 하는 회사들을 알아내서 그들이 하는 사업과 그들이 닿는 선에 자신의 자금을 적당히 투입하는 일을 게을리 하지 않았다. 그리고 나머지 자금은 임무와는 상관없이 자신이 하고 싶은 일을 3년 동안 해왔다. 물론 정말 사회사업을 하고자 하는 정치인에게는 아낌없이 융단 폭격을 해 댔다.

　　분명히 안산회 조직은 어디서 어떤 방법으로든 간에 정치수를 감시하고 있을 것이고 그렇게 하는 것을 본 그들은 정치수가 자신들이 전수해 준 방법을 실천하는 것으로 보인다는 것을 잘 알고 있었기 때문이다. 그리고 가끔씩은 정치수 자신은 원하지 않지만 그들이 꼭 필요하다고 지목하는 사람에 대해서는 공식 후원회를 통해서든 아니면 다른 어떤 방법을 써서라도 그들과 줄을 댐으로써 자신이 충실한 안산회의 조직원이라는 것을 보여주기 위해 노력했다.

정치수 자신이 목숨을 내놓고 계획한 일을 완성하기 위해서는 무엇보다 그들의 신임을 얻는 것이 가장 중요하다는 것을 누구보다 잘 알고 있는 터였다.

　드디어 그들이 정치수에게 준 임무에 대해서 총체적으로 보고하기로 한 시간이 다가와 일본으로 가야 했다. 그리고 그 사업의 총체적인 보고를 하는 자리는 정치수가 예측한 대로 바로 그 온천이었다. 장소를 통보 받자 정치수는 성공할 수 있다는 확신마저 들었다. 자신이 이미 그런 것을 예측하고 발자국 수로 거리 계산을 마쳐놓은 상태였으니 이것이야 말로 하느님이 주시는 기회라고 생각하면서 저절로 하느님께 감사드리는 마음이 들었다.

　김영환이 죽은 지 10년. 자신의 려인당 은둔생활 5년과 역겹고 힘든 쪽발이들과의 생활 5년을 합친 10년 세월을 지내며 인생의 마지막 순간을 맞게 될지도 모르는 오늘을 준비한 정치수가 일본으로 떠나야 하는 전날 저녁. 합정동 뒤쪽 한적한 곳에 자리 잡은 모텔 방에는 정치수와 주원모 그리고, 삼오통상 회장과 심상돈이 나란히 앉아 있었고 그 가운에 담뱃갑과 볼펜 한 자루가 놓여있었다. 주원모는 이 자리에서 무엇보다 궁금한 것이 내일 쓸 폭탄이라는 것을 여기 있는 모든 사람들이 아는 일이므로 굳이 시간을 끌 필요가 없다는 생각에서 심상돈을 보며 물었다.

　"폭탄은 어디에 있습니까?"

　"바로 이겁니다."

　심상돈은 좌중의 가운데 놓인 담뱃갑을 가리켰다.

"비록 담뱃갑처럼 생겼고 누가 보아도 담뱃갑이지만 사실은 특수 재질입니다. 재질 특성상 보통 종이보다는 두꺼울 수밖에 없어서, 얼핏 보기에는 눈치 챌 수 없도록 일반적으로 구겨지는 형태가 아니라 흔히 하드케이스라 부르는 곽 형태로 만들었습니다. 물론 일반 곽보다는 조금 두껍습니다.

하지만 안에 담배도 넣을 수 있고 지금도 담배가 들어있습니다. 담배를 넣은 상태로 밀봉한 것입니다. 다른 담뱃갑들과 한꺼번에 넣어서 운반하면 전혀 의심받지 않을 것입니다. 담배를 넣고 꺼내고, 운반해도 전혀 문제가 없는 담뱃갑입니다. 다만 이 외장 안에는 폭탄이, 그것도 핵폭탄 버금가는 폭발력을 갖는 화학물질이 결합되어있습니다. X-RAY 촬영을 해도 드러나지 않는 폭발물이 섬세하게 깔려있죠. 뜨거운 불, 즉 화기는 조심하셔야 합니다만 그 외에 아주 극심한 충격을 제외하고는 그렇게 위험하지는 않습니다.

중요한 것은 이 볼펜입니다. 바로 타이머 역할을 하는 것입니다. 볼펜 상단부에 장착된 시계가 평소에는 일반 시계와 동일하게 시간을 알립니다. 하지만 이 볼펜으로 이 담뱃갑에 글씨를 써서 접촉을 시키고 나면 타이머가 작동하기 시작합니다. 작동되기 시작하는 타이머는 자동으로 3을 가리키고 그 3이 점점 줄어들어 0이 되면 자동으로 이 담뱃갑은 폭발합니다. 결국 타이머에 내장된 시간은 3분밖에 안 된다는 뜻입니다. 그러니까 이 볼펜을 이 담뱃갑에 접촉시키고는 3분 내에 그 자리를 피하셔야 합니다.

이 폭탄의 폭발력은 건물의 5층 이하에서 폭발할 시 20층 정도의 건물을 완전히 폭삭 주저앉게 만들고, 폭파지점을 중심으로 지름 30m내의 건물들은 거의 완파되고 50~60m 내의 건물들도 반파될 수 있는 막강한 폭탄입니다. 물론 폭파지점에 있던 사람들은 흔적도 남지 않을 것입니다.

일을 계획하시는 곳이 휴양지처럼 한적한 온천이라고 하시며 근처 민간인 피해는 크지 않을 것이라 하시기에 안전하게 폭발력을 높였는데, 안타까운 것은 타이머 시간은 아직 못 늘렸습니다. 시험할 때는 4분까지는 가능하기도 했습니다만 수 차 시험결과 4분은 약간 불안해서 3분으로 맞춘 것입니다. 타이머가 4분이상 후에 0으로 되어 작동하게 맞춰놓으면 볼펜이 담뱃갑과 접촉한 후 접촉 센서가 불완전한 작동을 보여 타이머가 0이 되어도 폭발을 못하는 것이죠. 정 상무님의 안전을 위해 어떻게든 시간을 늦춰보려고 했지만 아직 그 센서가 미완성이라 그냥 3분으로 했습니다. 최대한 빨리 움직여서 3분 이내로 폭파지점에서 최소한 100m는 벗어나야 목숨을 보존하실 것이고 200~300m 이상은 벗어나야 안전하십니다. 물론 300m이상의 지점에서도 타이머 작용을 하는 볼펜은 센서를 계속 가동합니다. 500m 내에서는 아무 이상 없이 가동할 것입니다. 그러니 볼펜과 담뱃갑을 접촉시킨 후에는 최대한 멀리 피하셔야 합니다."

심상돈의 설명대로 사용방법도 쉬웠고, 폭발력도 그 정도면 만족했다. 하지만 3분이라면 너무 짧다. 그런 정치수의 마음을 알기라도 하듯 주원모가 걱정했다.

"저도 그 온천 가봤지만 2층에서 내려와 옷 입고 빠져 나오는 데만도 2분은 걸릴 텐데 3분 내에 200m이상 벗어나려면……."

심상돈이 미안한 기색을 감추지 못했다.

"죄송합니다. 시간만 있으면 센서를 더 연구할 수 있었는데 워낙 급하다고 독촉을 하시니까 방법이 없었습니다."

그러자 정치수가 아무런 대가도 바라지 않고 단지 조국의 한 귀퉁이를 위해 최선의 노력을 하고도 그 만족스럽지 못한 결과에 대해 미안해하는 심상돈을 위로했다.

"방법이 생기겠지. 나는 자폭이라도 하려고 무사히 공항만 통과할 수 있고 안산회 멤버들의 눈만 속일 수 있는 거라면 아무 폭탄이나 고성능을 부탁했는데, 3분이라는 긴 시간을 주셨으니 하느님과 모든 분들께 감사할 뿐입니다. 내일 상황을 보며 방법을 생각해 볼 테니 너무 걱정들 마세요. 꼭 내일 옷을 벗은 차림으로 행사를 하라는 법도 없는 것이니 상황에 따라 대처하면 됩니다. 오히려 내일 제가 처할 사정을 미리 아시고 하느님께서 일을 여기까지 만들어 주셨는지도 모릅니다. 다들 걱정 마세요."

정치수는 최근 안산회 전면에 서서히 부각하기 시작하는 다나하시 도시오와 며칠 전 내일 일정에 대하여 통화한 내용을 얘기했다. 내일은 예전과 다르게 다나하시 신야의 그룹 회장실로 가는 것이 아니라 온천으로 직접 간다. 그것도 정해진 시간인 11시에 맞추어 오라는 것이다. 11시부터 약 30분 정도 정치수에게 보고를 받은 후 11시 30분부터 정해진 예식을 행할 것이며 예식이 끝난 후 연회가 베풀어질 것인데 그 시간은 생각보다 길어질 수도 있다는 것이다. 대략 현재 예상으로는 3시간 정도 계획하고 있지만 혹시 모르니 오후 5시까지는 그곳에 머무르는 것으로 계획을 잡는 것이 좋을 것이라고 했다.

"예식이라니요?"

주원모가 혹시 일을 그르치지 않을까 염려되어 물었다.

"글쎄, 그건 나도 모르겠네. 그래서 내가 무슨 예식이냐고 물었더니 와 보면 나도 기분 좋을 거라면서 대신 자기가 나한테 약간 미안한 기분이 든다는 거야.

그 이야기를 근거로 추측한 결과는 내 예상이네만 이번에 안산회 수장을 다나하시 도시오로 바꿔 앉히고 다음부터 2세들을 하나씩 끌어들여 자리바꿈하자는 뭐, 그런 것 같아. 연회까지 곁들인다는 것을 보면 그럴 수 있거든. 마침 잘됐네. 시간이 3분이라고 했지. 아마 예식인가 무언가는 옷을 입은 채로 하고 연회를 할 때는 모르겠지만 식사 시간에는 모두 모일거야. 그 찬스를 잘 이용해 보면 무슨 방법이 생길거야. 일단 주원모 자네는 어제 나와 말한 대로 해 주게. 내가 일단은 그곳까지는 이미 예약이 되어 있는 려인당 조직의 일본 현지 차로 갈 테니 자네는 준비된 차로 11시 50분 정도에 나와 약속한 그 자리에 차를 대고 있어. 그리고 만약 내가 12시 30분까지 내가 안 나타나면 자네는 그냥 빠져나가게. 공연히 내 사정을 보아 준다고 기다리지 말게. 정 안되면

12시 45분쯤에는 그냥 일을 저지를 테니까."

정치수는 차분하지만 거역할 수 없는 어투로 이야기했다.

"안됩니다. 끝까지 상무님 기다릴 테니 어떻게든 나오세요."

"이 사람 보게. 일 그르치지 말고 내 말 들어. 나야 그 안에서 같이 죽을 수도 있지만 자네가 그 근처에서 죽어보게. 그것도 혼자 차 안에 있다가 말일세. 당장 의심받고 자네 뒤 추적하다보면 일을 아예 망가뜨리는 거야. 전 세계가 우리 삼오통상을 알게 될 걸 아마. 그것도 동경에 출장 온 직원이 온천 근처에서 비명횡사로, 게다가 그 안에서 같이 죽은 나와 같이 근무했던 단짝? 일본 놈들은 나와 자네의 연관성을 전혀 생각 안 할까?

하지만 나 혼자 그 안에서 죽으면 미츠다 회사에 볼일 보러 왔던 미츠다그룹 한국 사무처 소장이 함께 변을 당한 것으로 마무리될 것 아닌가? 좌우간 무조건 내 말을 따르게. 나도 어떻게든 12시에는 아니 12시 10~15분까지는 내 모습을 보일 테니까. 원래 쪽발이들이 그런 때 일수록 시간은 계획성 있게 잘 지키니까 차이 나봐야 일이십 분일거야. 12시 30분이네. 잊지 말라고."

심상돈이 다시 한 번 미안해했다.

"죄송합니다. 센서가 30분정도만 감지하도록 성능이 갖춰 있으면 일이 훨씬 쉬웠을 텐데요."

말끝을 흐리며 미안해하는 심상돈을 보며 그때까지 말 한마디 없이 지켜만 보던 회장이 입을 열었다.

"이보시오. 댁이 그리 미안해하면 나같이 쓸데없이 늙어버린 늙은이는 어찌 몸 둘 곳을 찾으란 말이오? 이 나이 먹도록 그저 세금 잘 내고 내 식구 잘 먹여 살리고 내 직원들 잘 보살피면 그게 애국이고 내 할일 다 한 거라고 믿고 살아온 나 같은 늙은이는 어디에 몸을 숨길 곳이 없구려. 기업을 해도 역사와 민족의식이 먼저 서야 하는데 그렇지 못하고 이해득실을 최우선으로 삼았으니 말년에 이리도 부끄러운 게지. 정말이지 이번에는 내가 무얼 해야 하는가 알 수 있을 것 같소."

회장은 무언가 굳은 결심을 한 듯 엄숙한 모습이었다. 지그시 입술을 깨물며 감은 눈가에는 이제까지의 삶에 대한 회한이 서리는 듯 했다. 그리고 입을 열었다.

"부디 살아서 오게나. 우리 이제 시작이라는 생각으로 무언가 새로 해 보자고. 그리고 늙은이가 공연한 걱정인지 모르겠네만 차편 같은 것은 조회 안 당하도록 잘 준비한 것인가?"

"아, 네. 우리가 아무 곳에나 버리면 오후 3시에 도난 신고를 하기로 했습니다."

주원모의 이야기를 들으며 그 먼 요동 땅에서 조차 오늘을 위해 이렇게 많은 준비를 하는데 자신은 무엇을 했는지 회장은 진심으로 부끄러웠다. 그리고 아무도 말이 없었다. 얼마가 지났을까? 한참 후 다시 입을 연 것은 정치수였다.

"지난 토요일에 제대를 하고 복학해서 벌써 1년이 다 된 아들 면회를 갔었습니다. 신부수련 중에는 신학교 기숙사에서 먹고 자며 외출도 자유롭지 않거든요. 다시는 못 볼 수도 있다는 생각에 아내와 같이 갔는데 군에서 많은 생각을 한 후 다시 공부를 해서 그런지 많이 성숙해 있었습니다. 그리고 마치 이미 제 마음을 읽은 것 같이 '다행히 교황청에서 중국 천주교회를 인정할 것 같고 중국 천주교회도 지하에 숨어있는 전통 가톨릭을 인정해서 현 체제의 공산정권이 세운 가톨릭과 잘 화해가 될 수도 있을 것 같아요. 어쩌면 제가 신부가 될 때는 요동 선교가 이루어질 거예요.' 하는 겁니다. 그러면서 '아빠, 세상에 꼭 한 가지 길만 있는 것은 아니지만 그게 길이라고 생각하면 걸으라고 하셨죠. 아빠도 하시고자 하는 일이 정의에 어긋나지 않으면 주저마시고 하세요. 하느님 보시기에 정의롭지 않으면 실패하실 것이고, 정의로우면 성공하신다고 믿고 하세요. 선택은 인간이 하지만 완성은 그분이 하시니까요.' 하는 겁니다. 제게는 상당히 용기가 되었습니다.

군에 가기 전에는 폭력은 안 된다고 하던 아들이었는데 인간으로써 제 애비의 심정을 이해할 수 있었나 봅니다. 아니, 어쩌면 이해했다기보다는 아들이 저를 용서해 주고 싶었겠죠. 혼자 살기도 힘든 세상에 고뇌의 보따리를 잔뜩 안겨준 아비를 용서해 주고 싶었고, 그 용서의 표현을 그렇게 한 것인지도 모르죠."

숙연한 좌중을 향해 정치수가 말을 이었다.

"그렇게 아들을 만나고 오니 마음이 한결 가벼워졌습니다. 마음은 가벼워졌는데 해보지도 못한 일이 하나 있어서 오히려 아쉬움은 더 늘어난 것 같아요. 전에 제가 유태진 어르신과 함께 지낼 때 그 분은 늘 말씀하셨죠."

정치수는 유태진이 껄껄 웃으며 했다는 말을 전했다.

"홍길동이 율도국을 일본 '오카나와'에 세웠다고 해서 우리가 일본 땅의 일부를 떼 달라는 것도 아닌데 쪽발이들은 일제 강점기에 독도 잠시 들여다보았다고 자기네 땅이라고 우겨대요! 또, 되놈들은 엄연히 고구려 때부터 발해를 거치며 지금까지 우리가 이렇게 살고 있는 이 땅을 접수해 놓고는 고구려가 자기네 영토라고 우겨대지를 않나? 그런데 우리는 공식적으로 남이든 북이든 그런 생떼도 한번 못 써 보고 반도의 남북만 통일되면 된다고 떠들어. 하기야 그것도 못하긴 하지만…….

허나, 진짜 통일은 반도 남, 북, 우리 요동 조선족 자치국까지 합쳐져야 통일이지. 삼국 통일이 진정한 내 조국의 통일이라고. 신라 백제만 합쳐놓고 고구려는 잃어버린 채 삼국 통일했다고 하던 그 옛날의 삼국통일처럼 남북만 합치면 통일이 아니지. 남북만 합치는 것을 통일이라고 인정했다가는 자칫 중국 놈들 동북공정 주장대로 이번에도 고구려 내 주면 대동강 이남까지 밖에 더 돼? 우리 정부 내에나 국회에도 공식적으로 그렇게 떠벌리는 인사 좀 나왔으면 좋겠어. 자네가 돌아가거든 직접 해 보든가 아니면 그런 인사 한 분 지원해서 우리 정부나 국회를 그런 분위기로 못해볼까?"

말을 전하고 나서 정치수가 덧붙였다.

"물론 그분도 속이 타시니까 한 말씀이지만 반도의 남북통일이 아니라 요동까지의 삼국통일이 진정한 통일이라는 그 말씀이 자꾸 머리에 남아요."

"자네, 꼭 살아 돌아오게. 내가 자네와 함께 진짜 삼국통일을 위해 노력할 것을 약속하네. 내 힘닿는 한 무엇이든 지원할게."

회장의 눈가에 초롱초롱 물방울이 맺히고 있었다.

"저는 그럴 위인이 못 되고요. 아마 시대가 허락을 하지 않아서 나서지 못하는 뜻있는 분들이 많으실 겁니다. 그 분들이 나설 수 있는 계기를 만들어 줄 수 있다면 쉬울 수도 있습니다."

그러자 회장이 두 손으로 정치수의 손을 움켜잡았다.

"정 상무, 부디 살아 돌아와 오늘 한 이 이야기를 꼭 다시 한 번 내게 일러주게. 이놈의 늙은이가 요즈음은 약속을 해 놓고도 쉽게 잊어버린단 말이야."

그의 눈가에 맺힌 물방울을 기어이 쏟아지고 말았다.

그 말은 자신이 잊어버리는 것을 두려워하는 것이 아니라 정치수가 살아 돌아오기를 고대하는 것임은 누구라도 알 수 있는 말이다.

인연과 만남은 그렇게 흐르고 변하고 이루어지는 것이다.

에필로그 | 하늘은 스스로 망하고자 하는 자를 벌하신다

인천 공항대합실 한 구석 한적한 곳에 정치수와 주원모가 나란히 앉았다. 정치수는 불안한 듯 재차 주원모에게 당부를 했다.

"비행기에 오르는 순간부터는 정말 우리 서로 아는 척도 말아야 하네. 공연히 인사합네 하고 나를 아는 척하지도 말고 각자 가서 이따가 12시쯤 만나기나 기원하자고."

"제발 12시 아니, 12시 30분도 좋으니 모습만 뵈세요."

"나도 그러고 싶네.

그러나 저러나 오늘은 서빙하는 사람 수가 적어야 텐데. 그래야 죄 없는 희생이 적을 텐데……. 어제 밤새도록 마음이 아프더구만. 죄 없는 사람들이 함께 사라질 것을 생각하니까."

"어쩝니까? 일부러 그러는 것도 아닌데. 쪽발이들이 징용, 징병, 정신대에 죄 없는 양민들 데려다 고생시키고, 죽이고, 욕보인 것이 비하면 그깟 몇 명 미안해 할 것도 없긴 없어요."

"쪽발이들 같은 소리 말게. 그게 어디 사람 할 짓인가?'

정치수는 진심으로 죄스러워 하고 있었다.

정치수가 공항에 내려 미리 준비된 차를 타고 온천에 도착해 보니 10시 50분이었다. 차를 타고 오는 동안 정치수는 계속 마음 속으로 기도 드렸다.

"하느님, 제가 정의를 위하여 저지르는 이 살인을 용서하시고 제발 무고한 이들이 희생되지 않도록, 아니 희생되더라고 그 수가 최소한에 머물 수 있도록 도와주시옵소서."

기도를 마치며 차 문을 열고 내리는 순간 연회준비를 해 놓기 위해 왔던 차량이 막 철수하는 순간 같은데 상당수 사람들이 그 차에 올라타고 있었다. 어차피 그들이 하는 이야기가 비밀에 부쳐져야 할일이다 보니 그들을 모두 철수시키는 것 같았다. 정치수는 자신도 모르게 감사의 기도가 입 밖으로 나왔다.

"하느님, 감사합니다."

정치수가 온천 안으로 들어서자 일행은 모두 와 있었고 아직 회의는 시작되지 않은 상태에서 다나하시 도시오가 반갑게 맞아 주었다.

"형님, 시간 맞춰 오셨군요. 물 한 잔 드시고 곧 시작하죠."

다나하시 도시오는 깍듯이 형님이라고 예우하며 물을 권하는데 연신 싱글벙글하였다. 정치수의 예상이 맞는 것 같았다. 온천 가운에 욕조 저편 넓은 공간에는 연회가 준비된 긴 테이블과 그 주변에 편하게 앉을 수 있는 의자가 8개 놓여있었다. 살아 나갈 수 있음을 직감한 정치수는 다시 한 번 속으로 감사의 기도를 드렸다.

"자, 2층으로 올라갑시다."

다나하시 도시오의 말에 일행은 일제히 2층으로 향했다. 수장이 앉는 테이블 저 끝 쪽에는 다나하시 신야가 이미 자리 잡고 있었다.

"어서들 오시오. 치수 너도 먼 길 오느라 고생했다."

늘 그렇듯이 테이블 길이로 세 명씩 양 옆으로 앉고 다나하시 신야를 마주보며 정치수가 앉았다. 정치수가 자리에 앉자 팔십이 넘은 다나하시 신야가 입을 열었다.

"이제 우리들이 그동안 국내에서 벌이고 추진했던 여러 가지 사업의 결과 우리 대 일본은 다시금 대동아를 끌어안던 시대로 접어들 것 같소이다. 하지만 아직 완전히 시작된 것은 아닙니다. 이제 겨우 발만 조금 담그기 시작한 모습이니 더욱 바짝 조여야만, 대 일본의 새로운 헌법 시대와 함께 아시아 전역에 우리의 자랑스러운 일장기를 펄럭일 날이 성큼 다가올 수 있을 거외다. 그동안 동지들 덕분에 새로 구성된 내각은 개헌을 추진하여 우리 자위대의 위상을 한층 높일 수 있도록 노력하고 있소이다.

이미 이라크에 파병한 것만으로도 우리 대 일본의 자위대는 언제라도 조국이 필요로 하기만 한다면 해외 파병까지 할 수 있는 자리를 찾아놓은 것이지만 그 역시 동지들의 노고가 적지 않았음을 치하하는 바입니다. 이제 우리 안산회의 근원인 도요토미 히데요시 선황의 뜻을 이룩할 날의 시작을 알리는 청신호를 접할 수 있게 되었소이다. 위대한 우리 대 일본의 백성들은 야스쿠니의 위대하신 우리 신들에게 참배하는 우리 수상을 다시 한 번 지지해 줌으로써 대동아 일치단결인 우리의 꿈에 박수를 보내 준 것입니다.

이제 새로 구성되어 더 강해진 정부와 우리가 하나가 될 때 조국은 주저 없이 대동아 일체의 꿈을 펼쳐 나갈 수 있을 것입니다. 그러기 위해서 이제 나이 많은 나부터 2선에서 더 열심히 지원하기로 하고, 나와 동지들 각자의 2세들이 그동안 꾸준히 다져온 친목을 바탕으로 서서히 앞으로 나서게 해야 합니다. 새로운 투사들을 영접해야 한다는 말입니다."

다나하시 신야의 말을 들으며 정치수는 온몸에 전율을 느꼈다. 새로운 시대의 등극과 현 세대의 2선 후퇴야 예상했던 일이요 안산회의 존재 역시 구체적인 사항까지 알고는 있었지만 이렇게 안산회의 수장인 다나하시 신야의 입에서 본인들의 업적을 자랑이라도 하듯, 들먹이며 하는 이야기를 듣자 피가 역류하는 것 같았다. 뿐만 아니다. 대동아 일체가 다가오고 있다느니, 야스쿠니 신사가 어쨌다느니, 새로 구성된 내각과 이라크 파병으로 탄력 받은 자위대 관련 개헌이니 하는 얘기들이 몽땅 다시 한 번 세계를 암흑의 전쟁으로 뒤흔들어 보겠다는 이야기였다. 그때 다나하시 신야가 잠시 멈췄던 입을 계속 놀리기 시작했다.

"그런 의미에서 오늘 치수 네가 그동안 한국에서 해온 일을 보고받아야 하는 이유도 있지만 이런 상황을 알아야 하기에 이 자리에 합석시킨 것이다. 지금 도시오와 우리 동지들의 2세는 사업 상으로 또, 친교 상의 목적으로 가끔 자리를 같이 해서 꽤 깊은 친목을 갖고 있다. 이제 네 보고를 듣자. 그리고 그것을 동지들이 판단한 결과를 보고 나머지 이야기를 계속 하자꾸나. 그동안의 성과를 보고하여라."

정치수는 준비해온 프린트 물을 꺼내 한 장씩 나누어 주었다.

"지금 받으신 인쇄물의 왼쪽 열 빨간색으로 표시된 이름은 이미 저와 친교가 맺어졌거나 맺고 있는 인물들입니다. 그리고 가운데 열 파란색은 저와 곧 친교를 맺도록 준비한 인물들입니다. 그리고 오른쪽 열 검은 글씨의 인물들이 궁극적으로 친교를 맺어야 할 비중있는 인물들입니다.

그런데 그 검은색으로 된 이름 중에 밑줄이 그어진 인물들은 이미 친교가 맺어진 인물들입니다. 그 명단을 참고로 제가 지금부터 저의 작전과, 업적이라고 하기에는 초라하지만 그동안 해온 일에 대한 성과를 설명 드리겠습니다.

저는 우선 학계, 재계, 정계를 망라하고 그동안 친교를 맺어야 할 모든 이들을 광범위하게 만났습니다. 거기서 궁극적으로 친교를 맺거나 매수해 둘 필요가 있는 검은색 명단의 인물들에게 접근할 루트를 찾아냈습니다. 가운에 파란 명단이 그 루트라고 할 수 있습니다. 거기 역시 밑줄이 그어진 인물들은 이미 저와 가까워진 인물들입니다. 물론 빨간색 명단의 인물이 직접 검은색 명단의 인물과 가까운 경우도 있습니다. 제가 지금 광범위하게 사람들을 접촉하며 서서히 그 검은색 명단의 인물들에게 익명으로 뇌물의 맛을 보여주고 있습니다. 물론 제가 직접 전해주지 않으니까 익명입니다.

빨간색, 혹 파란색 인물들을 통해서 자금을 전하며 그 액수를 점점 키워가고 있습니다. 설령 검은색 중에 밑줄이 그어져 제가 알고 있는 인물도 직접 전하지 않고 빨간색이나 파란색을 통하여 전합니다.

그 이유는 전달책으로 증인을 하나 더 만들어 훗날을 대비하고자 하는 의미도 있습니다. 하지만 더 큰 이유는 처음에 너무 큰 거액을 만들어 보내면 거부할 것도, 조금씩 차츰 쌓아 가다가 어느 날 갑자기 그네들 앞에 나타나 이제껏 뒷돈을 대준 것이 바로 나라고 나설 때 그들은 내가 제시하는 모종의 부탁을 거부하기에는 너무 힘든 큰 액수가 되었음을 알고 협조하지 않을 수 없을 것이라는 판단입니다.

게다가 파란색 명단의 인물들은 주로 검은색 명단 속 인물들의 계파다 보니까 그들 나름대로 검은색 명단의 인물들 앞에 면을 세울 구실을 만들어 주는 까닭에 파란색 명단들을 자동으로 제 편에 끌어넣을 수 있는 장점도 있습니다."

정치수는 자신이 알고 있거나 혹은 내외적으로 잘 알려진 인물들로 구성된 명단은 물론 일부 돈으로 새로 사귄 인물들을 근거로 설명했다.

"음, 좋은 생각입니다."

"회장님 말씀마따나 코를 뚫어 잡아매는 방식입니다."

"가운데 한사람을 끼워 넣어 줄줄이 엮는 방식은 완벽합니다."

일본인들 특유의 과잉 칭찬을 쏟아 붓는 좌중을 보며 정치수는 속으로 웃었다. 그중에 물론 아는 사람도 많이 있다. 그래서 요즈음 그들을 만나곤 했다. 혹시 정치수의 움직임을 가끔이라도 감시할 염려가 있다고 생각해서 명단에 있는 일부 사람들을 호화로운 곳에서 만났다. 그리고 그런 자리에서는 쓸 수 있는 만큼 돈을 쓰기도 했다. 자신이 정말 이렇게 흥청망청 돈을 써도 되는가 하는 생각이 들기도 했지만 혹시 모르는 안산회의 감시를 인식해서 한 일이다 보니 크게 양심의 가책도 느끼지 못했다. 좌중의 칭찬에 다나하시 신야도 만족해하는 빛이 역력해지자 정치수는 다시 말을 이어갔다.

"요즈음 한국 분위기는 아시다시피 뇌물 주기도 쉽지 않습니다. 검증된 뇌물만 받는다고 할까요, 뭐 그런 겁니다. 아무거나 덥석 물지 않아요. 하지만 치밀한 계획을 세워 보이지 않는 손이 되기 위해 최선을 다하고 있습니다."

정치수가 말을 마치고 자리에 앉자 좌중은 박수까지 쳐 주었다. 다나하시 신야는 만면에 흡족한 웃음을 띠었다.

"수고했다. 우리도 그렇게 바로 무슨 결과를 기대하지는 않았다. 다만 네가 이만큼이나 성과를 거둔 것이 오히려 기대 이상이다. 너는 역시 다나하시 가문의 피가 흐르는 대 일본 제국의 신민이구나."

다나하시 신야는 스스럼없이 대 일본 제국이라는 말을 써가며 정치수를 칭찬했다. 정치수는 그들이 이미 돌이킬 수 없는 곳 까지 가버린 것을 알고는 있었지만, 대 일본 제국이라는 말까지 스스럼없이 쓰는 망상이 꺼지지 않는 한 세계평화 아니, 내 조국의 평화가 가능한가를 뇌어보았다.

'비록 지금은 그들이 경제적으로 움직이지만 비정상적인 저 사고 방식이 군사적 힘을 키우는 데로 초점이 돌고나면 내 조국과 아시아는 물론 전 세계는 다시 한 번 돌이킬 수 없는 전쟁의 소용돌이에 휘말릴 것이다. 물론 결과는 일본이 진다. 하지만 이번에는 히로시마에 떨어졌던 원자폭탄과는 그 비교가 되지 않는 큰 손해가, 이 나라 저 나라에 끼쳐지고 죄 없는 양민들이 수 없이 죽어가고 병들고 굶주릴 것이다. 그래, 없애야 한다. 아예 송두리째 날려버려야 한다.'

그때 다나하시 신야가 잠시 흐르는 침묵을 깼다.

"자, 동지들 어떻소? 이제 치수도 다나하시 치수로서 우리 안산회의 2세 출범에 넣는 것이……."

좌중은 우레와 같은 박수로 화답을 했다. 그러자 다나하시 신야가 약간은 상기된 표정으로 기쁨을 감추지 못하며 설명했다.

"고맙소. 좌우간 치수가 하는 일이 아주 중요한 일임에는 틀림이 없습니다. 지난 한일어업협정 때 한국은 고작 열서너 명의 대표단을 파견했지만 우리는 우리 조직이 지원해서 연구하고, 대책을 마련하게 했던 200여 명의 전문 인원을 정부에 지원했습니다. 그 결과 '죽도'에 한 발자국 더 다가가는 쾌거를 올렸습니다.

지난번에는 다행히 한국이 무사안일하게 대처하고 우리는 사전에 치밀하게 계획을 세워 대처했기에 손쉽게 성공했지만 앞으로는 장담할 수 없는 일입니다. 이럴 때 치수가 사전 정보를 얻을 수 있다던가, 아니면 거대한 개발권을 손에 넣을 수 있는 핵심을 짚어줄 수 있다면 이 역시 손 안대고 우리 수중에 넣을 수 있는 것 아닙니까? 굳이 한국과 마찰을 표면으로 끌어 올리지 않아도 우리는 '죽도'는 물론이고 한국의 어느 곳이든 손이 닿을 수 있습니다. 앞으로 치수의 더 많은 노력을 필요로 하지만 이미 우리는 치수를 통해 한국에 발을 디딘 것입니다."

좌중은 다시 한 번 동의한다는 뜻으로 박수를 쳤다.

정치수는 자신이 짐작한 대로 그네들의 생각이 맞아 떨어지고 있다는 쾌감과 함께 이제 한 시간 내로 그 끝을 보리라는 각오로 잠시 주먹을 불끈 쥐며 온몸을 부르르 떨었다. 그 모습을 옆에서 본 다나하시 도시오가 물었다.

"형님, 긴장되십니까? 이제 형님 본연의 자리에 오시니까 기쁘시죠?"

다나하시 도시오는 정치수의 울분의 주먹과 전율을 반대로 해석하고 있었다.

"자, 그럼 이 좌중의 모든 사람이 같은 동지들이니까 오늘의 행사를 진행하시죠."

마츠모토의 말에 다나하시 신야가 다시 입을 열었다.

"좋습니다. 행여 치수가 일어나서 나가야 했나를 걱정했는데 모두가 이 자리를 지킬 수 있으니 좋구면."

다나하시 신야는 정말로 기뻤는지 그 얼굴이 환해졌다.

"오늘 나는 이 자리에서 물러날 것입니다. 물론 이미 사업에서는 2선으로 물러났지만 이제 이 자리도 도시오에게 물려줄까 합니다. 치수는 한국에 새로 둥지를 틀게 될 우리 안산회의 한국본부는 물론 모든 해외본부를 총괄하는 해외본부장을 맡길까 합니다. 동지들의 뜻을 말씀하십시오."

그러자 마츠모토가 선수를 치며 아부했다.

"우리 모두 박수로 찬성의 뜻을 전합시다. 아니면, 다른 뜻이 있는 동지 계십니까?"

좌중이 일제히 박수를 치자 다나하시 신야가 말했다.

"좋습니다. 여러분의 뜻이 그러하시다면 기꺼이 받아들이겠습니다. 이제 예식을 진행합시다."

다나하시가 예식을 진행하자고 하자 마츠모토가 일어나서 한쪽 테이블 위에 준비된 은쟁반을 가지러 갔다. 은쟁반에는 니혼슈가 들어있는 유리컵과 칼이 준비되어 있었다. 다나하시 신야부터 새끼손가락을 칼로 베어 유리컵에 피를 받기 시작했다. 정치수는 놀라웠다. 말로만 듣던 일본 닌자와 야쿠자 식 충성의 맹세가 시작된 것이다. 독도를 서슴없이 '죽도'라고 표현하며 이제 그 앞에 바짝 다가섰다며 좋아하며 그들은 제2기 안산회를 출범시키고 있는 것이다.

왼편 세 사람을 거쳐 정치수 앞에 은쟁반이 전해지고 정치수도 거리낌 없는 듯 새끼손가락에 상처를 내어 피를 섞었다. 비록 저 인간 같지도 않은 동물들과 피를 섞기는 싫었지만 이제 곧 다가올 시간을 위하여 자신을 내 팽개쳤다. 쟁반이 정치수의 오른

쪽 셋을 돌아 다시 다나하시 신야 앞에 놓였다.

"이제 나는 이 자리를 일어섭니다. 내일부터 빠르게는 1년에서 길어도 2년 내에 우리 1세대는 이 자리를 일어서고 도시오와 함께 우리의 2세대가 이 자리에 앉도록 각자 노력합시다."

다나하시 신야가 자리에서 일어서자 다나하시 도시오가 그 자리로 가서 앉았다. 다나하시 도시오의 얼굴이 상기된 듯 보였다.

"이제 새로운 시대가 다가오고 있습니다. 우리 대 일본 제국의 반도와 대륙을 향한 열정이 이 컵 안에 혈맹으로 들어있습니다. 조국에 대한 이 충성을 제 몸속에 깊이 간직하고 그 힘을 바탕으로 이 한 목숨 바치렵니다."

은쟁반의 컵을 들어 한숨에 마셔버렸다. 다나하시 도시오가 단숨에 비운 유리컵을 높이 쳐들었다.

"충성! 천황폐하 만세. 대동아 신민 단결."

쪽발이들이 고유하게 갖고 있는 운율의 박수소리에 맞춰 외쳤다. 정치수는 처음 보는 모습이기도 했지만 결코 외치고 싶지 않아 우물쭈물 얼버무리며 박수만 세 번씩 아홉 번을 따라 치고는 넘겼다.

"이제 새 시대가 열렸습니다. 대내적으로는 새로운 내각의 출범과 함께 우리가 끊임없이 지원해온 새 역사 교과서가 여러 곳의 교육청에 채택이 되었고, 또 곧 자위대의 위상을 강화해서 군사 강국이 될 개헌도 이루어 질 것입니다. 대외적으로는 한국을 필두로 우리의 대외 본부도 모습을 드러내기 시작했습니다. 조국과 천황의 영광을 위해 이 한 몸 기꺼이 바치겠습니다."

충성을 맹세한 답례로 다나하시 도시오가 다시 한 번 인사를 하고 자리에 앉았다. 자리에 앉은 다나하시 도시오는 좌중을 둘러보며 다시 입을 열었다.

"그동안 1세 선배님들의 자제분들과 친목을 도모하며 은근히 우리의 할 일을 암암리에 이야기 나누며 많은 공감을 얻었고 또 실제 안산회라는 이름만 공포를 안했을 뿐 일부 작은 공작에도 관여들을 했으니 이제 앞으로 나서게 하는 것은 시간문제입니다. 자, 시간도 많이 되었으니 자리를 옮겨 식사와 함께 이야기를 구체화해 봅시다."

다나하시 도시오의 식사 이야기에 정치수는 번쩍 정신이 들어 시계를 들여다보았다. 12시 30분이 다가오고 있었다. 그리고 보니 어느새 정치수도 이 조직의 일사불란한 움직임에 시간이 가는 줄도 모르고 빠져들어 있었다. 이렇게 자기도 모르게 정치수 자신이 조직의 광분하는 모습에 빠져들 정도니 정작 정신살 모두 내버린 저네들은 오죽할까?

정치수는 1층으로 내려서는 계단으로 발을 옮기며, 비록 그릇된 판단이나마 옳다고 믿고 빠져들면 충분히 미칠 수 있는 짓거리라고 생각했다.

지금 주원모는 애가 닳을 텐데 이 자리를 어떻게 빠져 나갈까?

늘 다나하시 신야가 앉던 자리에 다나하시 도시오가 앉았다. 그리고 직각 테이블의 다른 의자들의 배열에 비해 그 자리 뒤로

비스듬하게 반줄 물러서서 놓여있고 항상 도시오가 앉던 그 자리에 다나하시 신야가 앉았다. 이들의 조직이 얼마나 원칙과 계통을 중요시하는지 알 수 있었다. 수장이 바뀌면 아무리 부자지간이라도 그 자리를 당연히 내주는 것이 이들의 원칙이었다. 그리고 이제까지 자리를 승계하기 위해 수장의 자리에서 45° 방향으로 반줄정도 물러 앉아 있던 그 자리에 이제는 후견인 자격으로 다나하시 신야가 앉는 것이다. 도시오 역시 아무런 거리낌도 양보의 말도 없이 당연히 앉을 자리라고 생각하고 앉았다. 정치수는 이제까지 자신은 수장의 아들로 특혜를 받아 옵서버 자격으로 앉았던 수장의 맞은편 자리에 해외본부장 자격으로 앉았다. 비록 자리는 변하지 않았지만 이제는 저들의 공식 멤버로 자리매김한 것이고 그들로부터 신임을 얻기 시작한 것이다.

"자, 우선 식사부터 합시다. 오늘은 여러 가지 중요한 일이 많아서 시중드는 여자들을 모두 보내고 세 시에 다시 오라고 했습니다. 그때까지는 불편하시더라도 셀프 서비스입니다. 하하."

일행이 식사를 하려 약간은 웅성거릴 때 정치수는 어떻게 나갈까 출입문을 보다가 불현듯 생각이 났다.

'그래, 그거다. 화장실이 저 출입문 밖에 있다. 여기서 출입문까지는 천천히 걸어도 20초, 출입문에서 정문까지 가는 길은 지금 식사 테이블이 갖춰진 이곳에서는 보이지 않는다. 그 보이지 않는 곳을 달려가면 30초. 차를 타고 떠나는 데까지 1분이면 충분하다.

다행히 2층에서 1층으로 자리가 옮겨져 시간을 벌었으니 그것만 잘 이용하면 충분이 살아 나갈 수 있다. 이것이야 말로 하느님이 도와주신 절호의 기회다. 이 기회를 놓치면 안 된다. 문제는, 어느 시점에 폭탄을 작동시키고 나가나? 화장실 간다고 해놓고 너무 시간을 끌면 의심 받을 수도 있다. 폭탄 작동 후 1분여는 시간을 끌다 나가야 하는데······.'

그때였다. 다나하시 도시오의 말이 정치수의 머릿속에 번쩍하는 섬광을 그리며 또 다른 아이디어를 떠올려 주었다.

"형님, 식사하셔야죠?"

"동생이지만 이제 회장이니까 회장님이라고 불러야 하겠지?"

"아, 아닙니다. 원래는 형님이 맡으셔야 하는데 미안합니다. 그래서 제가 일전에 형님께 일편 죄송하지만 기쁜 일이라고 말씀드렸었는데······. 혹 오늘 기분이 상하시는 것은 아닌 가 걱정했습니다."

다나하시 도시오는 정말로 미안하다는 기색을 지으려 했지만 말만 그랬지 전혀 그렇지 않아 보였다.

"아냐, 아닐세. 나같이 자격 없는 몸에게 해외 본부장 자격도 과분해. 정말 영광이라고. 앞으로 내가 공석에서는 깍듯이 회장님으로 모실게······. 그리고 미리 귀띔이라도 해주었으면 작은 선물이나마 준비했을 텐데 지금 내겐 아무것도 없으니 이를 어쩐다?"

정치수는 주머니 이곳저곳을 더듬는 척하며 아직 뜯지 않은 담뱃갑을 꺼냈다.

"아, 마침 이게 하나 있구나. 내가 피우려던 것인데 이거라도 축하의 뜻으로 전해야겠네. 마침 이 담배가 한국산이니 옛날부터 이루고 싶어 하던 내선일체의 의미를 담아 전한다고 생각하고 받아주게나."

안주머니에서 볼펜을 꺼내 일본어로 '회장님. 축하합니다. 이 한 몸 조국을 위해 바치겠습니다.' 라고 쓰며 정치수는 속으로 외쳤다.

'물론 내 조국은 대한민국이다. 진짜 내선일체는 대한민국이 너희를 흡수하는 것이다.'

볼펜을 다시 양복 안주머니에 꽂은 정치수가 다나하시 도시오 쪽으로 다가가서 담뱃갑을 두 손으로 공손히 전했다.

"아, 아니 이건 생각지도 못한 선물입니다. 저는 형님이 서운해 하실까 걱정했는데 선물을 하시다니요. 이 담배 제가 죽을 때까지 피우지 않고 잘 간직하겠습니다."

다나하시 도시오는 일본인 특유의 과잉 제스처를 써가며 고맙다고 연거푸 인사를 했다. 비록 속으로는 마음에 안 들어 그 사람과 헤어진 후 곧 버려버리는 한이 있더라도, 그 앞에서는 고마워 감격하는 척 연신 허리를 굽혀 고맙다고 하는 일본인 특유의 과잉 몸짓을 해대며 다나하시 도시오는 담뱃갑을 안주머니 깊숙이 넣었다. 그의 말대로 죽을 때까지 깊이 간직하기 위해서 하는 것처럼……

그때 좌중이 박수를 치며 제각기 떠들어 댔다.

"참 보기 좋은 모습입니다."

"축하합니다."

그러자 다나하시 신야가 좌중에 건배를 제의했다.

"자, 이제 치수도 우리 조직의 완전한 일원이 되었으니 애비로써 기쁘기 그지없소이다. 건배합시다."

정치수는 건배를 하고 한 모금 마신 후 잔을 내려놓았다. 담뱃갑에 글씨를 쓰고 1분만 지나면 나가려던 것인데 뜻하지 않게 거의 2분은 지난 것 같았다. 하지만 그래도 나가야 했다. 설령 자신역시 터지는 폭탄에 흔적도 안 남더라도 저 쪽바리들과 같이 있던 장소에서 죽고 싶지는 않았다. 나가야 한다.

"화장실 좀 다녀와야겠네. 먼저 식사하고 있게."

정치수가 다나하시 도시오에게 말하며 일어서자, 그가 함께일어서려고 했다.

"저 문밖에 있습니다."

"나도 알고 있으니 염려 말게."

정치수는 출입문 쪽을 향했다. 다리가 후들후들 떨렸다.

왜 이리도 출입문 까지가 먼 것일까? 10초면 되리라고 생각했는데……

그때 뒤쪽 일행의 한바탕 웃음소리에 깜짝 놀라 돌아보니 식사를 하며 웃는 평범한 웃음이었다.

'자식들. 세 시에 시중드는 여자들 온다니까 곧 죽을 줄도 모

르고 좋아하기는…….'

그 와중에도 정치수는 그들을 비웃어 주며 출입문 고리를 잡았다. 후들거리는 다리와, 떨려서 문도 열수 없을 것 같은 손으로 간신히 문을 열고 밖에 나서자마자 출입문을 닫으며 나지막이 속삭였다.

"잘 가거라. 너희들 인간이 미워서가 아니라 너희 정신이 미워서다. 그리고 이것은 너희에게만 주는 것이 아니니 너무 섭섭해 하지 마라. 너희들과 손잡고 역사 앞에 죄 지으며 평화를 위협했던 청맥회에도 머지않아 똑 같은 선물을 안겨 줄 것이다."

구두를 신을 겨를도 없이 맨발로 주차장을 겸한 온천 정원을 가로질러 대문을 향해 달리기 시작했다.

'너무 멀다. 왜 이렇게 먼가?

몇 십 미터도 안 되는 거리가 너무 멀었다.

'주원모는 갔겠지? 아니, 저 문이나 나간 후에 터질까? 아니면 이렇게 달리다가 터지려나?

온천 대문에서 막 빠져나오자 차 한 대가 마치 부딪힐 듯 급한 브레이크 소리를 내며 다가왔다.

"빨리요!'

주원모였다. 정치수가 급히 올라타자마자 상상할 수 없는 폭음과 함께 울컥, 차가 심하게 요동쳤다. 유리창에 금이 가며 튕겨지듯 달려 나가는 나가는 차 안에서 정치수는 자신도 모르게 김영환이 늘 되뇌이던 시를 큰 소리로 읊고 있었다.

북녘 반쪽을 잃어버리기도 전에 잃어버린 땅.

고구려 아들들이 절풍 쓰고 말 달리던 땅.

요동 땅.

그 땅 찾으러 가자.

시구를 읊는 정치수의 표정은 편안해 보였으나 두 눈에선 뜨거운 눈물이 하염없이 흐르고 있었다.

요동별곡

2011년 2월 25일 1판 1쇄 찍음
2011년 2월 28일 1판 1쇄 펴냄
2011년 11월 11일 1판 2쇄 찍음

지은이	신용우
펴낸이	홍순창
편집	김명규 김연숙
디자인	윤미래
관리	공영옥

펴낸곳	토담미디어
등록	2-3835호(2003. 8. 23)
주소	100-032 서울시 중구 저동2가 4번지 고당기념관 501호
전화	02 · 2271 · 3335
팩스	02 · 2271 · 3336
홈페이지	www.todammedia.com

ⓒ 2011 신용우

ISBN 978-89-92430-52-4

책값은 뒤표지에 있습니다.
이 책 내용의 전부 또는 일부를 재사용하려면 반드시
지은이와 토담미디어 양측의 동의를 받아야 합니다.